기적은 인연을 낳고
인연은 기적을 낳네

기적은 인연을 낳고
인연은 기적을 낳네

초판 1쇄 인쇄 2021년 5월 31일
초판 1쇄 발행 2021년 6월 4일
교회인가 가톨릭 서울대교구 2021년 4월 8일

지은이 서창의
펴낸이 이종복

펴낸곳 하양인
주 소 서울특별시 마포구 월드컵북로22길 25
전 화 02-6013-5383 팩스 02-718-5844
이메일 hayangin@naver.com
출판신고 2013년 4월8일 (제 300-2013-40호)
ISBN 979-11-87077-29-9 (03800)

기적은 인연을 낳고
인연은 기적을 낳네

갈래머리에서 반백이 될 때까지
낮은 곳에서
꽃을 피운 인생 이야기

서창의 지음

하양인

예수 그리스도를 따르는 길은
가난하게 사는 것

여기서 내가 말하는 '가난하게 사는 것'이란 선택한 가난을 가리키는 것이 아닙니다. 내가 말하는 가난은 무작정 아무것도 갖지 않는다가 아니라, 불필요한 것을 갖지 않는다는 가난을 말합니다.

평생 불필요한 것을 지우고 사는 빈민촌에서 예수 그리스도의 향기를 전하며 살아 오신 서 안나 회장님을 내가 처음 뵌 곳은 서해안 대부도 선감 공소에서였습니다.

나는 서 안나 회장님을 만나 본 후 정신이 번쩍 들었습니다. 이토록 소문 없이 사랑을 퍼주며 사시는 분이 있다는 사실에 깜짝 놀랐습니다.

2011년 10월 초하루, 그와 초대면한 자리에서 확인하게 된 서 안나 회장님의 과거를 요약해 봅니다.

안나 회장님은 1959년에 수녀원에 들어가셨고, 연약한 체질에 달려

든 병마를 이기지 못하고, 1973년에 수녀원을 탈회하게 되셨습니다. 그의 머릿속에는 수도생활 중에 더욱 굳힌 가난한 사람들 틈에서 부대끼며 그들과 함께 살아가겠다는 마음을 한시도 놓지 않았습니다.

휴식도 잠시, 당시 서울에서 대표적인 빈민촌으로 알려진 상계동으로 들어가십니다. 그곳 상계동성당 전교회장으로 가난한 가가호호를 방문하며 예수 그리스도의 복음도 전하고, 빈민들과 어울려 함께 슬퍼하고 함께 웃는 생활을 15년 동안 계속하십니다.

1991년 상계동보다 더 낮은 선감 공소가 있는 마을로 들어가십니다. 그때는 배를 타고 들어가야 하는 작은 섬 마을이었습니다. 참 조용하고 때묻지 않은 평화로운 어촌이고 농촌이었습니다. 이 소외되고 낙후된 선감마을 주민들을 위해 선감 공소 회장이 되어 희생·봉사하는 일을 하루도 거르지 않았습니다.

2007년에는 마침내 몸져 누웠고, 폐암 진단을 받고, 6개월 시한부 인생 선고도 받았습니다. 안나 회장님은 기도로써 하느님과 소통했습니다.

아무에게도 알리지 말고 조용하게, 그리고 가난하게 생을 마감하는 것도 하느님의 은총이라 싶었답니다.

그 무렵 아픈 몸을 이끌고 남양성모성지에 가서 기도하고, 미사참례도 했답니다.

마을 주민들도 지극 정성으로 아픈 당신을 도와 주셨다고 합니다.

그러던 어느 날 놀라운 은총을 체험하셨다고 합니다. 그 지긋지긋한 아픔이 한순간에 사라졌다고 합니다. 그 후, 언제 그렇게 고통을 헤매던

환자였나 싶을 정도로 건강한 모습을 되찾았답니다.

그런 어느 한날, 서 안나 회장께서 내게 전화를 걸어 왔습니다. 만나자고 했습니다. 만나자는 일이 무엇인지 궁금했습니다.

의외였습니다. 그동안 고통 속에서도 병원을 가지 않고 참아냄으로써 발생한 의료비를 가난한 이들과 나누고 싶어서였습니다. 일금 백만 원을 하얀 봉투에 담아 내게 건네는 것이었습니다. 민들레국수집에 기부를 하신 겁니다.

그날 그 돈 말고도 당신께서 땀 흘려 키우신 총각무며, 고구마며, 커다란 호박 한 덩이를 선물로 주셨습니다. 서 안나 회장님은 내게는 정말 멋진 믿음의 선배십니다. 가난하게 살면서도 남에게 베푸는 것이 진정 예수 그리스도를 따르는 길임을 당신 스스로 모범을 보여 주신 것입니다. 정말 좋은 분을 만나서 행복합니다.

가난하게 살면서도 함께 웃으며 살아가는 방법을 가르쳐 주신 서 안나 회장님, 이 책을 통해 많은 이들이 진정한 봉사와 나눔이 무엇인지를 깨닫게 될 것입니다. 고맙습니다.

2021년 5월 1일

민들레국수집 대표 서 영 남

"세상 만민에게 복음을 전하라"

나는 1936년 12월 9일(음력) 서울 돈암동에서 태어나, 그곳에서 열 살
때까지 유소녀기를 보냈다. 1945년 8월 15일 광복과 함께 우리 가족은 경
기도 양평의 비레마을로 이주하였다. 나는 그곳에서 시골살이를 익혔다.
양평은 유난히 물이 맑았고, 우거진 숲이 많았다. 그 숲에는 여러 가지
야생화와 산채나물이 지천으로 자랐다.

봄이 오면 남쪽에서 불어오는 따뜻한 바람결에 영근 보리이삭들이
춤을 추었다. 누렇게 익은 보리밭은 물여울처럼 바람에 일렁거렸다. 잘
익은 보리 대궁 사이로 봄바람들이 숨바꼭질을 한다. 소금쟁이, 물방개,
우렁이들이 못가에서 함께 코러스를 한다. 황금빛 보리밭은 바람이 불
적마다 이리저리 쏠리며 넘어졌다 이내 일어났다. 나는 그 모습을 오래
도록 바라보며 서울에 두고 온 단짝친구 윤이와 현석이를 떠올렸다. 그

소꿉친구들을 떠올릴 때마다 그리움이 넘쳐 눈물이 저절로 흘렀다.

1950년 한국전쟁이 일어났다. 흔히 6·25전쟁으로 불리는 이 전쟁 중인 1951년 1월 4일 중국인민지원군(중공군)의 개입으로 한국정부는 수도 서울에서 철수하였고, 역사는 이를 '1·4 후퇴'로 기록하였다. 이 1·4후퇴 때 우리 가족은 퇴각하는 국군을 따라 피난길에 올랐다. 부모님의 고향인 충청북도 청주에서 피난의 발길을 멈췄고, 그곳에서 우리 가족의 피난살이는 시작되었다. 나의 10대 중반을 보낸 양평 비레마을 생각이 고된 피난살이 틈틈이 떠올라 몹시 그리웠다.

우리집 앞에는 '바가지우물'이 있었다. 두레박을 내리지 않고, 그냥 바가지로 샘물을 뜰 수 있는 우물을 가리켜 바가지우물이라고 불렀다. 그 우물가에 앉아 물동이를 이고 가는 아낙네들의 모습을 떠올리며, 혼자 웃기도 하고, 때로는 얼굴이 빨갛게 달아오르기도 하였다. 삼베적삼 앞섶이 말려 올라간 밑으로는 늘어진 가슴이 그대로 드러났는데도 아랑곳하지 않고, 물동이를 이고 가는 아기엄마도 있었다. 비레마을에서 지내던 재미나고 신기하던 일들을 떠올리는 사이에 피난살이 기간도 길어졌다.

1957년 나는 청주에서 나길모(1926~2020) 주교님이 본당신부일 때 영세를 받았다. 교리를 공부하면서 머릿속에 깊게 새긴 것은 "너희는 가서 세상 만민에게 복음을 전하라"는 예수님의 말씀이었다. 나는 어떻게 하면 그 유훈을 실천할 수 있을까? 나는 많이 고민하였다. 우선 내 부모형제부터 전교(傳敎)하고 나서, 다른 사람들에게 하느님의 말씀을 전해야 겠다고 마음먹었다. 아무리 많은 사람들에게 복음을 전하고, 좋은 일을 한다고 해도 내 부모형제를 먼저 구원하지 못한다면 '그것은 아무 소용도 없다'라는 생각이 들었다.

그 무렵 가까운 내 주변에 가톨릭 신자는 한 명도 없었다. 아버지는 철저한 한학자였고, 어머니는 독실한 불교 신자였다. 나 혼자 힘으로는 부모형제에게 하느님 말씀을 전한다는 것이 거의 불가능하였다. 고민하고 기도한 끝에 나는 수도원 입회를 결심하였다. 내가 수도자가 되면, 그 진정성을 부모형제도 알아 주리라 믿었다. 이렇게 되면 하느님도 나의 기원을 들어 주시리라 믿었다.

우여곡절 끝에 1959년 3월 26일 '영원한 도움의 성모 수도회'에 입회하였다. 정식 수녀의 길을 택한 것이다. 다른 수련자들은 12월에 입회하였는데, 나는 4개월 늦은 이듬해 3월에 혼자 입회하였다. 1957년 가을에 세례를 받았으니 영세한 지 1년 반 만이었다. 딸이 수녀가 되는 것을 완강히 반대하던 부모였으나 막상 내가 수도원으로 들어간 뒤에는 체념하였고, 시간이 흐르면서 나의 수도생활에 적극적인 지원자가 되어 주셨다. 그뿐만이 아니라 두 분은 하느님의 자녀가 되었고, 나의 형제자매도 모두 교회 안으로 들어왔다.

결국 하느님은 나의 기원을 들어 주셨다. 이제 "세상 만민에게 복음을 전하라"는 말씀을 실천하는 것이 내가 해야 할 사명이라고 생각하였다. 수녀로 지내는 동안 강릉성당에서, 종로성당에서 신자들을 만나고 열심히 교리를 가르쳤다. 하지만 몇 사람을 앉혀 놓고 교리를 가르치는 것만으로는 부족하다는 생각이 들었다. 의식주가 모두 제공되는 가운데 수녀에게 주어진 일만 하는 수도원 생활이 내게는 호강스럽게만 여겨졌다. 고민은 쌓이고 깊어졌다. 그럴수록 내 마음속 평화는 점차 쪼그라들었고, 내 몸에도 병이 생겼다. 그 상태는 악화일로였다.

마침내 나는 1973년 수도복을 벗고 세상 속으로 나왔다. 예수님의 제자들이 그랬듯이 복음을 전하기 위해 광야로 나온 셈이다. 15년 동안 서울 상계동 판자촌에서 가장 가난하고 힘없는 사람들과 함께 생활하며 복음을 전하였다. 공부를 깊게 했다거나 명문대학 간판이라도 있었다면 이를 발판으로 삼아 다른 일을 도모했을지도 모른다. 그러나 내 처지에서는 하느님의 기쁜 소식을 전달할 수 있는 그 일이 가장 적합한 방법이었다.

그 후, 나에게 교리 학습을 받았던 한 부부의 권유로 현재의 선감도로 거처를 옮겼다. 빈 손으로 온 나를 반기는 사람은 아무도 없었다. 하지만 나는 한적한 어촌 마을에 공소 건물을 새로 짓고, 사람들을 모아 교리를 가르치기 시작하였다. 그러는 과정에서 나는 혼자 힘으로는 도저히 이룰 수 없는 일들을 끝내 해내는 기적들을 여러 번 체험하였다. 힘들고 고된 생활이었지만, 내가 소원하였던 바로 그런 삶을 살아온 셈이다.

수도복을 벗고 가난한 사람들과 어울려 사는 나를 의심의 눈초리로 바라보는 사람들도 있었다. 하지만 그저 나는 내게 주어진 소임을 다하며 살아왔다. 그들 중 어떤 사람은 "이 일만 성공하고 죽으면 소원이 없겠다"고 했다. 하지만 나에게는 그런 소망마저 없었다. 지난 생활을 되돌아 보니 쉽게 이루어진 일은 없다. 그러나 평생을 두고 소원하였던 것들은 하느님께서 다 이루어 주셨다고 생각한다. 그동안 내 마음속에만 담아 두었던 이야기들을 이제 사람들 앞에 꺼내 놓으려 한다. 보잘 것 없는 이야기지만 누군가에게 다가가서 작은 씨앗이 되기를 바란다.

이 책이 만들어지는 과정에서 많은 분들에게 도움을 받았다. 책을 쓰려 한다는 이야기를 듣고 초고 정리를 도와 준 가밀라 자매, 이 책이 나올 수 있도록 물심양면으로 지원해 준 '민들레국수집'의 베로니카 자매, 원고 구성을 맡아 준 안나 자매, 그리고 출판사 관계자들에게도 감사의 마음을 전한다. 마지막으로 책의 출간이라는 새로운 기적을 체험하게 해 주신 하느님께 감사드린다.

2021년 늦은 봄 선감마을에서

서창의 안나

∣ 차례 ∣

추천 글   4   예수 그리스도를 따르는 길은 가난하게 사는 것 _서영남

여는 글   7   "세상 만민에게 복음을 전하라" _서창의 안나

1

내 마음의 오솔길

당신이
나를
부르셨던
그날

18   어머니를 꼭 살려 주세요!

24   엄마의 사랑, 언니의 사랑

30   최초 공부방은 아버지 무르팍

36   내 눈에 들어온 새로운 세상

42   부산행 밤 열차를 탄 사연

47   당장 안 되면 안 되는 일

51   드디어 허락된 입회 소식

58   아버지와 주고받은 편지

63   서원에 대한 맹세

67   갑자기 사라진 첫 소임지

2

내 마음의 오솔길

날마다
숨을
쉬지만

72   첫 소임지 강릉본당

77   결핵요양소에서의 교리 수업

80   급성간염에 걸린 순한 양

83   정동진에서 벌인 교리 교실

86   성당의 삼종이 부른 대소동

89   사제관 식복사 데레사

92   수녀가 부른 명곡 '살베 레지나'

95   강릉본당을 떠나던 날

98   요양과 휴식의 시간

100   두 번째 소임지 종로성당

103   이혼을 막아낸 결연한 판단

107   검정 고무신을 신고 다닌 이유

111   처음 밝히는 나의 고통

115   여섯 손가락 소녀

118   호스피스 병동에서 나를 부른 두 사람

121   청빈한 아버지에 그 아들

125   세운상가 아파트에서 사는 신자들

128   사라진 내 손가방

130   요셉피나의 일생

134   성당이 살림 나던 무렵

137   갈등을 겪은 종신서원

140   청빈한 삶이냐 가난한 삶이냐

내 마음의 오솔길

3

다시
세상
속으로
향한
나의 발길

144   내 마음속으로 들어온 잔별 무리들

148   가난한 자, 가엾은 자

151   성당 건축을 앞당긴 신부님

153   하느님의 사자로 오신 사람들

156   나의 유일한 전신 사진

158   제병을 사러 온 목사

160   가짜 목사의 아내

163   진실을 잃어 버린 사람들

166   한밤중에 문을 두드리는 아이들

168   험난한 가정방문의 길

170 가수 고복수 선생의 문패

172 낮은 곳을 택한 두 할머니

176 배밭 속 움막

179 바뇌의 성모상이 상계동성당으로

181 움막에서 살던 수산나 자매

183 인정 많고 착한 영민이

187 수녀님들의 희생과 봉사

192 가난한 자가 보낸 연탄 30장

194 스테파노는 최고야!

196 나를 괴롭힌 중매쟁이들

200 수녀님들의 무료 진료

202 혼배미사와 장례미사가 가장 많은 본당

205 하늘에서 눈물바다를 이룬 이야기

209 행복했던 해외여행 길

212 눈물콧물이 국 그릇에 빠진 날

215 비명횡사한 예비신자 세실리아

218 15년 만에 찾아온 휴식

220 상대원성당에서 다시 1년

내 마음의 오솔길

4

하느님이
마련하신
길을 따라

226 대부도 선감 공소로 이동

228 일하시라고 모셨어요

231 난감할 때마다 나타나는 해결사

235 늘그막에 얻은 행복

238 공소에서 치른 첫 영세식

241 원헥톨 신부님에 대한 기억

244 35년 만의 첫 서울 구경

246 이것이 기적인가?

248 천만 원을 가슴에 품고

251 공소도 무너지고 내 마음도 무너지고

254 30년 만의 해후

257 평생 잊지 못할 은인

260 선감 공소에 성모상을 모신 사람들

263 루시아 할머니와 종탑

267 찾아가는 예비자 교리 교육

270 시몬을 끌어안고 울던 날

273 숙자의 초청장

277 신부님의 수단을 만들던 시절

280 한글학교를 개설하고

282 갈래머리에서 반백이 될 때까지

285 꿈에도 생각지 못한 선물

288 선감에서 만난 뜻밖의 인연

291 폐암 판정을 받고서

295 홀로 지내는 시한부 인생

299 졸지에 사라진 내 몸속 병마들

302 사람들에게 들려 준 나의 치유 체험담

305 민들레국수집과의 인연

309 하루하루가 기적입니다

1

내 마음의 오솔길

당신이
나를
부르셨던
그날

어머니를 꼭 살려 주세요!

음력 오월 초아흐렛날은 아버지의 생신이다. 어머니는 아버지 생신 때 쓰기 위하여 작은 항아리에 술을 담갔고, 나는 동생들과 함께 마당에 멍석을 펴고 저녁상을 차렸다. 우리는 어머니 옆에 옹기종기 앉아 밥을 먹기 시작하였다. 점심을 거른 터라 밥맛은 꿀맛이었다. 그때였다. 어머니가 갑자기 들고 있던 숟가락을 밥상 아래로 툭 떨어뜨렸다. 동시에 "으윽" 하는 신음을 나지막하게 토하며 바닥으로 픽 쓰러졌다.

당황한 나는 동생들과 함께 쓰러진 어머니를 일으키려 하였지만, 어머니의 팔다리는 축 늘어진 채 얼굴에서는 경련이 일고 있었다. 나는 눈물보를 터뜨리면서 "엄마, 엄마!"만 외쳤다. 정신을 차리라고 흔들었지만, 어머니는 아무 반응도 보이지 않았다. 아버지는 출타 중이고, 눈앞이 캄캄하였다. 우리 세 남매는 간신히 어머니를 방안으로 끌어 옮겼다. 나는 동생들에게 어머니 옆에 꼭 붙어서 팔다리를 주물러 드리라고 하였다. 나는 고개 너머 사는 지인의 집으로 내달렸다. 그 지인은 평소 아버지와 호형호제하는 사이로 나는 그를 "아저씨"라 불렀다. 땅거미가 완전히 내린 고갯길을 단숨에 오른 나는 공동묘지 사이로 다람쥐처럼 달렸다. 평소라면 무서워 벌벌 떨던 그 길을 나는 정신없이 내달렸다.

아저씨 집에 도착하여 나는 허둥지둥 어머니의 위급함을 전달하고, 그 자리에 주저앉아 큰소리로 울었다. 아저씨는 내 손을 잡고 어두컴컴한 논둑길을 달려 한의원을 찾아갔다. 전후 사정을 들은 한의사는 서둘러 약 두 첩과 침통을 챙겨 들더니 내게 앞장을 서라고 하였다.

정신줄을 놓은 어머니의 상태를 살펴본 한의사는 침통은 꺼내지도 않고, 당장 약 한 첩을 달이라고 하였다. 나머지 한 첩은 내일 아침에 달여 먹이라고 일렀다. 아저씨와 한의사가 돌아간 뒤 우리 세 남매는 울음을 삼키고 공포에 떨면서 그 밤을 새웠다. 우리는 밤새 어머니를 끌어안고 팔다리를 연신 주물렀다. 그때 내 나이는 열여섯 살이었고, 남동생은 아홉 살, 막내는 여섯 살이었다.

아버지는 그로부터 나흘 후에 돌아왔다. 누워 있는 어머니와 우리를 번갈아 바라보더니 아무 말 없이 한숨만 크게 내쉬었다. 당시 우리 식구가 머무는 집은 다소 외진 곳에 떨어져 있었다. 1·4후퇴라는 난리통이라 변변한 병원도 약국도 만나기가 쉽지 않았다. 그저 어머니의 전신을 고루고루 마사지하고 미음을 쑤어서 잡숫게 하는 것이 어머니를 돌봐 주는 전부였다. 애태우는 우리의 딱한 처지를 보다 못 한 같은 마을에 사는 어르신이 또 다른 한의사를 한 분 모시고 왔다. 진맥을 짚어 보고 침을 놓으려 하였지만, 워낙 어머니의 체력이 쇠잔해져 침마저 놓을 수가 없었다. 그 한의사는 약초 이름을 일러 주며 어서 그 약초를 캐다가 어머니에게 달여 드리라고 처방해 주었다. 그 약초를 구하는 시기는 빠르면 빠를수록 좋다고 하였다. 나는 다음날 아침 일찍 푸대자루 하나를 들고 나섰다. 그 약초는 8킬로 정도 떨어진 충청북도 음성군 금왕면 장터 근처 도랑가에서 많이 자란다고 하였다. 그 약초의 이름은 '우슬초(牛膝草)'였다.

우슬초는 비름과에 속한 여러해살이풀이다. 키는 1미터 정도이며, 원줄기는 네모지고 잎은 마주난다. 잎이 만나는 마디가 마치 소의 무릎처럼 볼록하여 이런 이름이 붙여졌다. 8~9월에 연한 녹색꽃이 피며, 열매에는 한 개의 씨가 들어 있는데, 가시가 있다. 이 씨는 쉽게 떨어져서 사람의 옷이나 짐승의 털에 붙어 멀리 전파된다. 어린 순은 나물로 먹으며, 뿌리는 이뇨제나 강장제로 쓴다. 그러니까 체질이 허약한 사람이 우슬초를 먹으면 힘이 불끈 솟는다는 약초이다.

한의사의 말대로 음력 유월 뜨거운 햇살을 받으며, 걷고 또 걸었다. 드디어 장터 근처에 이르렀다. 주변 축축한 도랑가에는 우슬초가 많이 자라고 있었다. 한의사의 말은 빈 말이 아니었다. 비교적 맑은 물이 흐르는 도랑가에는 여러 가지 풀들이 어우러져 있었는데, 우슬초는 수북 수북 떼를 지어 있었다. 눈앞에 보이는 풀들이 쓰러진 어머니를 일으켜 세울 약초라고 생각하니 가슴이 마구 뛰었다. 급한 나머지 그 풀을 향한 내 발걸음이 중심을 잃고 꼬였다. 동시에 나는 도랑물 속으로 풍덩 빠지고 말았다. 아랫도리가 일순간에 젖었고, 진흙이 달라붙어 엉망진창이 되었다. 하지만 그런 것에 상관없이 나는 약초만 정신없이 뜯었다. 가져온 푸댓자루에 그

앞줄 왼쪽은 어머니, 무르팍에 앉은 막내, 오른쪽은 서 안나, 뒷줄 왼쪽은 큰언니, 오른쪽은 작은언니

약초를 꾹꾹 눌러 담았다. 푸댓자루가 불룩해질 때까지 담아 주둥이를 묶었다. 길 가는 사람에게 머리에 얹어 달라고 부탁하였다. 머리에 이니 고개가 뻐근해지고 다리가 휘청거렸다. 하지만 '이제 어머니는 살아날 수 있다'라는 희망이 들자 발걸음에 힘이 생겼다. 큰길 가로 나서니 군용 트럭이 지나갔고, 그때마다 뽀얀 먼지가 그 꽁무니를 뒤따랐다. 자갈길이어서 타이어에 튕긴 자갈들이 코 앞을 지나가기도 하였다. 큰길을 벗어나 좁은 길로 접어들었다. 머리에 인 풀이 너무 무거워 길가에 주저앉아 있는데, 어느새 땅거미가 내리더니 달빛이 비치기 시작하였다. 무서움과 함께 배고픔이 느껴졌다. 하루종일 아무것도 먹지 못했다. 그래도 상관없었다. 이 풀이 어머니를 살리는 약초라는데, 한시라

도 빨리 집으로 가져가야 한다는 생각밖에 없었다.

다시 약초 자루를 머리에 이고 걷기 시작하였다. 달빛은 시간이 지날수록 점점 더 밝아졌다. 달밤이 낮처럼 느껴졌다. 그 달을 보고 걷는데, 내 볼을 타고 눈물이 흘렀다. 한없이 눈물이 흘렀다. 나중에는 "엉엉" 소리 내어 울었다. 그러면서 나는 마음속으로 기도를 시작하였다.

"하느님, 엄마가 이 약초를 잡숫고 꼭 일어나게 해주세요. 엄마가 나으신다면 난 무엇이든지 다할 수 있어요. 하느님, 엄마를 꼭 살려 주세요. 시키시는 대로 무엇이든지 다할게요."

그렇게 계속 울면서 집에 도착하니, 식구들이 모두 나와서 나를 기다리고 있었다. 집에 다다르자, 긴장감이 일시에 풀렸다. 나는 우슬초가 담긴 푸댓자루를 내던지듯 내려놓고 목놓아 또 울었다. 저녁밥 먹을 겨를도 없이 우슬초를 꺼내 씻고 손질한 뒤 달이기 시작하였다. 두어 시간 남짓 달인 뒤 한 사발 가득 우슬초를 담아 어머니에게 갖다드리며, "이것만 잡수면 자리에서 벌떡 일어날 수 있대요"라고 말했다. 어머니는 그 소리에 고맙다는 마음을 담은 눈빛으로 나를 그윽히 바라보며 얼른 약 사발을 깨끗이 비웠다. 나는 다음날부터 매일 우슬초를 정성껏 달여 하루 세 번씩 어머니에게 드렸다. 그 많은 약초는 일부 햇볕에 널어 말렸다. 두고두고 달여 드릴 작정이었다. 이 약초만이 나의 희망이었다. 어머니를 살려 낼 수 있다는 한의사의 말을 굳게 믿고 나는 약초를 달이고 또 달였다.

그날도 약초를 달이고 있는데, 어머니의 목소리가 들렸다.

"창의야!"

나는 깜짝 놀라 냉큼 방으로 뛰어들어갔다. 어머니는 떨리는 소리로 이렇게 말하였다.

"내 팔이 머리까지 올라갔어. 힘은 들었지만 내 손으로 머리도 빗었단다."

이렇게 말하는 어머니는 그동안 반신마비 상태였기 때문에 팔도 못 움직였고, 말하는 것도 아주 어눌하였다. 나는 어머니를 와락 끌어안고 울면서 하느님께 감사기도를 올렸다.

"이제 걸을 수도 있게 해 주세요."

내친김에 어머니가 자리에서 일어나 씩씩하게 걸을 수 있게 해달라고 기도하였다. 그러면서 하느님은 냉정하다는 사실도 믿었다.

나는 약초를 캐서 이고 오던 날 하느님과 약속하였다. 어머니만 낫게 해 주시면 나는 하느님이 원하는 것을 무조건 다하겠다고 약속했었다. 그런데 하느님은 먼저 나의 소원을 들어 준 것이다. 그날부터 어머니는 손수 식사도 하고, 천천히 걷기도 하였다. 마른 약초는 꼭 한 번 더 달일 양만큼 남아 있었다. 나는 그 약초를 마지막 정성스럽게 달였다.

그러면서 발병 날짜를 계산하여 보니 꼭 100일째가 되었다. 그로부터 어머니는 서서히 정상인이 되어갔고, 일상생활을 전처럼 하게 되었다.

엄마의 사랑, 언니의 사랑

1936년 음력 섣달 초아흐렛날 새벽 동틀 무렵 어머니는 다섯 번째 딸로 나를 낳았다.

"너를 낳고 정신을 차리니 동녘 창문에 햇살이 비치더구나."

아버지도 기억을 끄집어 냈다.

"네가 인시(寅時)에 태어났으니, 아들이면 큰일을 할 터인데, 여자로 태어나서 팔자가 사납겠구나."

인시는 새벽 3시에서 5시 사이를 가리킨다. 인(寅)은 십이지 중 호랑이를 뜻하며, 호랑이가 비교적 활동범위가 넓은 터라 아버지는 그렇게 해석하셨던 것 같다. 그게 참말이었는지 나는 어려서부터 병약하여 부모님의 속을 무던히 썩였다. 아주 어릴 적 기억인데, 나를 위하여 어머니는 늘 약탕기에 한약을 달였다. 그러던 모습과 인삼 냄새가 짙은 한약을 한 숟갈씩 떠 먹이던 어머니의 모습이 내 머릿속 깊게 박혀 있다.

어느 날, 어머니는 내 볼을 만지며 이렇게 말하였다.

"창아, 네 볼이 거칠거칠한 걸 보니 또 병이 도지나보다."

그때는 그 말이 무슨 뜻인지 몰랐다. 하지만 어머니의 그런 예단은 적중할 때가 잦았다. 나는 철 들기 전까지 몇 차례 죽을 고비를 넘겼었다고 어머니는 내게 말해 주었다. 내가 갓 돌을 지났을 때 어머니는 동생을 낳았다. 그래서 더 이상 어머니 젖을 먹지 못하고 동생에게 그 자리를 내줘야 하였다. 옛날에는 우유나 이유식이 없어 미음이나 밥알로 그 공백을 메꾸며 자랐다. 어머니의 표현에 의하면 나는 영양실조에 걸려 팔다리가 비비 꼬일 정도였다고 한다.

그런데 동생이 생후 4개월 만에 갑자기 경기를 일으키더니 일찍 세상을 떠났다. 어머니는 슬픔을 꾹꾹 눌러 참으며 영양실조에 걸린 나를 품에 안고 불어 터진 젖꼭지를 물렸다. 그때부터 나는 살이 뽀얗게 오르고 예뻐졌다고 하였다. 어머니는 나에게 계속 젖꼭지를 물렸고, 나는 다섯 살까지 그 젖을 먹으며 자랐다.

나는 지금도 어머니의 젖 맛을 잃어 버리지 않고 산다. 그 젖 맛은 항상 달콤하고 부드러웠다. 요즘 아이들이 먹는 분유 맛은 어머니의 젖 맛에 비하면 맹탕이다. 동무들과 마당에서 뛰어놀다가 불현듯 그 젖 생각이 나면 나는 주저하지 않고 이렇게 말하였다.

"애들아, 나 엄마 젖 좀 먹고 올게, 너네들 거기서 놀고 있어."

나는 어머니의 품속에서 구수하고 달작지근한 냄새가 풍기는 젖을 빨았으며, 오래도록 그 기억을 간직하였다. 추운 겨울, 부엌에서 일하는 어머니에게 젖을 달라고 조르면 어머니는 앞치마에 젖은 손을 훔치면서 가슴을 풀고 내게 젖을 주었다. 냉기 어린 옷자락 사이로 드러난 젖가슴에서 풍기는 따스한 그 향기는 코끝을 자극하였다. 이렇듯 나는 동생이 일찍 세상을 떠나는 바람에 어머니의 사랑을 독차지하며 자랐다.

맏딸인 큰언니는 나에게 또 한 사람의 어머니 같은 존재였다. 나와는 열두 살 차이가 났는데, 언니는 나를 자주 업어 줬고 어머니 대신 돌봐 주었다. 내가 다섯 살 때쯤 홍역을 앓고 나서 후유증으로 열이 높아져 몸져 누운 적이 있었다. 그때 큰언니는 나를 업고서 한 시간 이상 걸리는 한약방까지 달려갔었다. 나는 목이 말라 큰언니 등에 업힌 채 물을 달라고 심하게 보챘다. 큰언니는 조금만 참으면 한약방에 닿을 테니 그때 물을 먹자고 달랬다. 마침 길가 우물에서 여인들이 바가지로 물을 긷고 있었다. 열이 오르니 입술은 말라오고 더 이상 참을 수가 없어 물을 당장 달라고 생떼를 부렸다.

그러자 큰언니는 지금 물을 먹으면 뱃속에서 큰 탈이 난다고 하면서 나를 한번 추슬러 업더니 더 빨리 내달렸다. 나는 발버둥을 치며 큰언니의 목덜미를 꼬집기 시작하였다. 그러는 사이에 우물가를 지나쳤고, 이제 물 먹을 기회가 없어졌다고 생각하니 더욱 약이 올랐다. 그래서 나는 큰언니의 목덜미에 손톱으로 자국을 냈고, 그럴 때마다 큰언니는 내 엉덩짝을 꼬집으며 앙갚음을 하였다. 그러면서 우리 자매는 한약방에 도착하였다. 그때의 기억은 지금도 생생하게 내 마음속에 남아 있다.

집으로 돌아와 큰언니는 어머니에게 나의 못 된 생떼에 대하여 미주알고주알 보고하였다. 목덜미를 보여 주며 증거까지 제시하였다. 큰언니의 목 뒤에는 선명하게 몇 줄의 손톱 자국이 새겨져 있었다. 그 자국에는 피까지 맺혀 있었다. 그것을 본 나는 속으로 매우 미안한 마음이 들었지만, 짐짓 고개를 돌려 외면하고 말았다.

그 시절 큰언니는 회사에 다녔다. 큰언니가 늦게 들어오는 날이면 어머니는 나를 데리고 전차 종점으로 마중을 나갔다. 그 당시 돈암동에는 전차 종점이 있었다. 큰언니가 전차에서 내리고, 노점에서 포도한 봉지를 사서 들고 집으로 오는 길은 작은 행복으로 이어졌다. 그 길을 타박타박 걷는 모습을 보더니 어머니는 갑자기 나를 등에 들쳐 업었다. 나는 중간에 내려놓을까 봐 어머니 목을 두 팔로 꽉 잡고 자는 척하였다. 어머니는 큰언니와 이야기를 주고받으며 걷다가 아이가 잠이들면 더 무거워진다고 하였다. 그 말에 나는 짧은 팔이지만 어머니의 목덜미를 더욱 단단하게 옥죄었다.

집에 도착하자 내가 깰까 봐 어머니는 조심조심 자리에 눕혔다. 안자면서 자는 척 어머니를 속이며 등에 업혀 왔으니 차마 눈을 뜰 수가 없었다. 포도가 먹고 싶었지만 어린 마음에도 자는 척한 것이 부끄러워 침을 꼴깍 삼키며 참아야 하였다. 큰언니는 내 몫을 남겨 두자고 하였지만, 어머니는 "자는 놈은 몫이 없다"며 다 먹어 치우라고 하였다. 나는 거짓 행동을 하면 얼마나 큰 손해가 돌아온다는 것을 깨닫고 다시는 안 그러겠다고 다짐하였다.

큰언니는 쉬는 날이면 나를 데리고 이곳저곳을 구경시켜 주었다. 한강 인도교와 철교도 구경시켜 주었고, 봄에는 연분홍 숙고사(熟庫紗) 비단으로 치마·저고리를 해 입혀 창경원도 구경시켜 주었다. 숙고사는 두껍고 깔깔하며 윤이 나는 옷감의 한 종류이다. 생고사와 숙고사로 나뉘는데, 생고사는 누에고치에서 뽑아낸 명주를 그대로 써서 짠 옷감이고, 숙고사는 명주를 잿물에 삶아 물에 빨아서 희고 부드럽게 만든 뒤 짠 옷감이다. 숙고사는 생고사에 비하여 질감이 부드러운 것이 특징이다. 숙고사는 부드러우면서도 섬세하여 주로 봄·가을의 여성용 옷감으로 많이 쓰였다. 벚꽃이 눈처럼 내리는 창경원(창경궁)에서 큰언니 손을 잡고 그 꽃잎을 받아 공중으로 다시 날려 보내기도 하였다. 그때가 벌써 칠십 년 전 일이다.

하루는 큰언니와 함께 미도파백화점으로 갔다. 우리나라 최대의 백화점이었다. 4층 꼭대기에 올라가니 작은 영화관이 있었다. 큰언니는 그 영화관에서 영화 구경을 시켜 주려고 나를 그리로 데려간 것이다. 일본 군인들이 전쟁을 하는 영화였는데, 나는 너무 무서워 눈을 감고서 큰언니 무릎에 엎드려 있었다. 칠십 년 전에는 미도파백화점과 화신백화점이 종각 건너편 종로 와이엠시에이 쪽으로 나란히 있었다. 큰언니 손을 꽉 잡고 다니던 그때의 내 나이는 여덟 살이었다.

그보다 더 어린 다섯 살 때에는 큰언니와 둘째 언니가 나를 데리고 사진관에 가서 꽃병을 앞에 두고 사진을 찍었다. 어느 날 빛 바랜 그 사진이 내 책갈피에서 나왔다. 80년 전 사진이었다. 사진 속 두 언니는 이미 저 세상으로 떠났고, 지금은 나만이 이 세상에 살아 있다. 아무튼 세 소녀는 사진 속에서 나를 빤히 바라보고 있었다.

두 언니와 서 안나(다섯 살)

최초 공부방은 아버지 무르팍

아버지는 충청북도 청원군 북일면 서촌 마을의 대지주 2대 독자로 태어나 한학만을 공부하며 성장한 분이다. 스물여섯 살 때까지는 아무 걱정 없이 잘 지냈다. 그랬는데 할아버지의 '인감사건'이 터지면서 가세는 순식간에 몰락하고 말았다. 가까운 친척 몇분이 찾아와 금융조합에서 돈을 빌리려고 하는데, 담보가 없어 그 일이 막혔다는 것이다. 그래서 할아버지가 보증을 서 주면 문제는 간단히 해결된다고 통사정을 하였다. 점잖은 체통을 지켜야 하는 어른으로서 친척의 딱한 사정을 외면만 할 수도 없었다. 몇 차례의 밀당 끝에 할아버지는 보증서에 인감도장을 꾹 찍어 주고 말았다. 그 다음 스토리는 뻔할 뻔이었다. 그 친척들은 빌린 돈을 못 갚았고, 이로 인하여 금융조합은 할아버지에게 보증의 책임을 물었다. 마침내 할아버지의 전 재산에 압류가 들어왔다.

당시는 큰언니만 태어났을 때였는데, 세상물정 모르고 살았던 할아버지는 일순간에 모든 재산을 날리고 큰 정신적 충격에 빠졌다. 다시 일어서기는 어려웠다. 그때의 이야기를 회고하는 아버지의 모습을 볼 적마다 내 마음은 쓰리고 아팠다. 그동안 배우고 익힌 한학이 아무리 깊고 높아도 아무 쓸모가 없었다. 힘이 돼 주지 못했다. 형제마저 없으니 어느 누구와 의논할 수도 없었다.

아버지는 당신의 나이 여섯 살 때부터 한학 공부를 했는데, 그 어렵다는 《주역》까지 통달하였다고 한다. 마을 서당에서는 더 이상 배울 과정이 없어 달구지에 쌀 가마니를 싣고 대처로 나가 스승을 찾아 다녔다고 했다. 어려서부터 총명하여 아홉 살 때 이미 한시를 지어 장원을 하였다고 했다. 아버지는 어머니를 많이 힘들게 하였다. 가장 노릇을 못 하니 그럴 수밖에 없었다. 그런 아버지는 시와 풍류를 좋아하였고, 선비의 품위만 앞세우며 살았다. 여름이면 마을 뒤편 언덕에 있는 초당으로 인근의 선비 친구들을 불러모아 주안상을 차려놓고 함께 시조를 읊었다. 나는 또래들과 초당 근처를 맴돌며 어른들이 읊는 시조를 엿듣는 게 버릇처럼 되었다. 어른들의 시조가 상당 부분 내 머릿속에 입력되기 시작하였다.

제일 먼저 들어온 시조는 황진이가 최초로 읊은 '청산리 벽계수야 수이감을 자랑 마라'였고, 사육신의 한 사람인 성삼문이 지은 '이 몸이

앞줄 아버지, 어머니. 뒷줄 왼쪽은 서 안나 남동생. 두 언니

죽어가서 무엇이 될고 하니'가 다음을 이었다. '이런들 어찌하리 저런들 어찌하리' 등 충신·명인들이 지은 시조들을 나는 술술 읊어댔다. 뜻을 모르는 부분들은 표시해 두었다가 아버지가 한가할 때 여쭤 봐 이해를 쌓아갔다. 아버지는 어린 내가 시조에 흥미를 가졌다는 데 대하여 매우 신기해 하였고, 신통해 하셨다. 그래서 그 시조가 읊어지게 된 역사적 배경까지 자세하게 설명해 주셨다. 아버지는 당신께서 한학에 입문한 여섯 살 때를 떠올리며 내 나이 여섯 살 때부터 본격적으로 내게 《천자문(千字文)》을 가르치기 시작하였다. 그때마다 아버지는 나를 자신의 무르팍에 앉히고서 학습하였다. 아버지의 무르팍은 내가 공부하던 최초의 교실 속 의자였다.

나는 열 살 무렵, 《천자문》을 떼었다. 이어서 공부한 책은 《동몽선습(童蒙先習)》이었다. 이 책은 조선시대 초학 아동들이 《천자문》 다음에 반드시 학습하였던 대표적인 아동교재였다. 그 내용은 유학의 핵심 윤리인 오륜에 관한 부분과 중국·한국의 역사에 관한 부분으로 크게 나뉘어져 있다. 어쨌든 아버지는 7남매 중 나를 특별히 편애하였던 것은 사실이다. 이는 내가 어려서부터 유난히 허약하여 마음이 쓰였기 때문이라고 여겨진다. 이후 아버지는 《삼국사기》와 《삼국유사》에 대한 학습도 특별히 강조하였다. 이는 국사를 바르게 깨달아야 한다는 아버지의 신조 때문이었다고 생각한다. 이처럼 아버지의 철저한 유학교육과 어머니의 드러내지 않고 침묵 속에서 부처의 자비를 깨닫는 불교 교육을 받으며, 나는 성장하였다.

나는 열두 살 때부터 한글로 번역된 고전소설을 읽었다. 아버지가 한학을 한 관계로 집안 곳곳에는 책이 쌓여 있었다. 그중에서 내 눈에 띈 것은 《삼국지》《유충렬전》《춘향전》 등이었다. 그중 가장 뜻이 난해한 책은 《춘향전》이었다. 물론 어렵긴 다른 책도 마찬가지였지만, 특히 《춘향전》은 표현이 지독한 연애소설이었다. 나는 이해할 수 없는 대목을 체크하였다가 나중에 아버지에게 여쭤 보았다. 아버지도 처음에는 멋 모르고 찬찬히 일러 주다가 그 횟수가 늘어나자 갑자기 역정을 냈다

"너, 지금 무슨 책을 읽고 있느냐?"

아버지의 역정에 나는 쥐구멍이라도 찾고 싶었다. 가슴은 울렁울렁

하였고, 얼굴은 화확 달아올랐다. 결국 《춘향전》을 읽고 있다는 실토를 하고 말았다. 아버지는 당장에 《춘향전》을 없애 버렸다. 하지만 이미 나는 《춘향전》 줄거리를 거의 암기하여 버린 뒤였다. 지금도 나는 시(詩)보다 《춘향전》 속 아름다운 문장을 더 잘 외우고 있다.

열서너 살 무렵, 나는 양평군 개군면 내리라는 마을에서 살았다. 그 마을은 봄이면 노란 산수유가 꽃을 피우기 시작해서 마을의 풍경을 돋보이게 하였다. 산수유 꽃은 봄이 되는 3~4월에 노란색으로 피어나며, 가을에 붉게 익은 열매를 맺는다. 늦가을에서 초겨울인 11월 초순 첫서리가 내리는 시점부터 12월 초 눈이 내리는 시기에 수확을 한다. 11월 중순이 되면 열매가 튼실해져 이 시기가 산수유 열매를 수확하는 최절정기였다. 산수유 열매는 예부터 원기회복에 좋아 약용으로 많이 사용되어 왔다.

산수유는 씨에 독성이 들어 있기 때문에 그 씨를 제거하고 먹어야 한다. 생으로 먹으면 쓴맛이 강하기 때문에 술을 담그거나 차로 끓여 마셨다. 산수유 열매는 달면서 강한 신맛이 나고 떫기 때문에 씨를 발라내고 솥에 찐 후 햇볕에 말려서 주로 사용하였다. 그 열매를 까서 씨를 발라내는 일은 여러 차례 손이 간다. 그래서 마을사람들은 밤마다 한데 모여 씨를 발라내는 공동작업을 했다. 그 자리에 나는 초대되어 호롱불 가까운 자리에 앉아 그 시절 유행하던 딱지본 고전소설을 큰소리로 읽어 주었다.

대한제국이 멸망하고 일제강점기로 접어든 그 시절 전기수(傳奇叟)라는 직업인이 있었는데, 그들은 고전소설을 낭독하던 사람들이었다. 전기수 한 명이 대중들 앞에서 이야기꽃을 피우면 사람들은 그 이야기에 정신줄을 놓게 된다. 인기가 대단히 높았다.

나는 그런 전문적이고 직업적인 전기수는 아니었지만, 마을 어른들의 산수유 열매 씨 발리는 작업장에서 빼놓을 수 없는 아마추어 전기수 노릇을 하였다. 어찌나 구성지게 읽었는지 사람들은 웃기는 대목에서는 모두들 깔깔대고 웃었고, 《장화홍련전》 같은 슬픈 대목에서는 모두들 눈물바다를 이루었다.

내 눈에 들어온 새로운 세상

1957년 4월 초 부활 주일, 나는 친구 형옥이의 손에 이끌려 성당이라는 곳을 처음 갔다. 그때 내 나이는 스물두 살이었다. 유교와 불교의 영향 아래 자라난 내가 갑자기 왜 천주교회에 가게 된 것일까?

나는 어려서부터 두 가지 꿈을 가지고 있었다. 첫번째 꿈은 왕비처럼 우아하게 사는 것이었고, 두 번째 꿈은 그것이 안 될 경우, 작은 초막에서 혼자 살며 초근목피(草根木皮)로 연명하면서 가난한 사람들을 도우며 사는 것이었다. 그런데 두 가지 다 내 형편으로는 이룰 수 없는 꿈이었다. 나는 남들처럼 결혼해서 평범하게 사는 것은 꿈에도 생각해 본 적이 없었다.

나이를 먹으면서 고민이 점점 커졌다. 왕비 같은 생활은 끝났고, 초근목피로 연명하며 혼자 사는 것도 쉽지 않을 것 같았다. 가끔 조용할 때는 멍하니 먼 산을 바라보며 고민에 빠지기도 했다. 그러던 차에 형옥이라는 친구가 천주교회에 함께 가자고 손을 끌었다. 거기 가면 내가 원하는 삶이 이루어질까 하고 호기심에 따라갔다.

그날은 부활 주일이었고, 신자들이 성당 가득히 모여 있었다. 사람들이 양쪽으로 나뉘어 앉았는데, 한쪽은 머리에 하얀 광목 수건을 썼고, 다른 한쪽은 까만 머리 그대로였다. 자세히 보니 까만 머리는 남자요, 하얀 머리는 여자였다. 당시 천주교는 남자와 여자의 앉는 자리가 엄격히 구별되어 있었다. 유교의 옛 가르침에서는 일곱 살만 되면 남녀가 한자리에 같이 앉지 않는다. 이른바 '남녀칠세부동석'을 그대로 실천하는 장소 같았다. 어쨌든 그 광경부터 신기했다. 조금 있으니 신부님이 아름다운 제의를 입고 빨간색 옷을 입은 어린 남자아이 둘을 앞세우고 미사를 드렸다. 난생 처음 보는 광경이니 신기하기 짝이 없고, 천장에 매달린 성체 등(燈)은 신비스럽기만 했다.

그 순간은 황홀함 그 자체였다. 천당이라는 곳이 아마도 이와 비슷할지도 모른다고 생각했다. 그때 미사를 드리던 신부님은 나중에 인천교구 교구장이 된 나길모 주교님이었다. 미국사람을 가까이에서 본 것도 그때가 처음이었다.

그날 저녁 나는 예비자 교리반에 등록했다. 형옥이는 나를 교리반에 등록시킨 후 뛸 듯이 기뻐했다. 내 교리 담당 선생님은 김 말지나 자매였다. 지금 생각하니 인천교구 송주석 안셀모 신부님의 어머니였다. 당시 송 안셀모는 신학생이었는데, 예쁘장한 외모에 가냘프고 약해 보였다. 몇 년 전에 만났는데 할아버지 신부님이 되어 있었다.

나는 교리반 등록 후부터 본격적으로 교리 공부에 빠져들었다. 교리문답 360가지 조목을 달달 외웠고, 내가 원하던 삶을 교회 안에서 찾을 수 있을지도 모른다는 희망이 생겼다. 성당에 교리공부를 하러 갈 때마다 사무실에 들러 종교 서적을 빌려다가 탐독했다. 윤형중 신부님이 지은 《상해 천주교 요리 상·중·하》, 주재용 신부님이 쓴 《선유의 천주사상과 제사문제》, 장면 박사가 번역한 《교부들의 신앙》《종교개혁》 등을 읽었다. 탐독했던 또 다른 책은 《경향잡지》였다. 그 외에 많은 책을 읽었지만 지금 생각 나는 것은 이 책들 뿐이다.

문제는 아버지와 어머니였다. 몰래 교리공부를 다녔고, 들키면 큰일 날 것 같아 매일 애가 탔다. 유교와 불교, 천주교의 삼파전이 일어날지도 모른다는 생각을 하니 겁이 났다. 그런데 천주교와 관련된 책을 읽고 문답을 외우다 보니 모르는 글자와 뜻 모를 말들이 너무 많았다. 달리 물어 볼 데는 없고, 알고는 넘어가야 하겠는데, 도움을 청할 사람이 내게는 가장 큰 스승인 아버지밖에 없었다. 나는 저녁마다 책을 읽으면서 아랫방에 계신 아버지를 향해 질문을 던지기 시작했다.

"아버지, 손수 변에 이렇게 생긴 자는 무슨 자예요?"

이렇게 물었다. 아버지는 그 글자를 가르쳐 주는 것은 물론, 그 뜻과 어디에 응용될 수 있는 글자인지까지 알려 주었다. 나는 재미를 붙였다. 책의 내용을 잘 이해하게 되었고, 더 많은 질문을 해댔다. 그제서야 아버지는 의심을 품었다.

"그 책이 무슨 책인데, 그렇게 모르는 것이 많으냐?"

그러면서 그 책을 좀 가져와 보라고 하였다. 나는 극구 아무것도 아니라고 하며 책을 감추곤 하였다.

아침에 외출했다가 저녁 무렵 귀가한 아버지는 내 방문을 열었다. 책상 위 벽에는 커다란 한글로 된 브로마이드 같은 포스터가 붙어 있었다. 십계명이 적힌 커다란 브로마이드였는데, 일필휘지한 붓글씨가 돋보였다. 아버지가 나를 불렀다.

"이리 좀 와 앉아 봐라. 거기 적혀 있는 대로만 살아라."

십계명대로 살란 말이었다.

"그동안 무슨 공부를 하는가 했더니 아주 쓸 만한 공부를 했구나."

나는 마음을 놓았다. 아버지가 이해해 주시는구나 하고 말이다.

수상쩍은 딸의 행동을 의심한 아버지는 내가 없는 틈에 책상을 뒤져 숨겨 놓았던 책들을 찾아내 읽어 보고 당신이 가장 중요하다고 여긴 것은 십계명 내용이었다. 《선유의 천주사상과 제사문제》라는 주재용 신부님의 책을 보고는 이렇게 말했다.

"천주교 안에는 귀신보다 더한 사람들이 숨어 있구나."

내가 그 책에서 제일 많이 질문을 했기 때문에 나 몰래 그 책을 읽으셨던 것이다.

고대하던 영세식 날이 다가왔다. 영세 예정자는 16명이었다. 당시 성당은 나길모 신부님이 본당신부님이었고, 변두리 내덕동으로 새 살림이 난 상태였다. 곡식 창고로 쓰던 곳을 개조하여 임시 성당을 꾸몄고, 그 주변 언덕을 사서 앞으로 새 성당을 지을 예정이라고 했다. 살림 난 지 몇 달 안 되어 첫 영세자가 생긴 것이다.

영세를 받기 위해 찰고에 들어갔다. 신부님은 깐깐하게 한 사람씩 찰고(교리시험)를 시작하였다. 나는 360가지 조목의 문답을 막힘 없이 외웠기에 어렵지 않게 찰고를 통과했다. 그런데 문제는 그 다음이었다. 문답이 다 끝난 다음, 신부님은 인쇄된 용지 한 장을 주며 부모님에게 허락을 받아 오라고 하였다. 도장까지 찍어 오라고 하였다. 내용을 보니 반드시 천주교 신자와 결혼시키겠다는 서약서 같은 것이었다. 지금이야 다 큰 성인이니 부모의 허락이 필요 없지만, 당시만 해도 처녀들이 영세받기는 참 어려웠다.

다 끝난 줄 알았는데, 산 넘어 산이었다. 밤새 고민을 하다가 결심을 했다. 부모님은 절대로 그런 서약을 해 줄 분들이 아니었다. 게다가 나 역시 그런 시집은 안 갈 것이기에 부모님과 신부님을 속이기로 마음먹었다. 그래서 도장도 몰래 찍고, 나는 부모님 함자도 대신 적어 넣었다. 그 순간 심장이 얼마나 뛰었는지 모른다. 그때 생각을 하면 지금도 가슴이 떨린다.

나는 떨리는 손으로 신부님에게 서약서를 내밀었다. 신부님은 그렇게 빨리 받아 오리라고 미처 예상을 못 했던 모양이다. 서약서를 한 번 보고, 내 얼굴을 한 번 보더니 고개를 잠시 갸우뚱거렸다. 나의 속임수를 알고 있다는 눈치였다. 아무래도 좋았다. 나는 영세만 받으면 되니까.

1957년 9월 22일 순교복자 축일에 '안나'라는 세례명으로 영세를 받았다. 드디어 내 꿈에 한 발 다가선 것이다.

이처럼 어렵게 영세를 받고 난 후, 다음 주일 미사를 갔다. 그런데 신부님이 미사 끝에 나를 불러 다음 주부터 주일학교 교사를 좀 맡아 달라고 부탁하였다. 새로 살림 난 본당에 사람이 부족하여 고학년을 가르칠 교사가 없다며, 배운 대로 전해만 주면 된다고 하였다. 아이들은 열댓 명밖에 안 되었지만 겁이 났다. 하지만 거절할 수 없어 용감하게 머리를 끄덕였다.

아직 성당 건물이 지어지기 전이라 교실이 없었다. 성당 부지로 매입해 놓은 넓은 언덕에는 개인 묘지 봉분이 몇 군데 있었는데, 주위로 잔디가 잘 깔려 있어 거기서 주일학교를 개설했다. 다른 선생님과 함께 저학년은 작은 묘지 앞, 고학년은 큰 묘지 앞 잔디밭에 어린이들을 불러모았다. 그때는 교과서도 없었고, 출석부도 없었다. 주일학교 첫날 나는 아이들에게 《성 프란치스코의 잔꽃송이》를 읽고, 그 이야기를 들려주었다. 당시 번역된 성인전들이 막 쏟아져 나올 때라 성인들 이야기를 주로 해 주었다.

부산행 밤 열차를 탄 사연

영세받은 지 꼭 보름째 되던 날, 나는 형옥이를 만나기 위해 부산으로 가는 밤 열차를 탔다. 형옥이는 나를 교리반에 등록시킨 20일 후, 부산에 있는 '올리베따노 성 베네딕도 수녀원'에 입회하였다. 세례명을 '안나'라고 지은 것부터 영세를 받기까지의 모든 과정을 형옥이에게 들려 주고 싶었다. 그래서 용기를 낸 것이다. 한 번도 가 본 적 없는 부산으로 가기 위해 홀로 밤 열차에 올랐다.

열차 안에는 빈자리가 없을 만큼 복닥거렸다. 내 옆자리에는 낯선 젊은 남자가 앉았는데, 그렇게 불편할 수가 없었다. 나는 예비 수녀처럼 까만 치마저고리를 입고, 헝겊 가방을 들었으며, 머리는 길게 땋아 뒤로 늘어뜨렸다. 지금이야 부산까지 케이티엑스를 타면 2시간 30분

서 안나를 최초로 성당으로 이끌어 준 죽마고우 형옥 씨(사진 왼쪽). 형옥 씨는 훗날 선감 공소로 서 안나를 찾아왔다.

남짓이면 간다. 하지만, 당시는 10시간이 넘게 걸렸다. 피곤하고 지루한 여행길이었다. 시간을 보내기 위해 나는 메모장을 꺼내어 그때그때 떠오르는 상념을 적었다.

새벽 2시가 넘었는데, 옆자리에 앉은 남자가 자꾸 몸을 부딪쳐 왔다. 가만히 살펴보니 그는 잘 생긴 외모에, 나이는 서른 안팎으로 보였다. 그는 멋진 가죽가방과 바이올린 케이스를 짐칸에 얹어놓고 있었다. 그는 자는 척하며 고의로 몸을 부딪혀 왔다. 그럴 때마다 미안하다면서 말을 걸었다.

자기는 대구까지 간다며 쓸데없는 질문을 자꾸 해댔다. 부산 친구집에 가는 길이고, 초행길이라고 했더니 그 남자는 갑자기 대구에서 자기와 함께 내리자고 했다. 대구에는 볼거리가 많으며, 자기가 구경도 시켜 주겠다고 사탕발림을 늘어놓았다. 대구에서 부산까지는 얼마 안 되므로 구경을 하고, 부산을 가도 늦지 않을 것이고, 자기가 부산까지 데려다 주겠다고 했다. 그 사람은 계속 말을 했고, 나는 한 마디 대꾸도 안 했다. 내심 겁도 났다.

"다음 정차할 역은 대구~~"

도착을 알리는 방송이 나오자 그는 할 수 없다는 듯 짐을 들고 혼자 내렸다. 가슴이 후련하고 마음이 놓였다.

부산역에 도착해 물어물어 찾아간 성당은 개인집 같은 아주 형편 없는 건물이었다. 제대에 촛불 여섯 개가 켜지고 미사가 시작되었는데, 집전할 신부님이 나오는데 그는 한국사람이었다. 나는 또 한 번 가슴이 덜컹했다. 내가 잘못 찾아오지 않았나 싶어 누구에게든 물어 볼까 생각했다. 나는 그때까지 미국인 신부님만 보았지 한국인 신부님은 본 적이 없었다.

우리 성당은 항상 촛불이 두 개만 켜져 있는데, 거기는 여섯 개, 신부님은 한국사람이다. 영국 성공회가 천주교와 예절이 똑같다더니 잘못 찾아온 게 아닌가 마음을 졸였다. 나갈까말까 고민하고 있는데, 그때 마침 신부님의 강론이 시작되었다. 강론 중에 루르드 성모님의 기적에 대해 언급했다. 그제서야 내가 잘못 온 게 아니구나 하고 안심했다.

미사가 끝난 후 성 베네딕도 수녀원을 찾아갔다. 형옥이가 까만 치마저고리를 입고 나와서 반겨 주었다. 수녀원 구경도 시켜 주고 밥도 차려 주었다. 그날은 수녀원 손님방에서 하룻밤을 자고, 다음날 수련장 수녀님을 만났다. 수녀원에 입회하고 싶어 찾아왔다고 했더니 반기면서 나이와 영세 연수를 물었다. 영세한 지 두 주일쯤 지났다고 하니 수녀님이 깜짝 놀랐다.

"3년은 기다려야 합니다. 교회법이 그렇습니다. 앞으로 3년은 기다리세요."

수련장 수녀님은 이 말만 하고 들어갔다.

수녀원에 즉시 입회할 꿈에 부풀었던 나는 실망이 컸다. 하지만 죽마고우 형옥이를 만난 것으로 만족하고, 다시 서울행 기차에 올랐다. 부산에 다녀온 후 나는 한동안 우울해 있었다. 그 시기에 본당 신부님이 각 동별로 예비신자 교리를 하겠다고 발표하였다. 신부님은 새로 살림 난 본당에 열성을 보였다. 내게 교리를 가르쳐 주었던 김 말지나 회장님은 레지오 단원인 자매 두 명과 나, 그리고 고등학생 데레사, 그렇게 네 사람을 예비신자 교리교사로 임명하였다. 성당 안에 광목천으로 커텐을 치고 칸을 막아 임시 교실을 만들었고, 당장 다음 주일부터 교리를 시작하라는 지시였다. 졸지에 주일학교 교사에, 예비신자 교리교사가 된 것이다. 겹치기로 책임이 지워져 바쁜 나날이 이어졌다.

사람들 앞에 서면 부끄러워서 고개조차 못 들던 숙맥불변이던 나였는데, 교리를 가르칠 때는 전혀 그런 티를 찾아볼 수 없었다. 삼위일체 같은 어려운 교리도 알기 쉽게 척척 설명해 냈다. 말을 하다 보면, 그동안 교리문답을 하고, 여러 가지 신앙 서적을 탐독하며 배웠던 온갖 것들이 마구 살아 움직이면서 하나로 연결되는 느낌이 들었다.

어느 날 교리 공부가 끝났는데, 어르신 한 분이 다가오더니 내게 물었다.

"선생님, 사는 동네는 어디요?"

안덕골에 산다고 했더니 이번에는 아버지 성함을 물었다. 아버지 함자를 댔더니 고개를 끄덕끄덕하며 어쩐지 내가 예스런 사람 같지 않았다는 표정을 지었다. 그만큼 나는 매사에 조심했고, 조신한 몸가짐을 가다듬으며 살았다.

다행히 약 두 달 후, 본당에 두 분의 수녀님이 새로 부임해 왔다. 홍글라라 수녀님과 김 사베리오 수녀님이었는데, 본당이 생긴 이래 처음으로 수녀님을 맞이한 신자들은 정말 기뻐했다. 그때부터 예비신자 교리는 수녀님들이 맡았다.

당장 안 되면 안 되는 일

내가 영세를 받고 얼마 안 되었을 때의 일이다. 우연히 아버지와 어머니가 낮은 목소리로 주고받는 이야기를 엿듣게 되었다. 그때 아버지는 이렇게 말씀하였다.

"내일 일찍이 집을 보러 나갈까 하오. 생각해 보니 저 아이가 매일 새벽마다 미사를 하러 멀리 다니는 것이 영 마음에 걸려요. 천주당 가까운 곳에다 집을 사려 하오. 어떻겠소?"

아버지는 드러내 놓고 말씀은 안 하여도 나를 이렇게까지 끔찍하게 생각하나 싶어 가슴이 먹먹해 왔다. 정말 부모님 말대로 새로 이사갈 집은 성당과 아주 가까운 곳으로 정해졌다. 나는 그 덕에 매일 미사를 편리하게 다닐 수 있었고, 수녀님들도 자주 만날 수 있었다.

어머니는 동짓날이면 매번 잊지 않고 팥죽을 끓여 이웃들과 나누었다. 또 집안사람들을 불러모아 팥죽 잔치를 벌였다.

"이번 동지는 노동지라 되도록 팥죽을 많은 사람들과 나누어야 한다."

노동지가 무엇이냐고 여쭈었다. 그랬더니 어머니는 그 유래에 대해 자세히 설명해 주었다. 음력 동짓달 초순에 동지가 들면 애동지, 중순에 들면 중동지, 말일께 들면 노동지라고 하였다. 애동지와 중동지에는 팥떡을 해먹고, 노동지에는 팥죽을 쑤어 먹는다고 하였다.

그날 저녁 나는 본당 수녀님들 생각이 났다. 슬그머니 나가서 팥죽을 냄비에 퍼담고 그 귀한 설탕도 몇 숟가락 퍼넣었다. 수녀님들은 빵이나 고기, 단 것을 즐기는 줄 알고 늦은 저녁에 단팥죽을 갖다 주었다. 그렇게 가끔 어머니 모르게 음식을 본당 수녀님들에게 퍼다 주었다.

한 번은 설날에 쓰려고 어머니가 가래떡을 미리 틀어 놓았다. 오랜만에 소고기도 꽤 많은 양을 사다 부엌 창가에 얹어 놓았다. 고기를 보니 수녀님들 생각이 났다. 가래떡 몇 개와 소고기 한 덩어리를 슬쩍 해가지고 어둠을 뚫고 수녀원으로 갔다. 수녀원이 집에서 가까이 있어 정말 다행이었다.

"수녀님, 어머니께서 설날에 드시라고 주었어요."

그때까지는 어머니가 아직 신자가 아니었기에 탄로날 일도 없어 다행이었다. 집에 무언가 생기면 이런 식으로 슬쩍슬쩍 퍼날랐다. 수녀님들은 내가 거짓말을 하는 줄도 모르고, 어머니가 정말 준 것으로 알고 있었다.

그러던 어느 날, 글라라 수녀님이 나를 슬쩍 부르더니 원장 수녀님이 내일 오는데, 한번 와서 인사를 드리라고 하였다. 나는 너무 기뻐서 가슴이 마구 뛰었다. 다음날 원장 수녀님에게 인사를 드리고, 내 뜻도 말했다. 이번에도 역시 문제는 영세 기간이었다. 영세받은 지 몇 달 안 되면 문제라고 하였다. 3년을 기다려야 한다고 말씀하고, 3년이 되면 꼭 받아 주겠다고 약속하였다. 하지만 나는 3년을 기다릴 수가 없는 처지였다.

"지금은 안 될까요? 일단 수녀원에 들어가서 더 오래 수련을 받으면 되잖아요?"

원칙을 무시한, 말도 안 되는 소리를 했다. 그랬더니 원장 수녀님이 이것저것 다시 질문을 하였다. 답을 얘기하다 보니 영세 날짜는 문제가 아니었다. 아직 부모님이 가톨릭 신자도 아닌 데다 내 나이도 제한 연령에 꽉 찼고, 수녀가 갖춰야 할 최종학력에도 미치지 못했다. 게다가 몸도 허약해 보여 수녀가 되기는 어려울 것 같다는 판단을 내렸다. 그러더니 마지막으로 수녀원에 간다고 하면 부모님이 허락할 것 같은지를 물었다.

"그건 장담할 수 없지만, 받아만 주신다면 도망이라도 치겠습니다."

나는 당차게 대답했다. 그리고 몇 달 후 수련장 수녀님이 또 왔다. 나는 아무 말 않고 처분만 기다렸다. 수녀님이 하는 말대로 부족한 기간을 채우려면 부산에 있는 분원에 가서 일도 도와 주고 수녀님들과 2

년 정도 살다가 들어오는 수밖에 없는데, 그렇게라도 하겠느냐고 물었다. 나는 그렇게는 못 한다고 펄쩍 뛰었다.

"저는 직접 모원 수련원에 들어가고 싶습니다."

그러자 다시 물었다.

"그럼 수녀원에 들어가 3년 동안 매일 화장실 청소만 하라고 하면 그것도 하겠느냐?"

나는 즉각 대답했다.

"할 수 있습니다."

"안나의 뜻이 정 그렇다면 이번에 올라가서 참사위원들과 의논해 보겠다. 결과는 잠시 기다려 보자."

수련장 수녀님은 이렇게 타일렀다. 속으로는 애가 탔지만, 기다릴 수밖에 다른 도리가 없었다. 이렇게 해서 잠시 기다려 보자고 했던 것이 어느새 1년이 흘렀다. 입회 가능한 시간까지 2년이 남은 셈이다.

한편 어머니는 나를 시집 보내려고 오래 전부터 만반의 준비를 해 놓은 상태였다. 도장방에 들어가 보면 장롱 속에 양단 이불감과 광목을 몇 필씩 사다 놓았다. 요강과 대야까지 준비해 둔 상태였다. 혼수 장만을 완벽하게 해놓았다. 가끔 낯선 부인네들이 집에 들락거렸다. 이른바 중매장이 냄새가 풀풀 나는 그런 여인네들이었다. 어머니의 기세로 보면 언제든 강제로라도 내 혼사를 밀어붙일 모양이었다. 나는 남몰래 혼자 애를 태웠다.

드디어 허락된 입회 소식

드디어 본원에서 입회를 허락한다는 통지가 왔다. 뛸 듯이 기뻤다. 하느님께 감사기도를 올렸다. 영세를 받은 지 꼭 1년이 되던 때였다. 본원에서는 준비해야 하는 각종 증명서류와 물품 목록도 보내 왔다. 우선 내가 할 수 있는 것부터 준비하기 시작했다. 먼저 최종학력 성적증명서, 건강진단서, 부모님 승낙서. 이 세 가지는 필수였다.

첫 번째 관문은 최종학력 성적증명서였다.

나는 어려서(6세)부터 《천자문》을 익혔고, 《동몽선습》과 《명심보감》을 배우던 시기에 한국전쟁이 일어났다. 1950년 6월 25일, 민족상잔의 비극인 한국전쟁이 터졌다. 1951년 새해가 밝자마자 중공군이 한반도로 밀려 들어왔다. 그 여파로 우리 민족의 대이동이 감행되었다. 이른바 1·4 후퇴가 그 여파였다. 온가족이 피난길에 오르는 바람에 내 삶의 스케줄은 모두 엉망이 되었다. 결국 부모님의 고향인 청주에 눌러 살게 되었고, 휴전 후에야 비로소 학교 공부라는 것에 눈을 떴다. 내 나이 스무 살에 야간학교에 들어갔다.

일 년 반 동안 중·고등학교 전 과정을 속성으로 마치는 야간학교였다. 당시에는 나처럼 학교 문턱을 밟아 보지 못하고 학령을 넘긴 학생들이 많았다. 그 학교를 세운 분은 최병준 선생님과 유덕형 선생님이었다. 두 분의 열의가 배움에 굶주린 청소년들에게 희망을 주고, 꿈을 키운 그런 학교였다. 당시 유덕형 선생님은 충북도청 과장님이었고, 최병준 선생님은 서울대 문리대 학생이었다. 난리 중이어서 복학을 못 하였다고 했다. 최 선생님은 영어와 수학, 그리고 타자를 맡았다. 유 선생님은 국어와 주산을 가르쳐 주었다.

나는 최종학력증명서를 떼기 위해 그 야간학교로 찾아갔다. 최 선생님은 그런 증명서를 한 번도 발급해 본 적이 없다며 사무실로 들어가더니 한참 만에 나왔다. 봉투에 넣은 증명서를 건네며 너는 참 대단한 사람이라고 하였다. 다른 것은 생각나지 않고 40명 중 석차 1위라고 쓰여 있던 것은 기억한다.

최병준 선생님은 몇 년 전까지 청주문화원 원장으로 재직한다는 소식을 들었다. 유덕형 선생님은 지금 연세가 100세쯤 될 터인데, 아마 돌아가셨을 것으로 짐작된다.

두 번째 관문은 건강진단서였다.

나는 건강진단을 받기 위해 증평에 있는 메리놀병원엘 찾아갔다. 그 병원이 수녀원 지정 병원이기 때문에 꼭 거기서 검진을 받아야 했다. 피검사를 하고 가슴 엑스레이만 찍으면 되었다. 일주일 후 건강진단서를 받기 위해 병원을 다시 찾았다. 다짜고짜 병원장 수녀님은 너의 건강이 좋지 않으니 수녀원 입회를 서둘지 말라고 하였다. "피가 부족하고 빈혈이 심해 이런 상태로는 수도생활을 할 수 없다"고 하였다.

"1년 동안 잘 먹고 다시 검사를 해보자."

병원장 수녀님은 이 말만 남기고 일어났다. 나는 눈앞이 캄캄했다. 나는 정신을 차리고, 나가는 수녀님을 붙들고 "지금 가지 않으면 영원히 수녀원엘 갈 수 없을 거예요"라고 애원했다. 지금 생각하면 말도 안 되는 억지였지만, 그냥 건강이 좋다고 "한 번만 눈감아 주면 되지 않느냐"고 졸라댔다.

나의 애원에 병원장 수녀님은 수녀원 입회까지 2개월쯤 시간이 있으니 그동안만이라도 소고기를 매일같이 먹어야 된다고 하였다. 그러겠다고 했더니 단백질이 많이 부족하다고 진단서에 영어로 몇 줄 더 보탰다. 그러더니 이제 다 됐으니 가져가라고 했다.

나는 그 증명서를 받아들고 나오면서 춤을 출 듯이 기뻤다. 이제 부모님 승낙서만 받으면 어려운 관문은 모두 통과한다. 그렇게 생각하니 그제서야 마음이 편안해졌다. 고기를 매일 먹겠다고 철석같이 대답은 하고 나왔지만, 그 시절엔 1년에 소고기를 한 번 먹기도 어려웠다. 나는 죽더라도 수녀원에 들어가서 죽어야 한다고 생각했다. 그러지 않으면 완고하고 고집스러운 우리 부모님을 교회로 이끌 수 없고, 내 신앙마저 사라질 것 같았기 때문이다.

마지막 관문은 부모님 승낙서였다.

어느 날 나의 이런 행각은 모두 백일하에 드러나고 말았다. 어머니는 나를 불러놓고 요즘 무슨 일을 꾸미고 다니느냐며 솔직하게 말하라고 다그쳤다. 나는 큰 죄를 진 죄인처럼 무릎을 꿇고 앉아 아무 대답도 못 하자, 어머니는 화가 나서 어머니답지 않게 거친 말까지 입에 올렸다.

"이년아! 앞집 금옥이 엄마가 그러는데, 너는 걸음걸이까지 수녀를 빼닮았다고 하더라. 다른 사람들은 다 아는데, 엄마만 모르게 속였어. 나만 모른 거야?"

화가 많이 난 것 같았다. 올 것이 왔구나 싶었다. 일단 터졌으니 솔직할 수밖에 없었다. 모든 것을 다 고백하고 수도회 입회 날짜까지 받아 놓았다고 말했다. 그날부터 집안은 초상집이 되었고, 어머니는 식음을 전폐하고 몸져 누웠다.

그런데 이 사실을 안 아버지는 의외로 어머니를 설득하기 시작하였다. 아버지 한 분이라도 내 편이 되어 주니 너무나 고마웠다. 이렇게 해서 어머니의 희망사항은 무시되고, 아버지는 승낙서에 도장을 찍어 주었다. 가장 어려운 세 가지 문제가 끝났다.

당시 어머니는 딸이 수녀가 되면 영영 보지 못하는 것으로 알았다.

나 역시 집을 한번 떠나면 그렇게 될 것이라 생각했다. 그렇게 고집스럽게 앞만 보고 달리던 내가 막상 입회 날짜를 받아 놓자 만감이 교차했다. 가족들과도 서먹해진 것 같고, 종잡을 수 없는 감정이 순간순간 일어났다.

아버지는 짧은 시간이었지만 나름대로 수도생활이 어떤 것인지, 그 철학적 가치를 간략하게 설명해 주었다. 수도자는 그 글자가 뜻하는 대로 '자신이 가야 할 길을 닦아가는 사람'이라고 하였다. 그것을 못 하면 수도자가 아니라고 하였다.

문제는 이게 끝이 아니었다는 점이다. 맨 마지막에 돈이 문제로 떠올랐다. 3년 동안 자신이 사용할 물품들을 스스로 구입해야 하는데 난감했다. 수도서원을 할 때까지는 공부를 하는 기간이다. 그 기간 동안에는 언제든 탈퇴를 할 수 있다. 그래서 자기가 쓸 물품은 스스로 준비해야 했다. 어머니는 준비 물품 목록을 보고는 한 가지도 해 줄 수 없다고 못을 박았다. 나를 위해 준비해 놓았던 것들도 하나도 못 준다고 하였다.

나는 본당의 글라라 수녀님을 찾아가 울면서 사정을 털어 놓았다. 수녀님은 나를 위로하면서 일단 그 서류들부터 얼른 본원에 보내라고 하였다. 다른 필요한 것들은 두 분이 해결해 주겠다고 약속하였다.

수녀님들은 나를 위해 본인이 가지고 있던 것들을 하나씩 내놓았다. 양말, 수건, 손수건, 목도리, 앞치마까지 내놓았다. 이불도 자신들이 만들어 줄 테니 솜과 이불감만 구해 오라고 하였다. 이불 한 채, 요한 채를 만들어 주었는데, 실례되는 말이지만 크기가 보리개떡만 했다.

보리개떡은 당시 서민들의 고단한 생활상을 그대로 담은 떡으로 불리었다. 다른 가래떡이나 송편 같은 떡과는 비교할 수 없는 초라한 떡이었다. 당시 보릿고개를 넘어야 하는 서민들은 하루 끼니를 때우기조차 어려운 상황이었다. 그래서 서민들은 보리를 찧을 때 나오는 보릿겨로 떡을 만들어 먹었다. 하지만 이 떡은 매우 꺼칠거렸고, 목구멍으로 넘기기도 쉽지 않았다. 하지만 어쩔 수 없이 그 보리개떡을 먹으면서 보릿고개를 넘겨야 했다. 귀한 사람은 거들떠 보지도 않는 하찮은 떡이었다. 그런데 하필이면 개떡이라 했을까?

원래 개떡은 '겨떡'이었다. 보릿겨로 만들었으니 그렇게 부르는 것이 옳았다. 그런데 겨가 게로 변했고, 게가 다시 개로 바뀌었다. 그렇게 해서 탄생한 것이 개떡이다. 내가 수녀님들이 만들어 준 이불·요를 보며 개떡을 먼저 떠올린 것은 이불·요를 폄하하자는 것이 아니라 그만큼 작아 보였기 때문이다.

물품 목록에는 겨울이불, 여름이불, 침대보 4장 등등 준비할 이불만도 여러 종류였지만 나는 달랑 이불·요를 합해 한 채씩만 간신히 준비했다.

수녀님은 부족한 것은 일단 수녀원에 들어가서 신청하면 웬만한 것은 그곳에서 다 줄 것이라고 말하였다. 이렇게 해서 수녀원에서는 가난한 집 딸 민며느리 데려가듯 나를 보쌈해 데려갔다.

그래도 남은 문제가 있었다. 견진성사를 받지 못한 것이다. 수도회에 가자면 기본 조건이 견진성사를 받은 신자여야 했다. 그때는 2~3년에 한 번씩 견진성사가 있었다. 입회 날짜는 3월 26일인데 큰일이었다. 견진성사를 받지 못하면 수녀원 입회가 아예 좌절될 수 있다. 다행히 입회 20여 일 전인 3월 7일에 견진성사가 있었다. 이렇게 견진성사도 무사히 받았다. 이제 갖출 건 다 갖추었고, 나는 영세 3년 아닌 1년 반 만이란 예외 규정(?)을 만들어 수녀원에 입회하는 데 성공했다.

막상 사랑하는 가족들, 특히 아버지·어머니를 떠나 수녀원에 갈 생각을 하니 매일 잠을 제대로 이룰 수가 없었다. 나는 왜 이렇게 가슴 찢어지는 일을 거쳐야 하는가? 잠깐씩 흔들리기도 했다. 그래도 입술을 깨물고 다시 결심했다. 내 몸 하나 하느님께 바쳐 우리 가족 모두의 마음을 하느님 앞으로 오게 하는 일인데, 무엇인들 못 할까. 나는 새삼스럽게 마음을 다잡았다.

아버지와 주고받은 편지

새벽 4시 30분 기상종이 멀리서 은은하게 들려 왔다. 조금 후 노크 소리가 조용히 몇 번 들렸다. 검은 수도복에 하얀 수건을 쓴 수녀님이 발자국 소리도 죽인 채 사푼사푼 걸어서 복도를 지나간다. 그러면서 라틴어로 "베네디까무스 도미노(Benedicamus Domino, 주님을 찬미하라)"라고 했다. 그때마다 나는 "데오 그라시아스(Deo Gratias, 하느님 감사합니다)" 하고 화답했다. 전날 그렇게 화답하는 연습을 미리 해둔 터였다. 그리고 아침 기도와 묵상, 성무일도가 끝나면 5시부터 미사가 시작된다. 이렇게 해서 수도생활의 첫날이 문을 열었다.

수련소가 있는 흑석동 수녀원은 아담하고 아기자기한 일본 적산가옥 이층집이었다. 처음 왔을 때 정원이 너무너무 아름다워, 나는 별천지에 온 기분이었다. 매주 두 번씩 정원을 산책하는 시간이 있었는데, 기암괴석들과 갖가지 정원수들이 어리벙벙해 하는 나를 반갑게 맞이했다. 그리고 각종 화초들이 나무 사이와 돌 틈에서 갖가지 색깔들의 꽃을 피우고 있었다. 벌·나비도 여유롭게 날아다녔다. 마치 깊은 산 속에 온 것처럼 아름다운 새소리도 들렸다. 어떤 때는 내가 천당을 미리 방문한 것이 아닌가 착각하게 만들었다.

어떤 지원자는 집 생각, 부모님 생각이 너무 나서 벽장문을 열고는 머리를 그 속에 넣고 소리 내어 울기도 했다. 그러나 나는 아무리 어려운 일이 있어도 눈물을 보이지 않았다. 힘들 때마다 "나는 수도자다"라는 말을 주문처럼 외우면서 참아냈다. 왜냐하면 나는 꼭 수녀가 되어야 하고, 내가 잘 참아내야 부모님의 영혼을 구할 수 있었기 때문이다.

내가 수녀원에 입회한 후, 어머니가 천주교에 입교하였다는 소식을 글라라 수녀님을 통해 들었다. 딸을 만나려면 성당에 가야 한다고 수녀님이 설득하였기 때문이다. 나는 너무나 기뻤다. 하느님은 나의 기도를 하나씩 들어 주시기 시작했다. 아버지만 돌아오면 다른 가족들은 어미닭을 따르는 병아리들처럼 졸졸 따르리라고 예상됐다. 내가 어렵고 힘들 때마다 그 내용을 아버지에게 기도로써 고했다. 그것은 곧 하느님께 바치는 기도였다.

첫날 어둠 속에서 우리를 깨워 준 수녀님이 천사처럼 느껴졌다. 모든 게 아름답고 신비스럽고 황홀했다. 우리 동기 지원자들 중 내가 제일 나이가 많았다. 그러나 신앙 연령은 내가 제일 어렸다. 사회 경험은 아버지께서 서 안나에게 보낸 서신. 초서로 씌어 있어 쉽게 읽을 수 없었으나 서 안나에겐 이 세상에서 가장 소중한 서신으로 간직하고 있다.

거의 전무했고, 너무 순진했다. 견진성사도 며칠 전에 받고 들어왔으니 아는 것이 없어 함께 들어온 동기생들과 신앙에 대한 대화도 잘 통하지 않았다.

그런데 놀랍게도 나보다 두 살 아래인 동기생 하나는 견진성사도 못 받고 들어왔다고 했다. 그래서 그는 입회한 지 두 달 만에 견진 교리를 공부하러 가까운 본당으로 다녔다. 그는 그해 성령강림 대축일에 드디어 견진성사를 받았다. 그 사실이 내게는 조금은 위로가 되었다. 나보다 더 늦은 사람도 있구나 하고 말이다.

입회한 지 한 달 만에 집에 안부편지를 띄웠다. 즉시 아버지에게서 답장이 왔다. 편지를 받고 너무 반가워 눈물이 핑 돌았다. 그런데 다음이 문제였다. 편지를 펴보긴 했으나 쉽게 읽을 수 없을 만큼 초서로 휘갈겨 써보냈기 때문이다. 아마 수녀원 전체에서 아버지의 편지를 쉽게 읽을 수 있는 사람은 총원장 수녀님 한 분밖에 없을 듯했다. 손으로 글자 한 자 한 자를 짚어가며 아버지의 편지를 읽고 또 읽었다. 아버지는 세상을 떠나기 전까지 꼭 두 번 내게 편지를 보내 주셨다.

나는 수녀원에서 수련을 받는 동안 어린 시절에 읽었던 《춘향전》이 많은 교훈을 주었다. 그 교훈을 떠올리며 나는 참고 견디는 훈련을 했다. 유교와 불교 사상을 22년 동안 가르침을 받았던 나다. 그런데 천주교 사상과 교리는 겨우 2년 정도밖에 배우지 못했다. 당연히 예수님의 사랑이 쉽게 전달되지 않았다. 나는 열심을 다해 신앙생활을 실천하려고 노력했다. 하지만, 내가 익힌 유교 사상과 불교의 가르침은 나의 수도생활을 헷갈리게 하였다. 성경을 통해 예수님의 가르침을 따르는 것보다 유교와 불교의 가르침이 나에게 더 쉽게 다가왔던 탓이다. 그래도 나는 걱정하지 않았다. 모든 가르침은 진실 하나로 서로 통한다고 믿었기 때문이다.

서원에 대한 맹세

수녀원 지원자 시절 다른 동료들은 매월 가족들이 찾아와 단란한 시간을 보내고 갔다. 한데 나는 열 달 동안 가족이 한 사람도 찾아오지 않았다. 보고 싶은 마음은 간절했지만 다행이라 생각했다. 마음에 잡념이 들어가면 안 된다는 생각이 앞섰기 때문이다. 그만큼 내 마음은 여리면서도 강직해졌다. 사실 도망치듯 집을 떠나온 몸이다. 언감생심 나를 보러 오라는 말을 어떻게 할 수 있었겠는가?

수련받는 동안 나는 가끔씩 실수도 했다. 화분을 떨어뜨려 깨먹기도 했고, 마구잡이로 뛰어가다 넘어져 무릎을 다치기도 했다. 주방에서 연탄불 아궁이를 덮지 않고 들어가 다음날 아침에 나와 보니 물 한 솥이 다 졸아들었고, 나무로 된 솥뚜껑은 까맣게 그슬려져 있었다.

그런 실수를 저지를 때마다 나는 선생님 수녀님에게 곧이곧대로 보고했다. 잘못한 부분에 대해서는 보속을 했다. 실수를 할 때마다 왜 보고를 하고, 보속을 해야 하는지를 가만히 마음속으로 분석해 보았다. 수도자는 도를 닦는 사람이다. 그 어떤 행동 하나도 완벽하게 해야 한다는 것을 뒤늦게 깨달았다. 그럴 때마다 나는 더욱 겸손해졌고, 행동도 더 조심하게 되었다.

메리놀병원 원장 수녀님 말대로 나는 건강이 좋지 않아 수련받는 내내 힘들었다. 수련장 수녀님은 그런 내게 자주 비타민제를 몰래 건네주었다. 열심히 먹어야 수도생활을 잘 견딜 수 있다고 일러 주며 함께 간유도 주고 산초기름도 주었다. 그 귀한 것을 어떻게 구하였는지 큰 병에 든 것을 통째로 주었다. 다른 이들 안 보는 데서 먹으라고 간곡하게 일렀지만 남들 모르게 매일 먹는다는 것은 불가능했다. 이런 관심과 사랑을 받다 보니 다른 수녀님들 눈치도 봐야 했다.

그날은 오후에 쉬는 요일이었다. 저녁기도 시간이 가까워지는 것 같아 밖을 내다 보니 눈이 펑펑 쏟아지고 있었다. 어찌나 많이 내리는지 내 코앞도 잘 안 보일 정도였다. 한 시간 후면 저녁기도를 해야 하는데, 눈이 많이 쌓이면 성당 올라가는 층계가 미끄러울 것 같아 삽과 비를 들고 가만히 나왔다. 모두 쉬는 시간이라 수녀원은 조용하였다.

수련소 현관에서부터 성당으로 올라가려면 층계가 30계단쯤 되었다. 현관부터 시작해서 층계를 한 계단 두 계단 쓸며 올라갔다. 다 쓸고 올라가 내려오려는데 그 계단에는 다시 하얗게 눈이 쌓여 있었다.

이번에는 내려오면서 한 계단씩 또 쓸었다. 어찌나 눈이 많이 오는지 두 번을 오르내리며 쓸고 또 쓸었다. 잠시 눈이 멈추는가 싶어 나는 눈 맞은 옷을 털고 현관으로 들어섰다. 그때 수련장 수녀님이 방문을 열고 나오며 나를 불러 세운다. 옷은 촉촉히 젖어 있었고, 잠깐이라도 얼른 쉬고 싶었다. 그런데 꾸중을 하려나 싶어 내심 쫄아들었다.

"안나는 어진 수도자 감이야."

이렇게 말하고, 이어서 쉴 때 쉬고, 건강을 가장 먼저 챙기라면서 들어갔다. 누구도 모르게 나와서 한 일인데, 들킨 것 같아 무안했다.

지원자 시절, 인천 계산동 농장으로 지원을 나갔었다. 그때 우리는 모두 그 농장 수수밭에서 잡초를 뽑았다. 계산동 농장으로 갈 때는, 군용 스리쿼터를 빌려 짐칸에 모두들 승차했다. 비포장도로를 달리며 먼지를 흠뻑 뒤집어썼다. 하지만 오랜만의 외출이라 지원자들은 너무 좋아 깔깔대다가 노래도 불렀다. 수녀님들이 맛있는 도시락과 컵케이크도 구워서 싸 주었다.

지원자들은 한 고랑에 둘씩 앉아 넓은 수수밭에 기생하는 잡초를 뽑았다. 함께 잡초를 뽑던 이멜다는 잡초인지 수수인지 분간을 못 해 무조건 큰 것은 두고 작은 것만 모조리 뽑았다, 나중에 그것이 잡초가 아니고 수수라는 사실을 알고 밭고랑에서 데굴데굴 구르면서 웃어댔다. 지원자 시절에는 신기한 것도 많았고, 재미있는 일도 많았다. 정말 즐겁게 공부하고 일했다.

3년 6개월 동안 지독하게 공부에 몰두했다. 유명 신학대학 교수 신부님들이 직접 와서 과목별로 강의해 주었다. 정유진 마르코 총장 신부님, 정의채, 김남수, 임화길, 서공석 신부님들이 그들이었다. 훗날 그 신부님들은 우리나라 최고의 지도자 신부님들이었음을 알고 흐뭇한 미소를 한껏 입가에 담았었다. 그 밖에 몇 분이 더 있었는데, 이름을 잊어 버렸다. 철학, 신학, 신비신학, 교리신학, 교회법, 교회사, 라틴어 등 영어와 수학만 빼고 다양한 인문 분야를 접할 수 있었다. 수련장 수녀님의 강의도 일주일에 한 번씩 있었다. 수도 규칙과 회칙, 수도정신, 공동생활 같은 일반 강의였다.

공부하는 동안 나는 항상 만족했다. '영원한 도움의 성모 수녀회'를 선택한 것이 참으로 다행이었고, 자랑스럽기도 했다. 전혀 모르던 세계들을 알게 되니 백지장에 그림이 그려지듯이 선명하게 들어왔다. 육체는 힘들었지만 마음은 그렇게 행복할 수가 없었다. 세속에서 채우지 못했던 배움의 갈증을 수도원에 들어와서 실컷 풀게 된 것이다.

대피정을 끝내고 명수대본당에서 수많은 신자, 가족, 친지들이 참석한 가운데 수도서원식이 열렸다. 나는 하느님과 총원장 수녀님 앞에서 정결, 순명, 청빈 세 가지를 잘 지키겠다고 맹세하는 서원을 했다. 그날은 1962년 6월 29일이었다.

갑자기 사라진 첫 소임지

첫 서원을 하고 내가 받은 첫 소임지는 부산의 한 영아원이었다. 기저귀 찬 영아들만 있는 곳이었다. 나는 가슴이 덜컥 내려앉았다. 나의 꿈은 예비신자들에게 교리를 가르치고 전교활동을 펼치는 것이었는데, 이게 웬일인가? 당장 내일 새벽 기차를 타고 부산으로 내려가라는 지시가 내려왔다. 다른 동기생들은 소임지로 가기 위해 짐을 꾸리느라 분주한데, 나는 짐을 싸기가 싫어 멍하니 있었다.

'시간이 되면 가는 거지 뭐' 하며 성당 층계만 오르내리며 기도를 했다. 어떤 기도가 필요한 건지도 몰랐다. 그냥 성체 앞에 가서 눈만 껌벅거리다가 내려오기를 반복했다. 수십 차례 그런 행동을 반복했는데, 어느새 해가 지고 깜깜한 밤이 되었다.

마지막 끝기도를 한 후 나는 혼자 성체 앞에 오래도록 앉아 있었다. 그러다가 소등 소리에 놀라 얼른 일어나 힘없이 층계를 내려왔다. 그런데 총무원장 수녀님의 방문이 열리더니 잠깐 보자고 했다. 선 채로 말했다.

"부산 갈 짐은 푸세요."

짐은 싸지도 않았지만 그 말에 깜짝 놀라 원장님만 쳐다보았다. 부산영아원에 안 가게 되었다는 말을 듣는 순간, 가슴속에서 시원한 바람이 한떼 우르르 몰려 지나가는 느낌이 들었다. '아니 이런 일이 일어나다니!' 그것은 나에게 기적이나 다름없었다. 기쁘고 감사한 일이었다. 그로부터 나는 4개월 동안 총원장님 옆에서 비서로 일했다.

정릉 본원은 지대가 높아 서울 시내가 한눈에 내려다 보이는 아주 아름다운 곳이었다. 그 본원 터를 불하받기 위해 돌아가신 총장님이 보사부와 건설부를 쫓아다니며 온갖 설득을 했다고 한다. 땅을 불하받은 다음날부터 터를 닦기 시작했다. 길이 없는 맹지여서 정릉시장 지나서부터 차가 올라갈 수 있도록 길을 먼저 만들어야 했다.

올라가는 언덕은 나무도 별로 없는 민둥산이고, 바위산이었다. 군데군데 판잣집들이 자리를 잡고 있어 길을 내는 공사도 여의치 않았다. 암석 깨는 기계가 와서 매일 작업을 했다. 미군 부대에서 기계를 빌려와 총장 수녀님이 직접 작업 지휘를 하였다. 지금 생각하면 참 대단한 분이었다. 정릉시장 입구에서부터 수녀원 터까지 1킬로는 족히 될 것 같은 거리였다. 땅을 파면서 길을 닦아 올라가는 데 시간과 인력이 적지 않게 소모되었다. 따라서 소요되는 경비는 오스트리아 부인회에서 주로 지원을 받았다. 그리고 수녀원 전체도 허리띠를 졸라매고 절약 생활을 했다.

수녀회에서는 수녀원으로 올라가는 중턱에 먼저 직업보도소를 짓기 시작했다. 총장 수녀님 말로는 전쟁 중에 학교에 못 가서 공부를 하지 못한 젊은이와 고아들에게 직업을 알선해 주기 위해 교육할 장소라고 하였다.

총장 수녀님은 수도자라면 남녀를 불문하고 긴 수도복에 몸을 감싸고 천사처럼 사는 사람들이라고 할 수 있지만, 노동과 절약으로 자신을 극복하고, 그리스도의 정신을 본받아 실천해야 한다고 하였다. 또한 교회 안에서는 다른 사람들의 모범이 되고 표본이 되어야 한다고 말하였다. 그리고 수도자는 작은 예수가 되어 교회라는 큰 정원의 꽃이 되어야 한다고 말하였다. 아무리 큰 정원이라도 꽃이 피지 않으면 얼마나 황량하고 쓸쓸하겠는가.

예수님은 세상을 사랑하셔서 우리를 위하여 생명까지 내놓으셨다. 따라서 우리는 작은 예수가 되어 희생과 봉사로써 사회에 이바지해야 한다. 이웃을 사랑하며 자신을 변화시켜야 한다. 총장 수녀님은 늘 이렇게 우리를 가르쳤다.

2

내 마음의 오솔길

날마다
숨을
쉬지만

첫 소임지 강릉본당

총원장님 비서로 4개월을 보냈다. 그러던 1962년 10월 17일 분원장 수녀님과 함께 강릉본당으로 가서 소임하라는 명을 받았다. 귀가 번쩍 트일 만큼 기뻤다. 강릉본당 신부님은 지프차를 타고 우리 두 수녀를 데리러 직접 올라왔다. 성 골롬반 외방선교회 신부님인데, 참 멋진 분이었다. 33세의 젊은 신부님은 기골이 장대하고, 인물이 출중했다. 앞으로 이런 분과 함께 나의 꿈을 펼쳐 나갈 것이라고 생각하니 가슴이 울렁거렸다. 꿈속을 헤매는 것 같았다. 간단히 짐을 꾸려 지프차에 싣고, 태어나 처음으로 강릉을 향하여 출발했다.

때는 가을철이라 하늘은 청명했고, 선선한 바람이 알맞게 불었다. 강릉으로 가는 길은 정말 멀고 지루했다. 당시 도로는 국도였지만 비포장 자갈길이었다. 도로에 잔자갈을 깔면 쉽게 도로 표면이 손상되지 않았기 때문이다. 버스보다 한참 작은 지프차는 자갈길을 뽀얀 먼지를 일으키며 신나게 달렸다. 지프차의 흔들림 때문에 우리 세 사람은 그 먼지를 고스란히 뒤집어 썼으니 모두 밀가루로 화장을 한 듯했다. 거기에 피로감이 한꺼번에 달려들었다.

그래도 나는 전혀 개의치 않았다. 미지의 장소에 대한 동경심과 강릉에서 만날 새로운 사람들은 어떤 사람들일까? 그것들이 궁금했다. 그렇게 일곱 시간이 흘러갈 무렵, 강릉으로 들어가는 관문, 대관령 고개에 이르렀다. 대관령 정상(865미터)에서 잠시 내려가니 아주 협소한 주차장 같은 곳이 있었다. 주차장이라고 하기에는 터무니 없고, 자동차 한 대가 겨우 머물 수 있는 아주 조그만 공간이었다. 큰길 건너편에 웬 초가집 한 채가 있었다. 그 집은 '반쟁이'로 불리었으며, 이곳의 유일한 쉼터라고 했다. 강릉본당 신부님은 우리 둘을 잠시 하차해 보라고 했다. 잠시 휴식을 취하자는 것이다.

길고 긴 여행에 시달려서 피곤하고, 회색인간처럼 변한 몰골은 차마 볼 수가 없었다. 그래도 신부님이 차에서 내려 보라고 하니 그 명에 따를 수밖에 없었다. 지프차에서 내리는 순간 짙은 솔향기가 코를 찔렀다. 뒷날 알았지만, 강릉 지역은 예부터 소나무가 무리지어 숲을 이룬 마을로 유명했다. 그때 신부님이 가리키는 손길을 따라 우리 둘은 시선을 그곳으로 돌렸다. 그 아래 멀리 아스라이 강릉 시가지가 보였다. 그곳은 강릉 시내를 한눈에 내려다볼 수 있는 전망대였다. 게딱지 같은 집들이 옹기종기 모여 있었다. 그 시내 뒤쪽에는 거무튀튀한 색깔의 동해가 펼쳐져 있었다.

그 청정한 고장 강릉에서 나의 첫 소임이 시작된다고 생각하니 가슴은 울렁울렁거렸고 두근두근 떨렸다. 다시 지프차에 올라 본격적인 대관령 아흔아홉 굽이길을 내려갔다. 거북이처럼 슬금슬금 조심스럽게 서행을 했다. 자칫 잘못하면 끝이 안 보이는 낭떠러지로 떨어질 수도 있겠다는 생각이 들었다. 손잡이를 잡은 손에는 어느새 땀으로 가득 찼다. 정말 현기증이 날 만큼 무서웠다. 지금이야 케이티엑스가 2시간 30분이면 강릉에 도착하고, 고속버스는 3시간 30분이면 닿을 수 있다. 그런데 당시만 해도 좁디좁은 1차선 도로여서 쌩쌩 달릴 수도 없고 맞은편에서 혹여 자동차가 오면 난감해진다. 그럴 때마다 커브가 있는 곳까지 후진을 해야 했다. 커브를 도는 곳에 손바닥만한 공간이 있기 때문이다. 그 옛날 아들 이율곡을 만나러 어머니 신사임당은 나귀를 타거나 걸어서 이 고개를 넘었다고 하니 도무지 믿어지지 않았다. 어쨌든 곱게 단장한 단풍잎이 아름답게 산을 덮었다. 어쩌다 나무에서 떨어진 단풍잎 하나는 잽싸게 지프차 앞 유리창에 달라붙기도 했다. 나는 그 절경을 잔뜩 움추린 채 즐겼다.

그렇게 위험천만한 대관령 기슭을 다 내려오니, 그곳에는 가마골로 불리는 마을이 나타났다. 초가집이 서로 머리를 맞댄 채였고, 어느 초가집 굴뚝에서는 저녁밥을 짓는지, 옅은 회색 빛깔의 연기가 피어오르고 있었다. 그것은 한 폭의 풍경화로 보였다. 마침내 땅거미가 진하게 내린 시각에 강릉본당에 도착했다. 서울에서 출발한 시각부터 강릉에 도착한 시각을 계산해 보니 무려 11시간이 넘게 걸렸다.

첫 소임지에서의 생활은 그리 녹록지 않았다. 아직 수녀들이 머물 숙소도 마련되어 있지 않았다. 강릉본당이 위치한 임당동에서 300미터 정도 떨어진 곳에 낡은 건물 한 동이 있었는데, 임시로 그 건물의 한 방에 우리는 짐을 풀었다. 커다란 건물에 우리 둘만 있다고 생각하니 그토록 무서울 수가 없었다. 그곳은 예전에 전쟁고아들을 수용했던 고아원이었다. 화장실도 건물 뒤편에 있어 깜깜한 어둠을 뚫고 더듬더듬 가야 했다. 그런데 피곤이 한꺼번에 달려들어 잠자리에 누웠다. 고요한 어둠을 타고 멀리 떨어진 바다에서 파도치는 소리가 은은히 들리는 듯했다.

만민에게 복음을 전하고 싶다는 나의 포부와 달리 신출내기 수녀에게 주어진 일은 제의방 정리와 청소, 빨래하기 같은 허드렛일이었다. 동이 트기 전에 일어나 10여 분 걸어 성당에 도착하면 새벽미사 준비를 하며 하루를 시작했다. 강릉성당은 당시 신자가 2천여 명이 넘는 비교적 큰 성당이었다. 딸린 공소도 여럿이었다. 성당의 규모가 큰 만큼 해야 할 일도 많았다. 본당 생활 경험이 일천한 탓에 시키는 일도 제대로 소화하지 못했다. 이를 본 분원장 수녀님으로부터 수차례 지적을 당하기도 했다. 그래도 그런 시간들을 묵묵히 견뎌냈다. 인내의 시간이 길게 이어졌다.

겨울철 해양성 기후에 의한 바닷바람을 맞으며 이곳저곳을 다닌 탓인지, 어느 날부터 전신이 으슬으슬 춥고, 쉴 새 없이 기침을 해댔다. 난방이 전혀 안 된 성당에서 새벽미사를 드릴 때면 콜록콜록 기침을 연신 해댔는데, 여간 눈치가 보이는 게 아니었다. 새벽에 일어난 때부터 시작된 기침은 따뜻한 햇살이 퍼져야 비로소 멈추었다.

하루는 나이 지긋한 교우 한 분이 내 기침 소리를 주의 깊에 듣더니 나를 따로 불러 말했다.

"젊은 나이에 그러면 안 돼요. 아무래도 병원에 가야겠어요."

그분은 자신이 직접 분원장 수녀님에게서 허락을 받은 후, 강릉도립병원으로 갔다. 병원에서는 예상대로 엑스레이부터 찍었다. 폐에는 아무 이상이 없다는 진단이 나왔다. 그 후에도 기침은 몇 개월 더 계속되었다. 나의 고집 탓에 병을 키우는 건 아닌지 염려스러웠다.

결핵요양소에서의 교리 수업

이듬해 봄에 나는 신자의 권고대로 분원장 수녀님과 함께 결핵요양소를 방문했다. 1960년대 초 요양소 시설은 많이 취약했다. 병원 뒤편으로 옛날 초등학교 교실로 쓰던 목조 건물이 한 동 있었다. 나무 문짝은 썩어가고 있었다.

한 병실에 들어가니 여자 환자 한 분이 앙상한 얼굴로 하얀 이를 드러낸 채 활짝 웃고 있었다. 그 환자는 한봉희 데레사 자매였다. 그는 어려서부터 신자였고, 요양원에 들어와 여러 환자와 신앙에 대해 이야기를 많이 나누었다고 한다. 그중 몇 사람이 자신들도 신앙을 갖고 싶다고 해서 우리를 초대한 것이다.

그날 이후 분원장님의 지시로 매주 두 번씩 그곳을 찾아 결핵요양원 환자들에게 교리를 가르치기 시작했다. 대부분 희망이 없는 환자들이었다. 원하는 환자들을 한 병실에 모아놓고 30분 정도 교리 공부를 했다. 나머지는 그들의 이야기를 들어 주는 시간이었다.

어느 날 젊은 청년 환자가 기침을 시작하더니 갑자기 피를 토해 냈다. 이런 광경을 난생 처음 겪는 나로서는 큰 충격이자 공포의 순간이었다. 그 후, 청년 환자는 다시는 교리 시간에 나오지 않았다.

의사와 간호사들은 병실을 방문할 때 철통무장을 하고 들어섰다. 마스크에 장갑, 긴 장화를 신고 들어가서 약만 나누어 주고 얼른 나왔다. 그런데 나는 그런 장비 없이 맨손으로 교리책 한 권만 들고 그들과 마주 앉아 수없이 대화를 나누었다. 그리고 열성을 다해 교리를 설명했다. 세상은 잠깐 지나치는 나그네의 길이요, 여관방 같은 곳이니 오로지 하느님만을 의지하고 병마를 잘 이겨 내라고 말하곤 했다.

젊은 환자가 피를 토하던 날, 나는 무서움을 참고 환자의 머리를 감싸 쥐고 위로의 말을 해 주었다. 성당으로 돌아오는 길을 따라 흐르는 도랑물에 쪼그리고 앉아 손을 씻었다. 결핵은 전염되는 병이라는 것을 알기에 아무리 신앙과 사랑으로 참고 견딘다 해도 그날은 내 마음이 흔들렸다. 내 손에, 입가에 결핵균이 덕지덕지 붙어 있는 것 같은 느낌이 들어서 손을 씻고 물을 떠서 입 주변을 싹싹 닦았다.

나는 걸어오면서 생각했다.

'내가 오늘 무슨 짓을 한 것인가?'

그 순간 나는 각오를 다졌다. 무서워 하지도 말고 놀라지도 말자.

물로 씻어내면 무엇이 달라질까? 그들에게 갈 때 마스크와 장갑을 끼고 간다면 진정한 나의 마음이 그 환자들에게 전해질까? 아닐 것이라는 생각이 들었다.

그 뒤로도 결핵요양원에서의 교리 학습은 계속되었다. 그런데 정작 나 자신이 기침을 심하게 하면 도리가 아니었다. 환자들 앞에서 교리를 가르치는 사람이 기침을 하면 안 되는 일이다. 그런 생각에 미치자 교리 학습을 중지하고, 가끔씩 문병만 다녔다.

급성간염에 걸린 순한 양

어느 날 길을 가다 예비신자 한 사람과 우연히 마주쳤다. 아이 때문에 교리를 받으러 나올 수 없어 내가 직접 찾아가 교리를 가르치던 신자였는데, 그녀는 나를 보더니 깜짝 놀라며 물었다.

"수녀님, 왜 이렇게 눈이 노래요? 어머, 얼굴색도 노란네요?"

수녀원에는 거울이 없어 몰랐는데, 그 신자의 말을 듣고 거울을 찾아서 들여다 보니 눈의 흰자위뿐만 아니라, 온 얼굴이 노란 물감을 들인 것처럼 변해 있었다. 얼마 전부터 기운이 깡그리 빠지며 가슴도 답답해져 은근히 걱정을 하던 차였다.

당시 삼척에 있던 메리놀병원으로 기차를 타고 갔다. 병원 현관 입구에는 병원장 수녀님이 기다리고 있었다. 수녀님은 내 상태를 보더니 바로 응급실 침상에 눕혔다. 급성 간염이 왔다며, 빨리 서울에 있는 큰 병원으로 가서 입원해야 된다고 하였다.

"할 일이 태산 같은데, 어떻게 서울로 가요?"

나의 말에 병원장 수녀님은 직접 본당 신부님과 분원장 수녀님, 총원장 수녀님에게 전화해 나의 상태를 얘기할 테니 걱정 말라고 하였다. 그러면서 몸을 움직이면 안 되니 침대에 누워서 꼼짝하지 말라고 엄명을 내렸다.

우선 강릉본당으로 돌아왔다. 누워 있는데, 나의 소식을 들은 본당 신부님이 찾아와 내일 당장 서울로 올라가라고 하였다. 다음날 오전 기차를 타고 12시간이나 걸려 청량리역에 도착했다. 그 당시의 영동선은 강릉에서 출발하여 경북 영천까지 내려갔다가 다시 중앙선을 타고 서울로 올라오기 때문에 그만큼의 시간이 걸릴 수밖에 없었다. 청량리에 도착하니 깜깜한 밤이 되어 있었다. 택시를 타고 흑석동 수녀원에 도착하니 총원장 수녀님을 비롯한 몇 분 수녀님들이 정문에서 나를 기다리고 있었다. 소임 나간 지 8개월 만에 환자가 되어 돌아온 셈이다.

나는 수녀원에서 준비해 준 방에서 극진한 간호를 받으며 20일간 꼼짝도 못 하고 누워 지냈다. 매일 병원에 가서 조혈주사와 링거를 맞았다. 귀한 수입과일부터 푹 고은 병아리까지 몸에 좋다는 것은 다 먹었다. 그랬더니 소변색이 본래 색깔로 돌아왔다.

종합병원에 가서 다시 검사를 했더니 의사는 조금 더 쉬는 편이 좋겠다고 했다. 하지만 언제까지 소임지를 비워 둘 수도 없었다. 총원장 수녀님이 본당 신부님에게 나의 상태를 설명하고, 다른 수녀를 보내겠다고 했다. 그러나 본당 신부님은 일을 많이 안 시키면 된다고 하면서 나를 다시 소임지로 보내 달라고 사정을 했다는 것이다.

그리하여 나는 다시 강릉본당으로 가게 되었다. 그 사이 분원장 수녀님도 다른 분으로 바뀌었다. 다시 바쁜 나날이 이어졌다. 여전히 전교 활동을 할 수 있는 기회는 주어지지 않았지만, 묵묵히 내게 주어진 일들을 정성을 다해 수행했다.

어느 날 마리아 할머니와 발바라 아주머니가 나를 돌려 세워놓고 이야기를 주고받는 것을 들었다.

"저 수녀님은 통 말이 없으니 순한 양이라고 부를까요?"

마리아 할머니와 발바라 자매님은 이북에서 피난 온 친자매였다. 많은 이들이 두 사람을 강릉본당의 모범신자라고 불렀다. 이후부터 두 분 덕분에 나는 '순한 양'이라는 별명으로 불리게 되었다.

정동진에서 벌인 교리 교실

하루는 본당 신부님이 정동진 공소로 가서 한 주에 한 번씩 아동 교리를 전달하라고 하였다. 첫날에는 길도 안내할 겸 차로 데려다 주었는데, 도착해 보니 바다 가까이에 있는 옛날식 작은 공소였다. 우선 바다를 보니 가슴이 뻥 뚫리는 것 같았다. 그런 기회를 준 신부님에게 나는 마음속으로 감사하다는 인사를 했다. 그 뒤, 매주 한 번씩 기차를 타고 정동진으로 가서 조약돌 같은 아이들 5~6명과 만나서 모래밭에서 한 시간씩 뛰어놀다가 왔다.

그 아이들을 조그만 방에 모아놓고 교리 공부를 시키는 것은 거의 불가능한 일이었다. 그래서 아이들을 바닷가 모래밭에 데리고 나가서 조개껍데기며, 모래밭에서 죽어버린 불가사리도 줍게 했다. 이렇게 자유스럽게 놀아 주었다. 그렇게 노는 중간중간에 교리를 들려 주었다.

"하느님은 누구세요?"

"하느님은 우리에게 무엇을 해 주셨나요?"

"부모님과 함께 집에서 기도를 자주 하나요?"

이런 질문을 하면, 아이들의 입에선 여러 가지 답들이 나왔다. 그때마다 아이들은 즐겁게 웃었다.

하루는 아이들과 바닷물을 튕기면서 물장난을 하는데, 한 아이가 "해녀다!" 하고 소리쳤다. 조금 떨어진 해안가 바위 위에 두 명의 해녀가 앉아서 휴식을 취하고 있었다. 아이들과 손을 잡고 그곳으로 뛰어갔다. 해녀들은 수녀인 나를 보더니 깜짝 놀란 표정으로 반가워 했다.

그들은 제주도에서 동해안 물속을 알아보기 위해 왔다면서 잡은 전복 세 마리 중 가장 큰 놈을 바닷물에 씻어서 먹으라고 내게 주었다. 해녀도 처음 보고, 전복도 처음 보는 터라 질색하며 못 먹는다고 손사래를 쳤다. 하지만 일단 먹어 보라고 자꾸 권했다. 한번 먹어 보면 또 먹고 싶어진다기에 오만상을 다 찌푸리며 한 점 받아 먹었다. 고소하고 달작지근한 맛이 각별했다. 해녀들은 남은 전복까지 모두 주면서 죽을 끓여 먹으면 맛도 있지만 몸에 좋은 보약이 된다고 했다. 이 말을 남기고 그들은 다시 바닷속으로 들어갔다. 강릉에서 활동하면서 처음 경험한 일들은 너무 많았다.

교리 마지막 날에는 본당 신부님이 강릉역까지 지프차로 마중을 나왔다. 역에서 임당동 낮은 구릉지에 있는 강릉본당까지 걸어 다니기에는 좀 벅찬 거리였다. 하지만 몇 달 동안 걸어서 기차를 타러 다녔다. 그게 미안하였던지 마지막 날에는 데리러 나온 것이다. 가을 날씨가 차갑게 느껴졌다. 함께 차를 타고 오는 길에는 붉은 옷으로 갈아 입은 나무들이 줄지어 있었다. 이를 본 신부님은 대관령 내려올 때 차창에 부딪치던 빨간 단풍잎이 생각 나느냐고 물었다. 한국말이 서툴러 더듬더듬 말했지만, 몇 년 전에 느꼈던 그 감정이 되살아 나는 듯했다. 나는 아무 대답도 못 하고 속으로만 깜짝 놀랐다.

강원도 춘천교구에는 당시 두 분의 거룩한 신부님이 있었다. 강릉본당의 명 신부님과 정선본당의 정 신부님이 그들이다. 강릉본당과 정선본당 신자들은 서로 자기 본당 신부님이 일등 신부님이라며 거룩한 다툼이 벌어지곤 했다. 신부님을 사랑하는 본당 신자들의 마음에서 비롯된 다툼이었다.

세월이 한참 지난 지금 생각하니 본당 신부님들이 의도적으로 나를 정동진 공소에 보낸 것을 알게 되었다. 내가 힘들어 하는 것을 알고 숨통을 트이게 해 주려고 일부러 그곳에 보냈던 것이다. 그래서인지 만나는 이들마다 힘들이지 말고 아이들과 함께 즐겁게 놀다 오라고 당부했다. 덕분에 정동진 공소에서의 시간은 나에게 무척 소중하고 아름다운 추억으로 오래도록 남아 있다.

성당의 삼종이 부른 대소동

어느 날 본당 사무실에서 사무장님과 함께 한 신자의 이름을 찾고 있었다. 한참 교적을 뒤적였는데도 찾는 이름이 나오지 않아 신경을 곤두세우고 있었다. 사무장님이 갑자기 손목시계를 들여다 보더니 총알처럼 튀어 나갔다. 그는 비호처럼 종탑으로 올라갔다. 그리고 사정없이 종 줄을 당기기 시작했다. 종소리는 다른 날보다 더 크고 다급하게 울렸다.

항상 분·초도 어기지 않고 하루 세 번씩 종을 치는데, 그날은 깜빡하고 그 시각을 놓쳐 다급하게 뛰어갔으니 조금 늦은 셈이다. 아침·점심·저녁에 한 번씩 울리는 종이어서 삼종이라 부른다. 다급하게 치는 종이었지만 그 소리는 길게 울려퍼졌다. 그런데 그 시각은 정오가 아니라 오전 11시 정각이었다. 그러자 때맞춰 경찰서 비상 사이렌, 특무대 사이렌, 소방서 사이렌이 동시에 울려 시내가 떠나갈 듯했다. 강릉 시내의 모든 비상 사이렌이 동시에 울려댔다.

강릉 시내가 발칵 뒤집어졌다. 시민들은 놀라 여기저기서 뛰쳐나오고 사무실과 직장에서도 사람들이 모두 밖으로 나왔다. 나는 직감적으로 우리 사무장님이 착각한 것을 알았다. 뛰어 들어오는 사무장님을 보고 어떻게 된 일이냐고 물었다. 본인의 시계가 한 시간이나 앞당겨져 있었다는 사실을 뒤늦게 알았던 것이다. 사무장님은 평소 성당 사무나 일반 업무 모두를 빈틈없이 해내는 분으로 정평이 난 분이다.

정상적으로 12시에 삼종을 쳤으면 아무 문제도 없었을 텐데, 한 시간 일찍, 그것도 평소보다 다급하게 종을 쳤으니 관청에서도 비상 상황으로 인식한 것이다.

그런데 왜 이런 소동이 벌어졌느냐? 실은 그로부터 약 2주 전인 1968년 1월 23일 오후 1시 45분 미국 푸에블로호 나포사건이 강릉에서 가까운 공해상에서 일어났다. 당시 모든 군인과 경찰이 전시 태세를 갖추고 비상근무에 돌입했다. 시민들은 금방이라도 전쟁이 또 터지는 줄 알고 불안에 떨었다. 그래서 이런 반응이 즉각 일어났던 것이다. 푸에블로호 나포사건 직후, 군 장성과 특무대 대장, 경찰서장 등이 모두 이동되었다. 평소 전시태세를 못 갖춘 상태였기 때문에 사건이 발생한 것이라고 판단했다. 사무장님은 경찰서에 가서 사과를 했고, 나는 각 기관장 사모님들에게 전화로 사과를 했다. 경찰서장, 특무대 대장 부인들이 모두 강릉본당 신자들이어서 수월하게 일은 해결되었다. 경찰서와 특무대는 모두 강릉시 임당동에 위치한 성당과 매우 가까운 거리에 있었다.

그때 사무장으로 함께 일했던 강산철 베드로님이 보고 싶다. 당시 사무장의 아드님은 열 살쯤 되었는데, 지금은 훌륭한 신부님이 되어 강원도 어느 본당에서 사목하고 있다는 소식을 들었다. 세월은 흘러도 변함이 없는데, 사람만 자꾸 변한다.

사제관 식복사 데레사

사제관 식복사 데레사는 한식과 양식을 모두 잘 만드는 일등 요리사였다. 어느 날 따끈따끈하게 갓 구운 식빵과 쿠키를 한 접시 가져오더니 "성당에 일하러 들어와서 배운 솜씨예요"라고 했다. 수줍은 얼굴로 주춤주춤거리며 접시를 내밀기에 고맙다고 인사를 하고, 바쁠 테니 어서 가보라고 했다. 그런데 데레사는 고개를 숙인 채 "나 여기 앉으면 안 돼요?"라고 했다. 무슨 할 말이 있는 것 같아 얼른 의자에 앉기를 권했다. 데레사는 자신의 옛날 이야기를 좀 들어달라고 했다. 그녀의 표정을 살피며 마주 앉았다. "저는 수녀님이 너무 좋아서 여기 있는 거예요"라는 말을 시작으로, 몇 년 전 가톨릭 신자가 된 동기를 차근차근 들려 주었다.

"길에서 수녀님이 지나가시는 것을 보고 몰래 뒤를 따라갔지요. 골목길로 접어든 뒤 한참 가다가 어느 집 대문을 열고 들어가시더니 영 안 나오시는 거예요. 시간이 없어 더 이상 기다리지 못하고 그냥 돌아섰지요. 다음에 만나면 꼭 뒤를 밟아서 어디 사시는지 반드시 알아내리라고 마음을 먹었어요. 저는 수녀님을 평생 처음 보았거든요. 무조건 신기하고 좋았어요. 저는 대관령 너머 횡계라는 산골 작은 마을에서 살았는데, 남편이 산판 일을 하다가 사고를 당했고, 끝내 사망하고 말았어요. 그때부터 먹고 살 길이 없어서 딸 아이 둘을 데리고 강릉으로 왔지요. 작은 방 하나 얻고, 돈벌이를 해서 아이들도 학교에 보내야겠고, 정말 여러 가지로 답답했어요. 어디다 마음을 붙일 데가 없어 죽고 싶기만 했어요. 아는 사람 하나 없는 객지에서 하소연할 상대도 없었어요. 그런 때에 길에서 수녀님을 보고 뒤를 따라갔던 거예요. 성당 큰 대문으로 들어가시기에 '아, 여기 사시는구나' 하고 뒤돌아 오면서 이제 매일 여기 오면 만날 수 있겠다고 생각하니 힘이 솟는 것 같았어요. 그 후, 매일 아침 저녁으로 성당엘 오다 보니 차츰 여러 가지들을 알게 되었고, 교리반에 등록해서 두 딸과 함께 세례도 받고, 수녀님께서 사제관 식복사로 취직도 시켜 주시어 낯선 타관에서 아이들과 함께 걱정 없이 살게 되었어요. 너무 감사하지만 주변머리가 없어서 변변히 인사도 못 드려 죄송합니다."

데레사는 한참 동안 이렇게 말하고 자리에서 일어섰다. 그녀는 산골에서 자라 교육도 제대로 받지 못했으나 단정하고 행동이 조신한 사람이었다. 아홉 살, 열 살 연년생 두 딸을 키웠는데, 그들은 지금 어떻게 살고 있을까? 살아 있다면 데레사는 80세쯤 되었을 것이고, 딸들은 육십을 바라보는 나이가 되었을 것 같다. 식복사는 성당 부엌에서 일하는 '식모'를 가리킨다. 그 식모를 성당에서는 식복사라고 부른다. 나는 그 사람을 잊을 수가 없어 이렇게 기억 속에서 꺼내 떠올려본다.

수녀가 부른 명곡 '살베 레지나'

신출내기 수녀 시절을 지나 소원했던 대로 예비신자 교리를 맡아 가르치게 되었다. 예비신자가 얼마나 몰려드는지 1965년, 1966년에는 매번 100명씩 세례를 받았다. 강릉본당이 생긴 이래 처음 있는 일이라고 했다.

본당 신부님도 내게 모든 것을 믿고 맡겼다.

"어떻게 할까요?"

"수녀님이 알아서 하세요."

신자들의 신심단체인 레지오와 성모회를 만들었고, 1966년에는 강릉성당 부설 소화유치원도 개원했다.

예비신자 교리, 레지오 지도, 가정방문 등 눈코 뜰 새 없이 바쁜 나날이 이어졌다. 몸은 부서져 내릴 듯 힘들었지만, 그토록 소원했던 전교활동을 할 수 있다는 기쁨에 힘든 것도 잊고 일에 열중했다.

본당에 파견된 수녀들은 오래 있어도 2~3년이 지나면 다른 소임지로 이동한다. 그런데 나는 강릉본당에 6년을 넘게 있었다. 본원에서 원장님이 순시하러 오실 때마다 본당 신자들이 "우리 수녀님, 좀 더 오래계시다 가게 해주세요" 하고 진정한 덕분이었다.

약한 몸으로 분원장 직책까지 맡는 바람에 더 힘이 들었다. 결국몸에 이상이 나타나기 시작했다. 나는 자주 쉬어야 했고, 이유 없이 일신 전체가 아팠다. 그때마다 함께 있는 보스코 수녀가 나를 많이 도와주었다. 본인도 본당 일에, 소화유치원 교사까지 맡아 많이 힘들었을텐데, 늘 나를 염려하고, 날 위해 많은 배려를 해 주었다. 보스코 수녀는 내가 밖에서 돌아오면 우선 누울 자리를 준비해 주었고, 바로 쉬게해 주었다.

보스코 수녀님은 아름다운 목소리를 가진 착하고 자상한 수녀였다. 하루는 몸살이 나서 누워 있는데, 수녀님이 유치원 수업을 끝내고 지친 모습으로 들어왔다. 누워 있는 나를 보더니 걱정스런 목소리로 "무엇 좀 드실래요?"라고 했다. 하지만 뭘 먹을 기운도 없었다.

누운 채로 "아니, 난 수녀님의 노래 한 번 들으면 일어날 것 같은데"라고 말꼬리를 흐렸더니 보스코 수녀님은 한 치의 망설임도 없이 "무슨노래를 불러 드릴까요?"라고 물었다. 나는 즉시 '살베 레지나(성모님 찬미노래)'를 듣고 싶다고 했다.

강릉성당에서 1965년, 66년에는 매번 100명씩 세례를 받았다.

보스코 수녀님은 얌전히 서서 '살베 레지나'를 멋지게 끝까지 불러 주었다. 나는 항상 보스코 수녀님에게 "수녀님 목소리는 은쟁반에 옥 구슬 굴러가는 것 같고, 봄 버들가지에 앉은 꾀꼬리 소리 같다"고 했 다. 말 떨어지기가 무섭게 정색을 하고 노래를 불러 준다는 것은 쉽지 않은 일이다. 그 아름다운 목소리로 부르는 독창을 누워서 들으리라는 생각은 미처 못 했었다. 수십 년이 지난 지금까지도 그 장면과 목소리 를 잊을 수가 없다. 내게는 조수미 씨의 독창회와 비견될 만큼 감동스 런 목소리였다.

강릉본당을 떠나던 날

강릉본당에 온 지 6년 만에 나는 본원에 이동 신청을 했다. 더 이상 이 몸으로 이 많은 일을 감당할 수가 없다는 판단이 섰기 때문이다. 본원의 허락이 떨어져 부원장 수녀님이 데리러 온다는 연락이 왔다. 나는 이렇게 해서 큰 본당이 아닌 작은 본당으로 가게 해달라는 청원도 함께 했다. 그동안 함께 고생한 보스코 수녀님을 두고 먼저 떠나게 되어 무척 섭섭하고 미안했다.

강릉을 떠나는 날이 왔다. 아침 일찍 아녜스 자매가 누런 봉지 하나를 들고 왔다. 그 속에는 삼양라면 5개가 들어 있었다. 당시 라면은 한 봉지에 10원으로, 손님이 오실 때나 대접하는 귀한 음식이었다. 자매님은 서울에 가서 입맛 없을 때 자기 생각하며 끓여 먹으라고 했다.

나는 라면을 한 번도 먹어 본 적이 없었다. 그 마음이 너무 고마웠다.

떠나는 나에게 인사를 하기 위해 신자들이 성당 마당에 모여들었다. 때맞춰 대형버스 한 대가 성당 마당으로 들어오는 것이 아닌가. 이게 무슨 일이냐고 물었더니 서울 가는 비행기를 타기 위해 비행장으로 갈 거니 일단 버스에 오르라고 했다.

신자들이 건강이 좋지 않은 나를 위해 비행기 표를 두 장 예매해 놓고는 말을 하지 않았던 것이다. 이 버스는 비행장까지 함께 가기 위해 두 시간 동안 버스회사로부터 대절낸 것이라고 했다. 신자들이 십시일반 모은 돈이 얼마나 많았던지, 버스 대절료를 내고도 돈이 남아서 그것은 부원장님에게 드렸다고 했다.

당시 서울행 비행기는 작고 프로펠러가 돌아갔다. 동해안 지역에서는 유일한 강릉비행장이었다. 거기는 공군 기지가 있는 군용 비행장이기도 했다. 공군 가족들이나 지역 유지들이 주로 이용했는데, 마침 공군 부대에 근무하는 신자가 있어 모든 편의가 가능했다고 본다.

성당 마당에서부터 신자들을 버스 가득 태우고, 공군 비행장 안쪽까지 무사히 들어갔다. 나는 신자들의 배웅을 받으며, 부원장 수녀님과 함께 비행기에 올랐다. 지금 같으면 어림 없는 소리지만, 비행장 주변에 쳐진 철조망 앞까지 신자들이 들어왔다.

비행기가 공중으로 뜨기 시작하는데, 아래를 내려다 보니 신자들이 모두 위를 보지 못하고 있었다. 얼굴을 가리고 우느라고 고개를 떨구고 있었기 때문이다. 그들은 내가 강릉본당에서 6년간 활동하면서 얼마나 힘들고 아팠는지 속속들이 알고 있었고, 함께 그 시간을 겪었던 증인들이었다.

강릉에서 보낸 6년은 숱한 경험과 배움의 시간이었고, 육신의 아픔을 통해 영적 성장을 이루었던 시기였다. 육신이 괴로울 때마다 영적 희열을 느꼈고, 하느님 앞에 한 발 더 다가선 것 같았다. 어린 싹이 어느 날 갑자기 죽순처럼 우뚝 솟은 그런 느낌이었다.

가로수처럼 길거리와 언덕에 늘어서 있던 감나무에 주황색 감이 매달려 있던 모습과 강릉 경포대와 오죽헌을 어찌 잊을 수 있을까? 가을이면 마을 구석구석 붉은 감으로 물들었던 강릉, 그 시절 보기 드문 장미꽃 나무가 유난히도 많던 강릉. 경포대에 올라가 앉으면 달이 다섯 개로 보인다고 했다. 하늘에 뜬 달, 동해바다에 뜬 달, 호수에 뜬 달, 그리고 마주 앉은 술상의 술잔 속에 뜬 달, 마지막으로 사랑하는 님의 눈동자에 박힌 달까지 합하면 모두 다섯 개의 달이 동시에 뜨는 강릉은 그렇게 아름다운 곳으로 내 기억에 아로새겨졌다. 거기에 짙푸른 동해의 파도와 갈매기들은 그때에도 그랬지만 오늘도 변함 없이 날개짓을 하리라 생각한다.

요양과 휴식의 시간

정릉수녀원으로 돌아온 나는 본원의 조용한 방에서 약을 복용하며 휴식의 시간을 가졌다. 며칠 후, 선배 수녀님이 외출 신청을 했다. 그분은 나를 종로 4가에 있는 보춘한의원으로 데려갔다. 한의사가 맥을 짚어 본 뒤 보약 한 재를 지어 줬다. 난생 처음 인삼·녹용이 들어간 보약을 한 달간 복용했다.

본원에 온 지 한 달 만에 횡성본당으로 다시 가게 되었다. 강릉에서 함께 소임을 했던 실베스텔 수녀님의 추천으로 그곳에 가서 요양을 하라는 명령이 떨어졌기 때문이다. 때는 11월 초였다. 한적한 시골 본당은 공기도 좋고 평화로웠다. 뒤편에 높은 산이 있고, 앞으로는 서울로 가는 큰길이 나 있었다. 주변 언덕에는 밤나무며 도토리나무가 지천으로 있어 다람쥐가 먹고도 열매가 남아 있었다. 매일 한낮이면 언덕에 올라 밤과 도토리를 주웠다. 그러던 어느 날, 횡성본당으로 손님들이 찾아왔다. 강릉본당 할머니, 아주머니 신자들이 16명이나 버스를 타고 온 것이다. 내가 있는 곳을 수소문하여 단체로 온 것이다. 서울까지는 갈 엄두도 못 냈는데, 다행히 강릉서 서울 중간 지점인 횡성이어서 엄두를 낸 것이라며 신자들은 나를 얼싸안고 반가워 했다.

하지만 나는 이 단체 손님을 어떻게 대접해야 할지 걱정이 앞섰다. 날씨도 쌀쌀한데 큰일이었다. 정기 버스는 하루 두 번밖에 없는데, 늦은 점심을 먹고 나니 이미 강릉 가는 정기 버스는 지나간 뒤였다. 막차가 남아 있긴 하지만 서울서 손님을 가득 태우고 오기 때문에 중간 지점인 횡성에서는 16명씩이나 태울 수는 없다고 했다.

그분들은 아예 자고 갈 작정을 하고 온 듯했다. 그 인원을 재울 방이 없어 쩔쩔매는 것을 보더니 "걱정하지 마세요. 우리는 한 방에서 얘기하다가 날 새면 갈 테니까요"라고 말했다. 그분들의 말대로 그들은 밤새 이야기를 나누고, 성가를 부르면서 시간을 보냈다. 수녀원에서 심부름하는 시골 처녀 요셉피나는 음식을 잘해서 고들빼기김치, 무말랭이장아찌, 우거지된장국 같은 반찬과 햅쌀로 지은 밥으로 그분들에게 세 끼 식사를 잘 대접했다. 그날 그 순간들을 영원히 잊을 수가 없다.

횡성본당의 실베스텔 수녀님은 아주 조용하고 얌전하면서도 정이 많은 수녀님이었다. 한 달간 수녀님의 보살핌을 받으며 건강이 많이 좋아진 나는 성탄 축일을 함께 지내고 서울 본원으로 돌아왔다.

두 번째 소임지 종로성당

1968년 12월 말일, 새로운 소임지인 종로성당으로 가라는 명을 받았다. 이제 많이 쉬었고, 건강도 좋아졌으니 종로본당으로 가라는 것이다. 나는 또 한 번 놀랐다. 아주 작은 본당에 가서 일하기를 원했는데, 서울에서 가장 복잡한 종로 한복판에 있는 성당이라니, 순간 머리가 띵해졌다. 종로성당이면 명동성당 다음으로 큰 본당이었다.

"저는 부족한 것이 너무 많아 그런 큰 본당에서 소임하는 것은 자신이 없습니다."

원장 수녀님은 걱정하지 말라고 하면서 여러 사람들이 잘 도와 줄 테니 열심히 해보라고 하였다. 본당 신부님도 아주 후덕한 분이라고 하면서, 원래 학자 집안의 딸이고, 아주 유능한 수녀라고 나를 이미 소개해 놓았다는 것이다.

종로본당 신부님은 풍채도 좋고 호인이었다. 해외 유학파에다 박사 학위를 세 개나 가진 분이었다. 신학 박사, 철학 박사, 교회법 박사였다. 이처럼 높은 학식을 가진 분이었다. 나는 두려우면서도 '이 신부님과 본당 일을 하게 되면 배울 것이 많겠구나' 하는 생각이 들어 내심 기뻤다.

첫날부터 새로 온 수녀를 보기 위해 신자들이 수녀원 앞에 줄을 섰다. 레지오를 끝내고 오면 너무 늦을 것 같아 미사를 끝내고 곧장 왔다는 것이다. 그 말을 듣고는 시골 본당보다 더 시골스러운 본당이라는 생각이 들었다.

종로본당은 신자 대부분이 동대문시장 상인이었는데, 다들 순박하고 신앙생활에 열심이었다. 염려했던 것과 달리 정도 가고 마음도 편했다. 한 줄로 늘어선 신자들은 한 사람씩 돌아가며 "저는 5가 구역 반장입니다." "저는 상아탑 레지오 서기입니다." "저는 성모회 회장입니다." 하며 자기소개를 했다.

수녀원이 워낙 비좁아 손님 한 사람도 들어설 공간이 없는 형편이었다. 그래서 들어오라는 말도 못 하고 문 밖에서 그분들과 인사를 나누고 헤어져야 했다. 부임 첫날은 그렇게 끝이 났다.

예비신자 교리를 하러 들어갔더니 강릉본당만큼 사람이 많지는 않았지만, 신자들의 수준이 높아서 그런지 내가 전하고자 하는 말들이 바로바로 전달되는 느낌이 들었다. 예비신자 중에 공기업 이사장 부인이 있었는데, "수녀님한테 교리를 들으니까 귀에 쏙쏙 들어오고 정신이 번쩍 나요"라고 말해 주었다.

종로본당에서 내가 해야 할 일의 수준이 더 높아진 기분이었다. 사회지도층 인사들의 부인들로 구성된 로사리오회라는 신자 모임이 있었는데, 채 자리도 잡지 못한 터인데, 내게로 그 모임의 일들이 인계되었다며 전임 수녀님이 걱정을 많이 했다. 한 달에 한 번씩 모이는데, 그곳에서 자신 있게 말하려면 준비를 철저히 해야 했다.

하지만 걱정과 달리 영적 지도자로서 내가 하는 말들에 전적인 신뢰를 보내 주어서 얼마나 감사했는지 모른다. 힘이 들어도 신나고 기쁜 마음으로 일했다. 그 사람들이 나를 정말 좋아하고 최선을 다하는 게 보였다.

예비자 교리, 레지오 지도, 제의방 살림, 가정방문, 이런 일들이 끊임없이 이어졌다. 몸도 좀 가벼워졌고, 수녀님들도 많이 드나들며 격려해 주고 도와 주어서 아주 열심히 뛰어다녔다.

이혼을 막아낸 결연한 판단

하루는 아주 열심이던 예비자 아기엄마가 교리 시간에 결석을 했다. 한 번쯤은 그러려니 했는데, 다음 주에도 또 결석을 했다. 무슨 일인지 궁금했다. 그때는 핸드폰도 없던 시절이라 딱히 연락해 볼 길이 없어서 직접 찾아가 보기로 했다. 서울에 온 지 얼마 안 되어 길도 익숙하지 않았지만, 궁금함을 못 참겠어서, 등록카드에 적힌 주소를 들고 혼자 찾아나섰다. 종로 5가 지나서 창신동 입구 시장 근처로 되어 있었다.

걸어서 30분 이상을 헤맨 끝에 그 주소를 찾았다. 채석장 언덕 밑에 있는 반지하방이었다. 문을 열고 들어서니 아기는 울고 엄마는 누워 있었다. 어찌된 영문인지부터 물었다. 아기엄마는 난데없이 이혼서류를

종로성당을 방문한 당시 김수환 추기경님과 함께. 오른쪽이 서 안나 수녀.

내밀면서 "수녀님, 우리 이혼하기로 했어요. 이젠 교리반에 못 나가요" 라고 하면서 펑펑 눈물을 쏟았다. 아기엄마 말에 따르면 남편은 대중가요 작곡가인데, 항상 어린 가수 지망생들이 들락거렸다고 했다. 어느 날, 아기엄마는 예고하지 않고 불시에 남편 사무실을 들렀다고 한다. 그런데 사무실 앞 도로에서 남편이 가수 지망생인 듯한 앳된 아가씨의 어깨를 끌어안고 택시에 오르는 광경을 목격했단다. 그 후부터 남편과 싸움이 시작되었고, 급기야 이혼에 이르게 되었다는 것이다.

그 소리를 들으니 가정 하나가 속절없이 깨어지겠구나 하는 생각이 들었다. 우선 아기엄마를 달랜 뒤, 그렇게 쉽게 이혼을 하는 것이 아니라고 타이르면서 이혼장을 빼앗아 쫙쫙 찢어 쓰레기통에 집어 던졌다. 남편 사무실이 어디냐고 물었더니 종로 5가에서 청계천 쪽으로 가다 보면 있다고 했다. 간판이 붙어 있을 테니 쉽게 찾을 수 있으리라 믿고 나는 그곳으로 향했다. 아기엄마에게는 "교리반을 중단할 생각은 아예 마세요"라고 못을 박고 그 집을 나섰다.

수도복을 펄럭이면서 급하게 길을 건너 그 사무실을 찾았다. 2층에 간판이 걸렸는데, 아무개 프로덕션이라고 씌어 있었다. 층계를 뛰어올라가 문을 벌컥 여니 피아노 앞에 예쁜 아가씨가 앉아 있고, 그 남편은 서 있었다. 그는 수녀를 보자 깜짝 놀랐다. "내가 왜 왔는지 아시죠? 가정을 행복하게 해 주려고 왔어요" 하면서 집에 들러 이혼장을 찢은 사연과 아이엄마의 말을 전했다. 작곡가는 아무 말도 못 하고 내 앞에 멀뚱히 서 있었다.

"아무 말 말고 돌아오는 주일날부터 아기엄마와 함께 애기 하나씩 안고 성당으로 꼭 나오세요. 내가 성당 정문 앞에서 기다리고 있을 거예요. 그 길만이 행복으로 가는 길입니다. 그렇게 하리라 믿고 갑니다. 약속 지키세요."

일방적으로 말을 하고, 나는 밖으로 나왔다. 그런 한편 그 사람이 정말 약속을 지킬 수 있을까 하는 의구심은 들었다. 그런데 주일날 교리시간에 임박해서 네 식구가 들어왔다. 너무나 반갑고 고마워서 그의 두 손을 꼭 잡아 주었다. 젊은 수녀가 젊은 남자의 손을 덥석 잡는 것은 수녀원 규칙에 어긋나는 일이다. 할 수 없는 일을 나는 분간 없이 한 것이다. 그러나 그 가정과 그 영혼을 위해서는 할 수 없었다.

젊은 부부는 열심히 교리를 배웠고, 네 식구가 함께 세례를 받았다. 그리고 주일마다 미사에 나오고 열심히 신앙생활을 했다. 얼마 후 나는 종로본당을 떠났고, 그 뒤에는 그들의 소식을 알지 못했다.

그 후 23년이 흘렀다. 대부도에서 선감 공소를 짓고 마무리 작업을 하던 1995년 어느 날, 멋진 사륜구동차 한 대가 공소 마당으로 들어왔다. 그러더니 아주 멋진 신사가 부인으로 보이는 덕성스러운 여자와 함께 내렸다. 박스와 선물 꾸러미들을 꺼내더니 그는 환하게 웃으며 내게로 다가왔다. 미처 누구인지를 알아차리지 못한 나는 어디서 왔느냐고 물었다. 그는 작곡가 아무개라고 자신을 소개했다.

"서 수녀님이시지요? 알고 찾아왔습니다."

그는 육중한 몸으로 나를 끌어안고 반가워 했다. 그 부부는 아들 둘을 더 낳았고, 그가 작곡한 곡이 크게 히트를 쳤다고 한다. 지금은 4남매가 다 커서 막내만 고등학교를 다니고, 큰아이들은 모두 대학을 졸업했다고 한다. 잘 살게 되면서 백방으로 나를 찾았지만 내 이름을 몰라 찾기가 더 어려웠다는 이야기도 했다.

지금은 용인 근처에 단독주택을 짓고 행복하게 살고 있으며, 자녀들은 모두 서울에서 살고 있다는 이야기를 들으니 나도 내 일처럼 기쁘고 감사한 마음이 들었다. 사람은 생각을 고쳐 먹으면 반드시 기적이란 꽃비를 맞게 된다는 사실을 다시 한 번 실감하는 해후였다.

검정 고무신을 신고 다닌 이유

수녀원 담벼락과 건넛집 사이에는 손수레가 겨우 지나다닐 만큼 좁은 골목길이 있었다. 그리고 자그마한 기와집이 10여 채가 줄지어 있었다. 그곳에서는 매일 밤마다 이상한 일이 벌어졌다. 이곳은 '서울 종로 3가'를 줄여 이른바 '서종삼'으로 불리던 창녀촌이었다. 사시사철 밤 8시가 가까워 오면 화장을 진하게 한 여자들이 대문간에 나와 지나가는 남자들을 잡아끌었다.

수녀원은 2층이었는데, 골목길로 난 창문은 열 수가 없었다. 밤마다 정기공연처럼 차마 입에 담을 수 없는 욕설을 섞어 다투는 소리가 들렸고, 앙칼지게 울부짖는 여성들의 비명소리도 수시로 들렸기 때문이다. 창문을 닫았는데도 들리니, 어찌 열어 놓을 수가 있었겠는가. 나는 그들을 보면서도 처음에는 별 생각이 없었다.

어느 날 일찍 쉬는데, 창 건너편 문간에서 말소리가 들려왔다. 문을 살짝 열고 들어보니, 전라도 순천과 구례에서 온 두 여성이 이야기를 나누고 있었다. 한 여성은 동생 학비 때문에 돈 벌러 서울로 왔는데, 서울역에서 멀끔하게 생긴 아저씨가 나타나 친절하게 취직을 시켜 주겠다고 해서 고맙게 그를 따라 온 것이 이곳이었다고 했다. 그때 나이가 열여덟이었고 지금은 스물두 살이 되었다고 했다. 동생을 공부시키기는커녕 집에도 가지 못하고, 부모님은 자신이 어디 있는지조차 모른다며 훌쩍거렸다.

또 다른 여성은 시골에서 일하기가 싫고, 돈을 많이 벌어 좋은 옷도 입고, 고생하는 엄마도 호강시켜 주려고 무작정 서울로 올라왔다가 걸려 들었다고 했다. 그는 스무 살에 집을 나왔는데, 주인 마음에 들어 돈을 좀 모았고, 그 돈을 집에도 얼마쯤 보냈는데, 집에서는 내 몫으로 송아지 한 마리를 샀다고 했다. 하지만 어머니에게는 어느 공장에 다닌다고 속였단다.

두 젊은 여성의 대화를 엿듣고, 나는 그날 밤 한숨도 자지 못하고 꼬박 밤을 새웠다. 세상은 왜 이리 불공평한 것일까? 그 어린 나이에 가족을 위해 밤마다 끔찍한 일을 하는 그들이 한없이 불쌍했다. 그들의 아픔이 나의 아픔처럼 느껴져 많이 괴로웠다.

어느 날은 보좌 신부님이 외출했다 돌아왔다. 초저녁이었는데, 비가 촉촉이 내렸다. 우산을 쓰고 옆 골목을 부지런히 걸어오는데, 어떻게 보였는지 그중 한 여자가 우산 속으로 들어오더니 잠깐 놀다 가라며 팔을 잡아끌더란다. 신부님이 당황해 "나는 이 성당의 신부요"라고 큰소리로 말하니, 그 여자는 두 말 않고 내 팔에서 떨어져 나갔다고 했다. 그때가 1969년쯤이었다.

그 골목에서는 새벽 4시만 되면 "쌍화탕~ 쌍화탕~" 하는 소리가 약간 구슬프게 들렸다. 5시쯤 되면 두부장수의 딸랑거리는 종소리가 다소 요란하게 들렸다. 이러한 환경 속에서 평온한 마음으로 수도생활을 하기란 참으로 어려웠다.

종로성당 뒤편에는 골목이 하나 더 있었는데, 아주 어둡고 음산해서 사람들이 잘 지나다니지 않았다. 한쪽은 벽돌로 지은 오래된 전매청 물류창고가 높이 서 있었고, 맞은편 큰길 쪽으로는 작은 가게들이 쭉 늘어서 있어 항상 그 골목은 그늘져 있었다. 넝마주이 아저씨들이 헌옷가지와 폐지를 집게로 주워 등에 진 큰 대바구니에 가득 채워 그 골목 한편에 모아 두었다가, 낡은 트럭이 와서 실어가곤 했다.

한번은 낮시간에 혼자 그 골목을 지나갔다. 좀 으스스한 기분이 들었다. 한 넝마주이 아저씨가 내게 불쑥 말을 걸었다. "수녀님, 너무너무 배가 고파요" 이 말을 듣는 순간 나는 깜짝 놀랐다. 무섭기도 하고, 가슴도 아팠다. 그때 내 수중에는 한 푼도 가진 게 없었다. 그에게 "죄송하다"는 빈 말을 속으로 남기고, 그 자리를 벗어났다. 다음날 나는 이것저것 먹을 것을 챙겨 들고 다시 그 골목을 찾았다. 아무 말 못 하고 커다란 봉지만 건네 주고 돌아섰다.

그 후부터 나는 수도생활에 의문을 품기 시작했다. 뒷골목 창녀촌, 옆 골목 넝마주이, 이들의 모습이 나를 많이 괴롭혔다. 나는 고급 양복감으로 수도복을 해 입고, 구두를 신고, 항상 정갈한 차림새로 외출하는데, 저들은 왜 저렇게 고통받으며 살아야 하나? 나는 그들을 돕지 못해 늘 마음이 불편했다. 나는 그 다음날부터 외출할 때면 구두 대신 검정 고무신을 신고 나갔다. 나 자신의 차림새만이라도 그들의 눈높이에 맞추는 것이 옳다고 생각했다.

인간은 귀중한 생명을 똑같이 부여받고 태어났다. 그런데 살다 보면 그 평등이 무너진다. 가난한 자와 부자로 갈린다. 이때부터 불공평이 생긴다. 이를 극복하는 길은 하느님 마당으로 모두 모이는 것이다. 그곳에서는 누구나 평등해질 수 있다. 나는 이 체험을 평생토록 하며 살고 있다. 그래서 그 진실을 간증하고 싶다. 싶은 일이 아니라 그렇게 하며 살아 왔다.

처음 밝히는 나의 고통

그날은 아침부터 신경 쓰이는 일이 많았다. 한 자매님이 상담을 청해 왔다. 작은 방에서 자매님의 이야기를 들었다. 그런데 자매님의 하소연을 듣는 도중 갑자기 왼쪽 가슴에 통증이 느껴지더니 숨이 꽉 막혔다. 들숨은 조금씩 가능한데, 날숨은 조금도 쉬어지지 않았다. 가슴을 움켜쥔 채 자매님에게 손짓으로 소리치지 말라고 했다.

잠시 후, 아주 조금씩 숨통이 트이면서 통증은 목줄기를 타고 어깨와 등줄기로 퍼져나갔다. 그렇게 약 2분 정도 흐른 것 같았다. 순간 '더 이상 숨을 못 쉬면 죽겠구나' 하는 생각이 들었다. 난생 처음 겪어 본 경험이었다. 훗날 그 통증은 협심증으로 밝혀졌다. 그 후, 언제 그랬냐는 듯 아무 일도 없었다. 그래서 아무에게도 말하지 않았다.

그러나 계속해서 내 몸에서는 증상이 한두 가지씩 늘어났다. 눈이 피곤한 것 같더니 물체가 둘로 보이면서 어지럼증이 일었다. 다른 것은 혼자 참을 수 있었지만, 이건 참을 증상이 아닌 것 같아 원장 수녀님에게 그에 대해 소상히 말했다. 그 사실을 장상들이 알게 되었고, 나는 성무일도와 영적독서 일체를 관면받았다. 그리고 눈이 치료될 때까지 조심하라는 명이 떨어졌다. 그리고 본원에서 수녀님 한 분이 와서 서울에서 유명하다는 안과로 나를 데리고 갔다.

진찰 결과 사시의 위험이 있고, 시력이 급격히 떨어지고 있으니 하루 빨리 수술을 해야 한다며, 수술 날짜를 잡자고 했다. 그러나 나이 삼십이 넘어 사시가 된다는 건 들어 본 적이 없었다. 나는 수술을 하지 않겠다고 했다. 그로부터 세월은 40년이 훌쩍 흘렀지만 나의 눈은 멀쩡하다. 나는 수술을 하지 않고도 지금껏 눈을 잘 사용하며 살고 있다. 그러나 눈 말고도 온 일신이 아픔의 연속 속에서 나를 괴롭혔다.

스물두 살 겨울, 눈이 엄청나게 내리던 날이었다. 청주 지역 기온은 영하 18도라고 했다. 나는 야간학교에 가기 위해 가방을 들고 눈길을 나섰다. 조금 있으면 해가 넘어갈 참이라 급한 마음에 부지런히 빙판길을 걸어갔다. 그러다 눈 깜짝할 사이에 나는 빙판길에 주저앉았고, 그 다음은 빙판길 위에 열십자로 벌렁 드러누워 버렸다. 순간 눈앞이 안 보이고, 가슴이 꽉 막혀 왔다.

조금 후 정신을 차리고 일어서니 엉덩이가 부서졌는지 심한 통증이 오기 시작했다. 그래도 학교에 빠질 수 없다는 생각에 어기적거리면서 한 시간이나 걸려 학교에 도착했다. 3시간 동안 야간 공부를 마치고 집에 돌아오니 밤 11시가 넘었다. 발은 꽁꽁 얼어 있었다. 헝겊으로 된 얇은 운동화에 양말 하나 달랑 신고 눈길을 왕복 두 시간 이상 걸었으니 발은 당연히 얼 수밖에 없었다. 축축해진 양말은 발을 옮길 적마다 버석버석 소리를 냈다.

그날부터 엉덩이 통증은 가라앉지 않고 계속되었다. 너무 아파서 바로 앉지도 못했다. 누구에게 말도 못 하고, 열흘을 참고 견디었다. 그런데 어느 날부터인가 항문 주위가 약간씩 근질근질거리기 시작했다. 속을 들여다 볼 수도 없고, 답답해서 발 뒤꿈치로 항문 주변을 꾹꾹 눌러 주었다. 그러면 시원한 느낌이 들었다. 그날도 항문 주위를 아주 세게 꾹꾹 눌렀는데, 갑자기 뜨거운 것이 확 쏟아졌다. 항문이 아닌 요도로 그것은 배출되었다.

놀라서 잠깐 마음을 가다듬고 속옷을 벗어 봤다. 놀랍게도 황색 피고름이 속옷을 흠뻑 적실 만큼 쏟아진 상태였다. 그런데 온몸은 그렇게 시원할 수가 없었다. 소금물을 끓여 씻고 좌욕을 했다. 피고름이 묻은 속옷은 아궁이에 넣고 태워 버렸다. 방에 들어오니 날아갈 듯 몸이 가벼워졌다. 온몸을 지배하던 응어리들이 일순간에 내 몸에서 몽땅 빠져나간 듯했다. 이상한 일도 다 있다며 혼자 생각하고 또 고민했다.

그런데 꼭 10년 후, 그러니까 내가 서른두 살 때 예전에 눈길에 넘어져 다쳤던 바로 그 자리가 다시 아파 오기 시작했다. 활동할 때는 뼈근하고 무거운 느낌이다가 앉을 때는 통증이 심했다. 10년 전처럼 통증을 느끼며 열흘 정도를 보냈다. 차가운 마룻바닥에 앉아 일을 하고 있었는데, 엉덩이 주변이 근질근질했다. 발 뒤꿈치로 몇 번 눌렀는데 10년 전과 똑같이 요도를 통해 응어리 같은 것이 쏟아졌다. 다행히 지난번에 비해 피고름 양은 절반밖에 안 되었다. 나는 같은 방법으로 씻고 좌욕을 해서 가라앉혔다.

그로부터 5년 후, 종로본당에서 소임할 때 또 한 번 그런 일이 일어났다. 15년 동안 세 번 피고름을 쏟은 것이다. 그 후, 40여 년간 그 증세는 나타나지 않았다. 지금까지 누구에게도 말하지 못했던 사실을 지금 처음으로 고백하는 것이다.

여섯 손가락 소녀

종로본당에 있는 4년 동안 여러 가지 일들이 일어났다. 나는 항상 그 일들의 중심에 서 있었다. 어느 날 수녀원에서 운영하는 고아원에서 자란 스무 살 아가다가 종로수녀원으로 왔다. 어떻게 수녀원에 오게 되었는지, 그 이유는 잘 생각나지 않는다. 한데, 고아원 수녀님이 몇 달만 데리고 있어 달라고 편지와 함께 보냈던 것으로 기억한다. 아가다는 140센티도 안 되는 자그마한 키에 귀엽게 생긴 처녀였다.

잔심부름도 하고, 함께 지내기로 했는데, 항상 오른손을 치마 안으로 감추고 다니는 것이 눈에 띄었다. 자세히 보니 아가다의 엄지손가락 옆에 손가락이 하나가 더 붙어 있었다. 나는 깜짝 놀랐다. 말로만 들었지 '육손이'를 실제로 본 것은 처음이었다.

"아가다, 너 이리로 좀 와봐."

그를 내 앞에 앉혔다. 다짜고짜 손을 좀 보자고 했다. 하지만 아가다는 재빨리 손을 치마 속으로 감추고, 한사코 보여 주지 않으려 했다. 강제로 끌어다가 보니 연필 굵기의 기다란 살덩어리가 힘없이 늘어진 채 달려 있었다. 젊은 아가씨가 얼마나 부끄럽고 불편했을까?

그날부터 고민이 생겼다. 성모병원 작은 수녀님에게 아가다의 손을 어떻게 해 줄 수 없겠느냐고 물었다. 수술을 하면 되는데, 돈이 많이 든다고 하였다. 다른 방법은 없을까 여러 날 고민하던 중에 예비신자 중 한 분이 서울대병원 중앙공급실에서 일한다는 소리를 들었다. 무작정 병원으로 그분을 찾아가 아가다의 사정 이야기를 했다.

그분은 병원 측에 무료 수술이 가능한지를 알아 보겠다고 했다. 병원에서 형편이 아주 어려운 환자 소수에게 무료 수술을 해주는 경우가 있는데, 아가다는 고아여서 혜택을 받을 수 있을지도 모른다고 했다. 얼마 뒤 병원에서 연락이 왔는데, "아이를 데리고 오세요"라고 했다. 그 예비신자는 모든 편의를 준비해 놓고 우리를 기다리고 있었다.

진찰이 끝나고 의사 선생님은 내일 오후 2시에 수술받으러 오라고 하였다. 다음날 아가다를 데리고 가서 수술실로 들여 보내고, 나는 엄마라도 되는 양 수술실 앞에서 초조하게 기다렸다. 한 시간 남짓 기다린 후에 아가다가 수술실을 나왔다. 붕대를 얼마나 많이 감았는지 손이 밥사발만 하게 보였다. 아가다는 졸지에 중환자가 되었다. 수술한 손을 고정시키느라 어깨띠까지 매었다. 그렇게 일주일 동안은 가만히 있어야 한다고 했다.

아가다의 여섯 손가락은 다섯 개로 정상이 되었고, 수술이 예쁘게 잘 되어 흉터도 거의 없을 것이라고 했다. 붕대를 풀던 날부터 아가다는 표정이 달라졌다. 어깨에 힘이 들어간 것 같았다. 얼마 후 아가다는 고아원으로 돌아갔고, 1년쯤 후 시집을 간다고 인사를 왔다. 아가다는 내게 몇 번이나 고맙다는 말을 하고 떠났다. 그렇다. 세월의 강은 잠시도 쉬지 않고 흐른다. 흐르는 강물 위에 꽃잎 하나가 두둥실 떠간다. 이제 아가다는 그 세월강을 탄 꽃잎처럼 세상살이가 원만하게 이어지도록 나는 오늘도 기도한다.

호스피스 병동에서 나를 부른 두 사람

종로성당에 있는 동안 병원 방문을 참 많이 다녔다. 그중 기억에 남는 환자가 두 사람 있어 소개하려 한다.

잘 아는 남자가 찾아와서 서울대병원에 특별한 환자 한 분이 위암으로 입원했는데, 매우 위중한 상태이니, 한 번만 방문해 달라고 간청했다. 그래서 함께 나섰는데, 병원 내 아주 후미진 병동으로 안내되었다. 입구에 현관 같은 문이 있었는데, 총을 멘 군인이 보초를 서고 있어 의아했다. 병실 문 앞에도 보초병이 총을 들고 서 있었다. 깜짝 놀랐지만 천연덕스럽게 안내를 받으며 병실로 들어갔다.

침상에는 바짝 마른 남자 환자가 누워 있었다. 그는 수녀를 보자 침대에서 누운 채 인사를 했다. 자기가 누구라는 것도 차분히 이야기했다. 그는 별 하나짜리 장성 출신으로 박정희 대통령의 선배라고 했다. 5·16 쿠데타 당시 반대편에 섰다가 낙인이 찍혀 죄 없이 감옥살이를 몇 년씩 했고, 그 울분을 참지 못해 병을 얻었다고 했다. 그간 얼마나 시달리고 고생했는지까지 내 앞에서 다 털어놓았다.

한참 얘기를 나누던 중 예쁜 처녀가 병실로 들어왔다. 대학 1학년생으로 자신의 딸이라고 소개했다. 부인과 이혼하고 유명 여배우 사이에서 얻은 아들이 또 하나 있는데, 이제 여섯 살이라고 했다. 나는 곧 죽을 텐데 저 아이들은 엄마 아빠 없이 고아처럼 살아갈 생각을 하면 마음이 아프다면서, 나를 보고 자기가 죽은 다음, 그 아이들을 돌봐 달라고 유언처럼 부탁했다.

그의 이야기들은 사실 나와 직접적 관계는 없었다. 마지막 죽을 준비를 하고 있는 환자에게 나는 그 자리에서 기초 교리를 시작했다. 4대 교리를 설명한 뒤, 다음날 다시 오기로 약속하고 병실을 나왔다. 다음날 어제 함께 갔던 신자분과 다시 병원에 가서 믿음을 확인하고, 그분을 대부로 하여 대세를 주고 왔다. 약 2주 후, 그는 세상을 떠났고, 현충원 국군묘지에 안장되었다는 소식을 들었다. 나는 지금도 그분을 가끔 기억하고 영원한 안식을 빌어 준다.

또 하루는 선배 수녀님 한 분이 함께 병원을 가자고 하였다. 미아리 어디쯤에 있는 작은 개인 병원이었는데, 병상에는 스무 살쯤 되어 보이는 뇌성마비 환자 혜자 씨가 누워 있었다. 그녀는 중증 뇌성마비 환자로 누워서도 계속 몸을 뒤틀었다. 그런데 그녀는 며칠 전 삶을 비관해 쥐약을 먹었다고 했다. 다행히 생명에는 지장이 없었으나 마음을 잡지 못해 신앙으로 인도하기 위해 그의 부모님이 수녀님을 특별히 초대한 것이었다.

혜자 씨의 아버지는 대학교수이고, 어머니는 멋진 인텔리 여성이었다. 하지만 장애인 딸을 남에게 보이기 싫어 20년 넘게 뒷방에 숨겨놓고 길렀다고 했다. 나는 혜자 씨를 소개받은 후 거의 매일 그녀가 있는 병원을 찾아 교리를 들려 줬고, 헬레나라는 세례명으로 대세도 주었다. 혜자 씨는 몸은 성치 못했지만 독학으로 쌓은 지식이 깊었다. 나중에 들은 얘기로는 열심히 신앙생활을 하고 있으며, 여성 재소자들이 출소 후 지낼 수 있는 '아브라함의 집'을 운영하는 등 나름 의미 있게 살고 있다는 소식을 들었다. 나의 기도는 이렇게 보이지 않는 곳에서 작은 꿈을 이루고 있었다. 그것은 모두 하느님의 뜻으로 발현된 기적임을 나는 알고 있다.

청빈한 아버지에 그 아들

1971년 1월 어느 날의 일이다. 나는 양평 큰언니 집에 가서 며칠 휴가를 보내고, 서울로 돌아가는 길이었다. 양평은 유난히 더 추운 것 같았다. 눈이 쌓인 데다 날씨가 무척 매웠다. 강원도 쪽에서 출발해 양평을 거쳐 서울로 가는 버스였다. 버스에 오른 때부터 빈 자리는 없었다. 비포장도로여서 버스는 덜컹거렸고, 그럴 때마다 입석 승객들은 중심을 잃고 비틀거렸다.

그때 앳된 군인 한 명이 벌떡 일어나며, 내게 그 자리에 앉으라고 권했다. 나는 너무도 고마워서 얼른 자리에 앉았다. 재차 고맙다고 인사를 했다. 그러자 그 군인은 "저는 신학생입니다. 세종로본당에 다니며 지금은 화천 최전방 부대에서 근무하는데, 7일간 휴가를 받아 가는 중입니다"라고 자기소개를 했다.

그 신학생은 키가 크고 바짝 마른 얼굴에 아주 허약해 보였다. 양평에서 한 시간 남짓 걸려 서울 청량리에 도착했다. 추운 날씨에 화천에서부터 차를 타고 왔으니 얼마나 배가 고플까 싶어 따뜻한 국밥이라도 한 그릇 사 먹이고 싶었지만 그 군인은 시간이 없다고 했다. 나는 휴가비로 쓰고 조금 남은 돈을 잽싸게 꺼내 그 군인의 바지주머니에 넣어 주며, 집에 들어갈 때 부모님께 뭐든 조금 사들고 가라고 했다. 나는 종로본당에 있으니, 시간이 되면 언제든 찾아오라고 하고는 길에서 헤어졌다.

3일 후, 그 신학생이 종로본당으로 찾아와 내게 인사를 했다. 사흘간 엄마 밥을 먹었을 텐데도 여전히 얼굴색은 파리했다. 수녀원엔 응접실이 없어 잠깐 유치원 교실에서 기다리라 해놓고 나는 서둘러 양은 냄비에 떡국을 끓였다. 세 그릇쯤 들어가는 냄비에 떡과 만두를 넣고 푸짐하게 끓여, 김치와 함께 냄비째 갖다 주었다. 빈 유치원 교실에서 그 신학생은 그릇에 덜지도 않고 떡국 한 냄비를 뚝딱 비웠다. 나는 속으로 '정말 많이 먹는구나' 하며, 빈 그릇을 들고 밖으로 나왔다.

유치원이 방학 중이라 교실은 비어 있었지만 자모들이 몇 명 모여서 개학 준비를 하고 있었다. 신학생이 밖에 나간 사이 나는 자모들에게 저 사람이 일선 최전방에서 근무하는 신학생인데, 떡국을 한 냄비나 다 먹었다고 이야기해 주었다. 그러자 엄마들이 서로 눈짓을 하더니 지갑을 열기 시작했다.

나는 유치원 엄마들이 해 준 따뜻한 말을 전하면서 그 즉석에서 모아진 돈을 신학생의 호주머니에 넣어 주었다. 그 자리에서 인사를 하고 헤어졌는데, 나중에 그 신학생이 청빈하기로 소문난 당시 대법원장 김홍섭 판사의 아들이라는 소리를 들었다. 그 아들의 이름은 김정훈이었다.

그로부터 6년여가 흘러 나는 먼 타국에서 기막힌 소식을 들었다. 사슴 같은 긴 목과 선한 눈을 가진 김정훈 신학생이 알프스를 오르다가 실족 사고로 사망했다는 비보였다. 그때 나는 독일에서 간호사로 일하고 있는 동생의 초대를 받아 그곳에 가서 6개월 동안 머무르면서 유럽여행을 하고 있었다.

당시 김정훈 신학생은 오스트리아 빈에서 유학 중이었는데, 사제서품을 거기서 받고 귀국할 예정이었다고 한다. 김수환 추기경님도 김정훈 부제에게 신품 성사를 주기 위해 로마 방문을 마치고 빈으로 오셨다. 그런데 신품 성사를 며칠 앞두고 동료 부제 몇 사람과 알프스 등반을 갔다가 하산길에 발을 헛디디는 바람에 계곡 아래로 떨어져 그 자리에서 사망한 것이다.

안타까운 소식은 삽시간에 유럽 전역으로 퍼졌고, 모든 사람이 알게 되었다. 나는 가슴이 찢어지는 아픔을 느끼며 온종일 빈 방에 앉아 홀로 울었다. 아무리 울어도 아픔은 가시지 않았다.

당시 그의 아버지인 김홍섭 판사는 돌아가시고, 어머니 혼자 여러 남매를 양육하며 살았다. 교회의 기둥이요, 그 가정의 기둥인 김정훈 부제(副祭)가 신품 성사를 받기 직전에 세상을 떠났으니 이보다 비통하고 참담한 일이 또 어디 있을까?

　김정훈 부제는 머리도 영리하고, 문학적 소질도 있었다. 알프스에서 실족하기 직전 눈 위에 적었다는 '산 바람 하느님 그리고 나'라는 메모를 제목으로 그의 일기가 유고집으로 출판되어 나왔다. 나는 그 책을 닳도록 읽고 또 읽었다. 책장을 펼칠 때마다 눈시울이 뜨거워지고 가슴속에 한기가 느껴졌다. 지금도 그 일을 생각하면 마음이 저려온다.

세운상가 아파트에서 사는 신자들

내가 종로성당에서 활동하고 있을 때 종로 4가에서 종로 3가 사이에 세운상가가 세워졌다. 이 상가는 종로에서 퇴계로까지 이어진 거대한 건축물이었다. 그런데 3층부터 9층까지는 아파트로 된 우리나라 최초의 상가복합 건물이었다. 서울 한복판에 최초로 세워진 고급 아파트였다. 당시로선 드물게 엘리베이터까지 갖춘 장안의 명물이었다. 그 아파트에 종로성당 신자들이 많이 살고 있어 나는 그곳을 자주 방문했다.

서울대학교 미술대 교수인 이순석 선생님을 비롯하여 서공석 신부님의 부모님, 당시 토지개발공사 이사장님, 그리고 우리나라 대표 작가이신 이광수 선생님의 부인이 그곳에 살고 있었다.

어느 날 그 아파트에 살고 있는 신자의 안내를 받아 이광수 선생님
의 부인 허영숙 여사님을 뵈러 간 적이 있었다. 그분은 노환으로 거동
이 불편했지만, 대화를 나누는 데는 전혀 지장이 없었다. 나는 이광수
선생님을 많이 존경하고 좋아하는 사람이라, 그 부인을 직접 만나게
되어 큰 행운이라고 생각했다. 일주일에 한 번씩 방문하여 교리 공부
를 시작했다. 아주 잘 받아들이고 쉽게 이해하였다.

어느 날 전화를 걸었는데 받지 않아 그 옆집 신자에게 물어봤다.
갑자기 병세가 악화되어 그의 따님이 미국으로 모셔갔다고 했다. 그분
은 노인이지만 아주 예의 바르고 겸손하고 조용한 분이었다. 젊은 수녀
가 전화를 하면 "네 허영숙입니다" 하고 조용히 전화를 받으시던 음성
이 아직도 생생하다.

서공석 신부님의 부모님과도 가깝게 지냈는데, 같은 서 씨인 데다
항렬마저 같아 나를 무척이나 아껴 주었다. 서공석 신부님의 여동생은

프랑스에서 유학한 피아니스트 서계숙 씨로 세종문화회관에서 독주회를 가졌을 때 초대를 받기도 했다.

공예가인 이순석 교수는 해외 출장을 갈 때마다 아내인 글라라 자매를 꼭 나에게 부탁하고 떠났다. 인도로 출장 가 있는 동안 대통령상 수상이 결정되어 글라라 자매가 대리 수상을 하게 되었는데, 나는 그 자리에도 내빈으로 초대받아 함께하는 영광을 누렸다. 예술가로 발이 넓은 이순석 교수는 나를 데리고 다니며 여러 사람에게 소개를 하고 싶어했는데, 그 덕에 구상 시인도 직접 뵐 수 있었다.

어느덧 50년의 세월이 흘러 세운상가는 재개발에 들어갔다. 일이 있어 종로를 지날 때면 세운상가가 있던 자리를 바라보며 세월의 무상함을 느끼곤 한다. 그래서 세상만사는 새옹지마라고 하지 않던가. 어제의 새것은 오늘의 헌 것이 되어 사라지고, 또 다른 새것이 탄생하는 것이다.

종로성당 인근에는 종묘가 있다. 그 종묘에 봄볕이 다시 찾아왔다. 멀리 보이는 남산은 아직 갈색 겨울옷을 입고 있지만, 종묘의 나무엔 연두빛 물이 오르고 있다. 곧 상큼한 초록 새순으로 뒤덮일 것이다. 앙상한 가지만 보이는 나무는 다 똑같아 보인다. 하지만 앙상한 가지에 물이 오르고 잎이 피면 그 나무의 이름을 알게 된다.

이처럼 종묘의 무성한 숲은 계절을 따라 그 모습이 변한다. 세월의 무상과 인간사 새옹지마인 것을 그 숲은 내게 그 뜻을 전하고 있다. 나는 그 숲을 바로 옆에 두고도 미처 깨닫지 못한 벽창호였는가 보다.

사라진 내 손가방

종로성당 소임을 하면서 총장 수녀님의 안내로 청파동에 사는 꽃꽂이 선생님을 소개받았다. 그 선생님은 일본사람으로 일본의 전통 꽃꽂이의 대가 이케보노(池坊) 선생에게서 사사받은 후계자였다. 그분이 가르치는 화도(花道)를 '이케바나(生花)'라고 했다. 이케바나를 주도하는 사람들이 하는 꽃꽂이의 밑바탕에는 천(天)·지(地)·인(人)이란 삼재가 깔려 있었다. 나는 매주 월요일 쉬는 시간을 반납하고 꽃꽂이 공부를 시작했다. 화도의 역사에 관한 설명, 필기, 실습 등 배워야 할 것도 많았고, 복잡했지만 참 재미가 있었다. 대략 6개월 동안 매주 수업을 받으러 갔던 것 같다.

어느 날 비가 부슬부슬 내리는데 그날 실습한 꽃을 싸서 한아름 안고 버스를 타려고 기다렸다. 한 손에는 우산을 받쳐들고, 또 한 손에는 꽃을 들었다. 손가방은 팔뚝에다 걸었다. 그런데 그날 따라 버스를 타려고 기다리는 사람들이 유난히 붐볐다. 때마침 버스가 도착했다. 순간 승객들은 체면 따위는 내팽개치고 밀고 당기며 서로 먼저 타려고 야단법석이었다. 그때는 지금처럼 버스가 자주 오지 않아서, 이 버스를 놓치면 또 다시 한참을 기다려야 했기 때문에 모두 마음이 급했던 것이다.

나도 사람들에 떠밀리다시피 하며 간신히 버스에 올랐다. 버스가 출발한 순간 손가방을 건 내 팔뚝이 허전했다. 손가방이 사라졌다. 순간 앞이 캄캄하고 가슴이 뛰었다. 그때는 탈 때가 아니라 내릴 때 차비를 내게 되어 있어, 내리기 전 돈 준비를 해야 했다. 그런데 가방이 없어졌으니 난감했다. 두 정거장쯤 지나 안내양에게 가방이 없어진 것을 말하고, 여기서 내려달라고 했다.

막상 내리고 보니 어이가 없었다. 어차피 가방을 빼앗겼으니 수녀원 앞까지 가서 사정을 말하고, 버스에서 내려도 될 텐데 미련스럽게 중간에서 내린 것이다. 다시 꽃꽂이 선생님 댁으로 가서 차비를 빌려 달라고 부탁할 생각이었다. 언덕길을 올라 선생님 댁으로 들어갔다. 방금 나갔던 사람이 다시 나타나니 선생님은 깜짝 놀랐다. "손가방이 없어졌어요"라고 하자, 그분은 나를 부축해 소파에 앉혔다. 얼굴색이 안 좋으니 잠깐 쉬라고 하면서 따뜻한 차 한 잔을 갖다 주었다. 그리고 왕복 차비까지 주었다.

매주 수업을 가기는 했지만, 나의 꽃꽂이 실력은 뛰어나지 못했다. 하지만 이때 배운 꽃꽂이 기술은 훗날 요긴하게 쓰이게 되었다.

요셉피나의 일생

횡성성당으로 나를 찾아왔던 신자들에게 고들빼기김치와 우거지된
장국을 끓여 주었고, 이틀 동안 그 손님 신자들에게 정성껏 식사 대접
을 했던 요셉피나가 나를 따라 서울로 왔다. 수녀원 일을 거들면서 종
로성당 유치원에서 일을 했는데, 어느새 나이가 서른이 되었다.

나도 종로성당을 떠날 시기가 다가오는데, 이 노처녀를 어떻게 해야
할지 걱정이 태산이었다. '내가 떠나기 전에 시집을 보내야지'라고 생각
했지만, 서울에서 마땅한 신랑감을 찾을 길이 없었다. 나이는 점점 더
해 가고, 부모님은 시골에서 어렵게 사시는 요셉피나에 대한 걱정이 날
로 커졌다.

그때 큰언니 시동생의 아들 승욱이가 생각났다. 그러니까 언니의

시댁 조카인데, 부모님이 일찍 돌아가고 홀로 사는 30세 노총각이었다. 그 당시 서른이면 노총각이었다. 부모 없이 큰집에서 자란 그가 홀로 서울에서 파지를 주워 팔며, 잠자리가 없어 파지더미 속에서 웅크리고 자는 신세라는 걸 언뜻 들어 알고 있었다. 게다가 나와 어려서부터 소통이 잘 되던 사이였다.

승욱이에게 가서 조심스럽게 내가 데리고 있는 요셉피나 이야기를 꺼냈다. 사람이 착실한 데다 음식과 살림도 잘하고, 성품이 아주 부드럽고 똑똑하다고 입에 침이 마르도록 설명했다. 그는 다 듣고 나더니 한번 만나 보겠다고 했다. '수도복을 입은 수녀가 별일을 다하고 있네'라는 생각이 들어 속으로는 계면쩍었고 우습기도 했다.

승욱이가 성당으로 와서 두 사람은 한 번 만났다. 그런데 요셉피나는 아주 좋아하는 눈치였는데, 승욱이는 싫어하는 눈치였다. 며칠 후 일과가 끝나는 밤 10시쯤 승욱이를 성당으로 불렀다.

"너, 왜 싫다고 하니? 말해 봐."

"얼굴이 너무 못 생겼어요. 중학교도 못 다녔는데 어떻게 살아요."

나는 속에서 울화가 치밀었다.

"뭐, 얼굴? 공부? 너는 어떻냐? 너는 가진 게 뭐 있냐? 파지더미가 네 잠자리고, 초등학교도 다 못 마쳤지 않냐?"

이렇게 언성을 높이며 자기 주제를 알아야지 하고 사돈총각을 큰 소리로 나무랐다. 승욱이도 내 표정이 심상치 않음을 알고 조금 기가 죽는 것 같았다.

내가 시간이 없어 이번으로 마무리 지어야 하니 확답을 하라고 다 그쳤다. 이번 기회가 아니면 그 둘은 결혼할 희망이 없어 보였다. 왜냐하면 주변에 나처럼 적극적으로 나서서 노력해 줄 이가 아무도 없었기 때문이다.

승욱이가 요셉피나를 싫다고 하는 이유는 지금 하고 있는 파지 장사가 앞으로 잘 될 것 같은데, 자신은 무식해 돈을 벌어도 관리할 능력이 없으니 아내라도 재산 관리를 할 줄 알아야 한다는 것이었다. 그러면서 재산 관리를 잘하려면 아내가 고등학교 정도는 나와야 하지 않겠느냐고 반문했다. 나는 요셉피나는 머리가 좋아 파지 장사로 번 돈 정도는 얼마든지 관리할 능력이 있다고 밀어붙였다. 그는 할 수 없다는 듯이 고개를 끄덕이며 승낙하고 돌아갔다.

나는 다음날부터 결혼식 준비에 들어갔다. 몇몇 신자들에게 요셉피나의 결혼 소식을 알렸다. 드레스 협찬도 들어오고, 동대문 상인들이 크게 도와 주어 두 사람은 종로성당에서 혼인성사를 아주 성대하게 치렀다. 그리고 청계천 4가에 작은 방을 하나 얻고 신혼생활을 시작했다.

그 후 얼마 안 되어 나는 종로성당을 떠났다. 그러고는 40년이 넘게 한 번도 만나지 못했다. 그런데 얼마 전 큰언니네 조카한테서 전화가 걸려 왔다.

"이모님, 승욱이 오빠가 죽었어요."

그동안 만나지는 못했어도 늘 잊지는 않고 있었기에 그런 청천벽력 같은 소식을 접하니 무척 당혹스러웠다. 평생 고생만 하고 살더니 어떻게 칠십도 못 살고 갑자기 세상을 떠났나 싶어 안타까웠다.

그 부부는 열심히 파지를 모아 팔고, 돈을 모아 결혼 10년 후에는 좋은 집을 장만하고 강남에 작은 빌딩 하나도 살 정도로 부자가 되었다고 한다. 3남매를 낳아서 대학 공부까지 다 시켰다고 했다. 그러다 친구의 꾐에 빠져 그 빌딩과 집을 다 날리고 무일푼이 되었는데, 마침 그때 큰아들이 미국에서 유학 중이었단다. 두 사람은 아들이 잘못될까 봐 아무 소리도 못 하고 다시 파지를 주우러 나섰다고 한다. 그렇게 밤잠도 안 자고 돈을 벌어 매월 400만 원씩 아들 유학비를 부쳤다고 했다.

이제는 아들·딸 3남매가 모두 결혼하고 좋은 직장에 다니면서 잘 살고 있었는데도, 이 부부는 고물 트럭을 끌고 다니며 파지 줍는 일을 계속했다고 한다. 며칠 전 새벽에 날씨가 너무 추워서인지 트럭의 시동이 자꾸 꺼져 부인을 차에 두고 밖에 나가서 사람을 불렀는데, 그때 마침 술 취한 운전자가 모는 차가 달려와 그를 치었고, 이틀 후 병원에서 사망했다는 얘기를 조카가 자세히 해 주었다. 세상을 떠났을 때 승욱이의 나이는 68세였다. 그래서 인생은 덧없다고 하지 않던가. 그래서 운명은 재천(在天)이라고 하지 않던가.

성당이 살림 나던 무렵

　날이 갈수록 종로성당의 신자 수가 늘어나 공간은 점차 협소해졌다. 게다가 창신동과 신설동 쪽 신자들은 거리가 멀어 오가기가 무척 불편했다. 그래서 동대문 밖에 새로운 본당을 세우기로 하고, 성당 대지를 물색하고 있었다.

　그러던 중 마침 신설동 동묘(관운장 영정을 모신 사당) 뒤편에 개신교 예배당이 매물로 나왔다는 보고가 신부님에게 들어왔다. 터를 마련하고 새로 건축을 하는 것보다 기존 건물을 다소 개조하는 편이 건축비를 줄일 수 있어 좋겠다고 신자들과 의견이 일치했다.

　중개업자를 내세워 성당이 아닌 개인이 매입하는 것으로 하고는 매매 절차를 마쳤다. 이사 가는 날이 왔고, 종로성당 보좌였던 안충식 신

1972년 4월27일 종로성당 신자들과 함께 군부대 위문을 가는 서 안나 수녀

부님이 새 본당 주임으로 정해졌다. 일주일 동안 창신동 신자들이 청소부터 하고, 미사 드릴 제대를 꾸몄다. 나머지는 이사를 한 후 차차 하기로 했다.

그런데 문제가 생겼다. 그 교회 목사님이 사택을 비워 주지 않고 버티는 게 아닌가. 당장 신부님이 기거할 곳이 없어 난처해졌다. 강제로 비우라 할 수도 없어 얼마 동안 처분을 기다려야 했는데, 한 달 가까이 신부님은 신설동에 있는 안나 할머니 댁 건넛방에서 기거하며 성당으로 출·퇴근을 하였다.

동대문성당 살림 날 때 정말 웃지 못할 일들이 많았다. 작고 오래된 2층 건물이었는데, 기존 교회에서는 2층을 예배당으로 쓰고, 아래

층은 사무실과 모임 장소로 썼다. 재래시장이 바로 옆에 있어서 상당히 혼잡한 곳이었다. 앞으로 발전될 전망이 있어 구입한 것이라고 신부님은 말씀하였다.

소문에 따르면 그 교회의 목사님이 빚을 많이 져서 건물을 팔고 미국으로 떠나려 내놓은 것이라고 했다. 문제는 이런 사실을 목사님이 그곳 신자들에게 알리지 않았다는 것이다. 나중에서야 교회 건물이 팔린 사실을 알고는 신자들이 몰려와 매일 항의 소동을 부리고, 목사님이 미국으로 떠나지 못하게 잡아놓았다.

종로성당에서 동대문성당으로 처음 살림이 나던 무렵의 일이다. 창신동 쪽 신자들은 기쁨에 들떠 만반의 준비를 하고, 주일 미사 봉헌을 시작했다. 나는 본당 일을 대강 마무리하고 동대문성당으로 갔다. 도착하니 미사가 한창 진행 중이었다. 그런데 성가 소리가 겹치기로 들리는 것 같아 기분이 이상했다.

상황을 파악해 보니 기존 교회 신자들은 아래층에 모였고, 천주교회 신자들은 2층에 모여 동시에 예배와 미사를 드리고 있었다. 신자들 중 일부는 미사가 끝나자 흥분하기 시작했다. 나는 참는 김에 끝까지 참아 보자고 그분들을 달랬다. 교회 매매대금은 목사님이 가져갔고, 신자들은 흥분하여 매일 그 목사님을 다그쳤지만, 그 후 어떻게 해결되었는지는 알지 못한다. 양심을 앞세우고 사는 교회 지도자들이 보통사람들과 한 치도 틀리지 않게 산다면 왜 교회가 있어야 되고, 성당이 있어야 될까? 지금에 생각하면 씁쓸하기 그지없는 기억이다.

갈등을 겪은 종신서원

36세에 종신서원을 준비하는 피정에 들어갔다. 종신서원이란 단기 서원이 아니라, 말 그대로 정결과 순명과 청빈의 3대 서원을 종신토록 지키겠다고 약속하는 날이다. 3개월 동안 종신서원 준비를 하면서 깊은 고민에 빠졌다. 질병은 하나씩 늘어나고, 나이는 점점 먹어가고, 어떻게 해야 할지 결론을 내릴 수 없었다.

종신서원 날이 일주일 앞으로 다가왔다. 교구 주교님과 마주 앉아 면담이 시작되었다. 나의 가슴은 뛰었다. 어떻게 해야 할까? 앞에 있던 몇 사람의 면담이 끝나고, 내가 마지막으로 들어갔다.

나는 지금의 심정을 천천히 주교님 앞에서 모두 고백했다. 주교님은 심각한 표정으로 조용히 들으시며, 연신 고개를 끄덕였다. 잠시 뒤

정릉 수녀원에서 종신서원 미사에 성혈을 모시는 모습.

결론을 내린 듯 말씀을 했다. 종신서원식 준비가 다 되었고, 며칠 안 남았는데, 지금 와서 내가 종신서원을 안 한다고 하면 장상이나 다른 동료들에게 혼란이 생길 수 있으니 마음을 가라앉히고 종신서원을 한 다음 열심히 살아 보고, 그래도 정 안 되겠으면 교구에서 풀어 줄 수 있다고 하였다.

주교님의 말씀대로 종신서원식을 다 함께 성대하게 치렀다. 다시 시작하는 마음으로 열심히 살다 보면 잘 될 것 같기도 하였다. 그러나 날이 갈수록 마음은 자꾸 흔들렸다. 뒷골목 창녀촌의 여인들, 옆 골목의 넝마주이 젊은이들, 창신동 달동네 빈민들, 환자들, 그들을 모른 체할 수가 없었다. 마음이 엄청 아팠다. 내 혼자의 힘으로는 어찌할 수 없는 일이었다. 그렇다고 피해 가고 싶지도 않았다.

매일 밤 상상으로 내 거취를 고민했다. 나는 버려진 산골 작은 공소에 가서 아이들을 가르치고, 문맹자들을 계몽시키며 아주 가난하게 살고 싶었다. 1970년대 초였으니 그때만 해도 우리나라에는 형편이 무척 어려운 사람들이 많았다. 종로본당에 파견된 지 만 4년, 병약한 몸으로는 더 이상 버티기 힘든 지경에 이르렀다.

당초 내가 수녀원에 들어오며 하느님께 소망했던 것들은 대체로 이루어진 상태였다. 내가 속세에 남겨놓고 온 다섯 식구가 나의 수도생활 14년 만에 모두 영세를 받았다. 그 사이에 부모님은 하늘나라로 떠났다. 하느님은 내 소원을 대체적으로 다 들어 주신 셈이다.

마음의 고민이 깊어질수록 몸의 병도 깊어졌다. 얼굴과 전신에 여드름 비슷하게 물집이 생기고, 두피와 가슴, 등짝에는 열꽃처럼 요상한 종기들이 돋아났다. 새로운 병도 또 하나 생겼다. 잠을 이루지 못할 정도로 괴로웠다. 눈에 보이는 병이니 감출 수도 없었다. 선배 수녀님과 함께 명동 성모병원 피부과를 찾았다. 의사 선생님은 나쁜 화장품을 써서 그런 것이 아니냐고 하였다.

나의 이런 모습을 보고, 본원에서는 마침내 쉬게 하자는 결정을 내렸다. 공기 좋은 데 가서 회복될 때까지 요양을 하다가 오라고 하였다. 나는 양평에 사는 큰언니 집이 좋겠다고 생각했다. 큰언니는 나에게 어머니와 같은 존재였다. 그러나 총원장 수녀님과 참사위원들 의견은 달랐다. 세속 사람들과 함께 오래 머무르는 것은 좋지 않다며, 학교 수녀님들이 있는 송정리 분원에 가서 쉬라는 명령이 떨어졌다. 이런 때 내가 선택할 여지는 오로지 하느님께 매달리는 것이다. 하느님의 뜻을 따르리라.

청빈한 삶이냐 가난한 삶이냐

어떻게 해야 할까? 이 기회에 결정을 내려야 하나, 아니면 더 고민을 해야 하나? 내 마음은 갈피를 잡지 못하고 비틀거렸다. 수녀원에서의 청빈한 생활을 계속하느냐, 그보다는 세속으로 돌아가 가난한 사람들과 함께 살 것이냐? 나는 후자의 삶을 살고 싶었다. 이제 고민만 한다고 해서 해결될 일은 아니었다.

나는 결심을 하고 짐을 꾸리기 시작했다. 짐이라야 성경책과 기도서, 그리고 개인 사물인 몇 권의 책과 속옷이 전부였다. 모두 챙기고 보니 라면 박스 두 상자밖에 안 되었다. 짐을 꾸려 방 창문 옆에 놓아두었다. 간단한 소지품과 기도서 몇 권을 가방에 넣고, 도망칠 준비를 마쳤다.

그리고 본원 총원장님에게 장문의 편지를 썼다. 이렇게 할 수밖에 없는 내 사정과 심정을 써내려갔다. 수녀원에서보다 더 편하게 살기 위한 선택이 아니라, 내 작은 소원을 이루기 위한 것임을 말했다. 내 육신의 아픔은 얼마 동안 요양으로 회복될 수 있을 것이라고 편지에 썼다. 그리고 그 편지를 우체통에 넣었다. 그러고 나서 1972년 12월 30일 낮, 종로본당 대문을 용감하게 나섰다.

들어갈 때는 절차도 복잡하고 집에서 반대도 심했다. 어려운 관문을 통과해 수녀원에 들어왔는데, 나갈 때는 달랑 손가방 하나 들고 대문을 나서니 모든 것이 끝이었다. 그렇게 수녀원을 나왔는데, 막상 나서니 갈 데가 없었다. 주변 사람들에게 비밀로 해야 했기 때문에 우선 직장에 다니고 있는 조카딸 자취방으로 갔다.

내가 늘 병약했기 때문에 본당 신자들에게는 휴가를 간다고 미리 말해 놓았다. 가는 길에 로사리오회 회장님에게 전화를 했다. 휴가를 간다고 들었다며 잠시 들렀다 가라고 했다. 간부 몇 사람이 점심 준비를 해놓고 기다리고 있었다. 요양이 필요해 긴 휴가가 될 것 같다고 하자, 그분들은 마음 아파하며 차비에 보태라고 봉투 하나를 주었다. 그날부터 조카의 자취방에서 함께 생활하며 마음을 안정시켜 나갔다.

두 달이 가까워 오자 얼굴과 전신에 돋아났던 여드름 같은 종기가 두피에서부터 사라지기 시작하더니 점차 깨끗하게 없어졌다. 따로 약을 먹거나 치료를 하지도 않았다. 수도복을 입은 채로 조카집에 두 달 넘게 갇혀 지내다가 할 수 없이 본원에 편지를 보냈다. 교구 주교님과도 약속을 했으니 종신서원을 빨리 풀어 달라고 부탁했다.

겉봉투의 주소를 보고 본원에서 수녀님 두 분이 찾아왔다. 다시 돌아오라는 설득을 하고 갔다. 다음엔 부원장 수녀님과 분원에서 함께 생활했던 수녀님도 왔다. 그렇게 수차례 수녀원에서 여러 사람이 다녀갔다. 그 후 7개월째 되는 어느 날, 등기우편이 배달되었다.

뛰는 가슴을 진정시키며 봉투를 열어 보니 종신서원이 풀렸다는 소식이었다. 순간 가슴에 맺었던 무거운 짐이 아래로 뚝 떨어지는 느낌이었다. 다음날 수도복과 목에 걸었던 성모님 메달을 소포로 보냈다. 그것으로 나의 수도자 생활은 끝났다.

그 와중에 종로본당 신자 한 분이 내 거처를 알게 되었다. 그분은 내게 다녀간 후 자신이 입던 옷가지와 옷감을 모아서 보내 주었다. 다음엔 로사리오 회원들이 몰려왔다. 그렇게 심하게 아파 수도복을 벗을 정도면 진작 자기들에게 말하지 그랬느냐며 책망했다. 앞으로 어떻게 살 작정이냐며, 그분들 걱정이 이만저만이 아니었다.

그러나 이 세상은 넓고, 내가 할 일은 분명히 많이 있을 것이다.

3

다시
세상
속으로
향한
나의 발길

내 마음속으로 들어온 잔별 무리들

1970년대 초, 강남 지역 개발이 한창일 때다. 청담동에 아주 작은 공소가 있었다. 청담동성당을 짓기 위해 신부님 한 분이 집을 얻어 살면서 매일 그 공소에서 미사를 드렸다. 나는 매일 그 미사에 참례하며 그동안 굶주렸던 성사생활을 열심히 했다.

몇 주 후 신부님이 나를 부르더니 예비신자가 몇 명 있는데, 교리 교육을 부탁한다고 말했다. 나는 너무 놀랐다. 사전 인사도 한 적 없이 미사 참례만 했는데, 교리 교사라니? 신부님에게 "제게서 무슨 냄새가 납니까?" 하고 물었다. 그러자 "그럼요, 냄새가 나지요"라고 하는 것이었다.

그 후 3개월 동안 교리를 가르쳤고, 그해 부활 주일에 12명의 젊은

이들이 세례를 받았다.

　그렇게 예비신자들을 가르치며 환속 후 삶을 준비하는 동안, 잘 아는 친구가 영월에 있다고 하길래 바람도 쐴 겸 그곳으로 찾아갔다. 기차를 탔는데, 차창 밖으로 보이는 풍경이 그렇게 아름다울 수가 없었다. 새벽시장도 가 보고 단종대왕의 능인 장릉에도 가 봤다. 비운의 임금 단종의 유배지 청령포의 소나무 숲길도 걸었다. 하루 동안에 참 많은 구경을 했다.

　그리고 영월을 떠나는 날, 영월본당 신부님에게 인사를 하러 성당을 찾았다. 강릉본당 신자들과 정선본당 신자들이 서로 자기네 신부님이 일등 신부님이라 다투던 그 정 신부님이다.

　강릉본당에 있을 때 몇 번 인사를 한 일이 있었는데, 정 신부님은 나를 바로 알아보았다. 신부님은 정색을 하며 상계동본당에 자신의 친구 신부가 있는데, 교리 선생이 없어 고생하고 있는데, 거기 가서 좀 도와 주라고 부탁했다. 내게 그분 연락처를 주시며, 꼭 한번 찾아가라고 했다. 상계동 신부님에게는 이미 연락을 해 놓았다고 했다.

　몇 주 후, 전화 연락을 받고 상계동성당을 찾아갔다. 얼마나 거리가 먼지 거긴 서울이 아닌 것 같았다. 중랑교를 지나 한참 만에 버스가 좌회전을 하더니 끝없이 펼쳐진 배밭과 논밭과 쓰레기 더미 사이를 달렸다. 불암산 밑까지 가니 드디어 거기가 종점이었다. 성당을 찾으니 이건 성당이 아니라, 시멘트 블록으로 지은 허술한 창고에 가까웠다. 철 대문을 지나니 상계동 천주교회란 간판이 붙어 있었다. 이 간판이 없었다면 아무도 이곳이 성당인 줄 모를 것 같았다.

신부님은 나를 보자마자 언제부터 도와 주러 올 수 있느냐고 물었다. 정 신부님과 강릉본당 명 신부님에게 그 전부터 많은 이야기를 들어 나에 대해서는 잘 알고 있다고 하였다. 집에 가서 더 생각해 보고 연락하겠다고 말하고, 성당을 나와 주변 마을을 찬찬히 더 둘러보았다.

판잣집들이 산줄기마다, 골짜기마다 하늘에 별처럼 다닥다닥 붙어 있었다. 이런 빈촌은 처음 보았다. 몸통은 판자로 되어 있었지만 지붕은 모두 빨간 슬레이트로 덮여 있어 별처럼 반짝반짝 빛났다. 순간 머리를 스쳐 지나가는 생각이 있었다. 나는 가난하게 살며 많은 사람에게 교리를 가르치는 것이 소원이 아니었던가. 내 열정을 이 아름다운 빈촌에서 실현해 보리라 다짐했다.

어느 날 새벽에 꾸었던 꿈도 생각났다. 꿈에서 나는 천장이 북쪽으로 뻥 뚫리는 것을 보았다. 누워서 뚫린 천장을 바라보고 있는데, 파란 하늘이 보이고 종성이 나타났다. 어렸을 적 여름이면 어머니가 마당에 멍석를 펴고 누워서 북두칠성, 삼태성, 계명성 등 별자리 이름을 가르쳐 주시고, 그 별자리의 전설도 이야기해 주었다. 그때 종성에 대해서도 설명해 주었다. 종성이란 아주 작은 별들이 무리를 지어 금싸라기 한 줌을 까만 천에다 쫙 뿌려놓은 것처럼 보이는 잔별 무리를 가리킨다고 했다. 종성은 평상시에는 잘 보이지 않으며, 날씨가 청명하고 달이 없는 그믐날 밤이면 보이는 별무리다.

나는 꿈속에서도 '정말 아름답구나' 하고 생각했다. 그런데 뚫린 천장 구멍이 점점 커지더니 그 수많은 별들이 빨간색으로 변하며 갑자기 공중으로 확 흩어졌다. 다시 보니 별무리들이 땅으로 떨어져 산자락에 쫙 깔려서 점멸등처럼 반짝이고 있었다. 그 아름다운 광경을 잊을 수 없었는데, 상계동 판잣집들이 산자락, 골짜기마다 빨간 지붕을 이고 있는 것을 보니 꼭 1년 전 꿈속 하늘에서 쏟아지던 종성이 생각났다. 하늘에서 땅으로 쏟아지던 잔별들이 불암산 밑자락에 깔려 있는 수많은 판잣집 무리와 똑같다고 생각했다. 그날 저녁, 나는 한적한 산골 공소에서의 삶을 꿈꾸던 생각은 싹 사라졌다.

가난한 자, 가엾은 자

나는 1974년 12월 20일, 보따리를 싸들고 상계동으로 이사를 했다. 신부님은 성당 바로 옆에 전세 30만 원짜리 작은 방 하나를 얻어 주시며, 그 전셋돈은 꼭 갚으라고 하였다. 그때 나에게 정해진 생활비는 월 3만 5천 원. 전세금을 갚으려면 10개월간 허리띠를 졸라매야 했다.

그렇게 상계동 빈민들과 함께 내 생활이 시작되었다. 예비신자 교리가 시작되면서 내 어깨엔 힘이 들어가기 시작했다. 2년간 쉬었던 덕택에 건강도 많이 회복된 것 같았다. 그때 상계동본당은 성 골롬반 외방선교회 소속 신부님 한 분과 사무장 겸 성당 관리인 남자 한 분이 있었다. 그분은 사무를 보면서 제의방 정리, 미사 준비, 성당 청소까지 도맡아 하고 있었다.

얼마 동안 나는 예비신자 교리교육에만 집중했다. 가난하고 힘겹게 사는 그분들이 의지할 곳은 오직 하느님 한 분뿐이라고 생각했다. 예비신자들은 저마다 사연이 있었다. 작은 사업을 하다 실패한 분, 남편이나 아들이 절도나 사고로 감옥살이를 하는 분, 아랫녘에서 태풍 피해로 집과 모든 것을 잃고 이곳으로 찾아든 사람들, 중랑천 둑에다 움막을 짓고 살다가 도심 환경을 정리하는 바람에 쫓겨온 사람 등등 각양각색이었다.

매춘부들의 탄식 소리와 넝마주이 젊은이들의 배곯는 하소연은 둘째라고 생각했다. 나는 예비신자들에게 교리를 가르치기 전에 먼저 그들의 손도 잡아 주고 마음도 달래 주며 그들을 이해하려 했다. 그래서 매일같이 오전 9시만 되면 그들의 가정을 방문했다.

그런데 몇 달 후 어느 달 밝은 밤 성당 마당에서 누가 나를 찾는다고 했다. 밖으로 나갔더니 성모상 주변에 대여섯 명의 사람이 모여 있었다. 그들은 본당의 연령회 간부들이었다. 무슨 일인가 물으니 할 말이 있어 찾아왔다고 약간 볼멘투로 말을 꺼냈다. 그러자 한 젊은이가 앞으로 한 발짝 나오더니 "왜 회장님은 예비신자만 사랑하십니까?" 하고 단도직입적으로 물었다. 자기네가 인사를 해도 본체만체한 것에 대해 오늘 마음먹고 따지러 온 것 같았다. 이 말을 듣는 순간, 나는 아차 했다. 그들도 어렵고 힘겹게 살아가는 사람들인데, 미처 그들까지 생각하지 못했던 것이다. 그러나 내 입에서는 대답이 술술 나왔다.

"제가 예비신자들을 먼저 돌보는 것은 당연하다고 생각합니다. 처음 교회에 나와 아는 사람도 없고, 적응이 안 되는 분들인데, 교리 선생 하나 바라보고 열심히 배우는 사람을 제가 친절하게 맞아 주고 감싸 주지 않으면 안 되잖아요. 여러분은 교회 안에서 이미 한 몫을 하고 있으며, 신앙에 깊은 뿌리를 내리고 든든히 서 있는 나무와 같은 존재들이 아니십니까? 여러분도 새로 나오는 예비신자들을 잘 보살피고 격려해 주면서, 모르는 것이 있으면 가르쳐 주고 선생님이 되어 주세요. 나 혼자서 다 돌볼 수가 없잖아요. 친절하게 그리고 상냥하게 인사 못 한 것은 참 미안하지만, 미처 눈길이 못 가서 그런 것이니 이해해 주시면 좋겠습니다."

뜻밖에도 그들은 나의 말에 고개를 끄덕이더니 "잘 알겠습니다" 하고 돌아갔다.

인간은 누구나 평등하다고 하느님은 말씀하셨다. 무엇이든 남 앞에서 가르치는 스승이라면 리더라면 고루고루 평등하게 대해야 한다는 것을 새삼 일깨워 준 그들은 지금 어디서 무엇을 하며 살고 있을까? 참 많이 궁금해진다.

성당 건축을 앞당긴 신부님

창고 같은 낡은 성당에서는 더 이상 버틸 수가 없다고 판단, 옆에다 새 성당을 짓기로 했다. 새 성전 건축 헌금을 모금하겠다는 신부님의 발표에 신자들은 모두 놀랐다. 밥도 제대로 못 먹는 형편인데, 건축 헌금을 어떻게 내느냐고 야단이었다. 신부님은 우리 신자들이 30퍼센트만 내면 나머지 70퍼센트는 외국에서 원조를 받아올 것이라고 설명하였다.

마을별로 저녁 시간을 잡아 한 집에 모아놓고 얼마를 헌금할지 의논했다. 그날은 합동마을 차례였다. 합동마을은 산비탈에 있는 제일 큰 마을이었다. 상계 지역은 구역별로 마을 이름을 다르게 불렀다. 제일 높은 곳에 있는 마을은 양지마을로 불렀고, 그 다음 차례대로 합동

마을, 새마을 구주택, 이화주택, 브라질촌, 은행주택마을이 엉덩이를 맞대고 붙어 있었다. 마을마다 이름이 만들어진 내력이 있지만 그것을 세세하게 기억하기는 힘들다.

그런데 합동마을에서 모임을 갖고 사무장님과 함께 나오던 신부님이 상계천 다리에서 그만 떨어졌다. 당시엔 버스가 다니는 큰길 외엔 가로등이 전혀 없었다. 깜깜한 늦은 밤에 다리를 건너오다 거의 다 와서 그만 발을 헛디뎌 다리 아래로 떨어진 것이다. 다음날 신부님이 불러 갔더니 어젯밤 실족하면서 생긴 상처를 보여 주었다.

팔꿈치 밑으로 손바닥만큼 살갗이 벗겨진 상처가 났고, 무릎 밑으로도 타박상이 있었다. 하룻밤을 치료도 안 하고 지냈으니 이미 상처가 피딱지로 변해 있었다. 또한 다른 상처에서는 여전히 진물이 비치고 있었다. 병원은 한사코 가지 않겠다고 해서 액체 소독약 요오드팅크를 묻힌 솜으로 씻어내고 고약을 발랐다. 잃어버린 안경은 날이 밝은 후 사무장님이 개천 바닥에서 찾아왔다.

키가 크고 다리가 길어서 평소에도 걸음걸이가 휘청휘청하는 분인데, 부상까지 입는 바람에 앞으로는 밤 모임을 갖지 않기로 했다. 신자들은 신부님이 다쳤다는 소식을 듣고 몹시 마음 아파했다. 낯선 외국 땅에 와서 하느님의 말씀을 실천하느라고 저 고생을 한다면서 신부님이 하는 일이라면 협조를 아끼지 않았다. 덕분에 성당 건축은 더 빨리 진행되었다.

하느님의 사자로 오신 사람들

상계동성당에서 일을 시작한 지 얼마 되지 않은 어느 날, 동대문에 사는 루시아 할머니와 익선동에 사는 젬마 할머니가 나전칠기로 장식된 예쁜 밥상과 큰 양은솥을 사 가지고 찾아왔다. 어떻게 알고 왔느냐고 물으니 "외국으로 안 나갔으면 부산이라도 찾아가려고 했는데, 서울에 있다는 소리를 듣고 어떻게 안 와요?" 하며 눈물을 글썽거렸다.

가장 필요한 것을 말하라기에 대뜸 "본당 사무실에 책상이 없어요"라고 했다. 사무실에 있는 책상이라고는 낡은 1인용 철제 책상뿐이었다. 필요한 것을 말하라고 해서 솔직히 말은 했지만, 막상 하고 나니 "이런 말은 하지 말아야 했는데" 하고 후회가 되었다.

그분들은 며칠 후, 좋은 나무로 된 큰 책상과 중고 철제 캐비닛을 실어다 주었다. 그 책상은 사무실에 놓았고, 캐비닛은 내가 옷장으로 사용했다. 두 개 모두 10년 이상 사용했고, 책상은 내가 상계동을 떠날 때까지도 사무실에 있었다. 귀한 선물을 주었던 루시아 할머니와 젬마 할머니는 친한 친구 사이였는데, 두 분 다 1992년에 하늘나라로 떠났다.

하루는 성당 청소를 하고 있는데, 밖에서 떠들썩하는 소리가 들렸다. 내다 보니 종로본당 신자들 몇 분이 사무실 앞에서 나를 찾고 있었다. 내가 여기에 있다는 사실을 아는 한두 사람이 생기면서 종로성당 신자들에게 소문이 퍼진 모양이었다.

복희 막달레나 자매는 월남한 피난민인데, 평양에서 유명한 가수였다고 했다. 그분이 성모회 회장님과 몇 분 신자들을 데리고 상계동성당으로 온 것이다. 나보다 열 살 이상 연세가 높은 그분들을 보니 반가움보다 부끄러움이 앞섰다. 수녀복을 벗고 초라한 모습을 보이는 것이 어색하기도 했다. 하지만 그분들은 내 손을 잡고 반가워 하며 "고생이 많지요?"라며, 당장 필요한 것이 무엇이냐고 물었다. 그분들은 동대문시장에서 장사도 하고, 형편이 넉넉한 편이었다.

나는 어색함도 잠시 "우리 본당 사무실에 전화가 없어요" 하고 말했다. 종로본당 신자들은 그 말을 듣자마자 가방을 열더니 십시일반 돈을 꺼내기 시작했다. 몇 명의 돈을 합쳐 내게 주면서 "이것 가지고 당장 전화부터 신청하세요. 모자라는 것은 우리가 다 책임질게요"라고 했다. 나는 체면불구하고 그 돈을 얼른 받아 사무장님에게 건네 주고 전화

신청을 하게 했다. 그러면서 그분들의 따뜻한 마음도 전해 주었다.

며칠 후 전화가 개통되었고, 책상도 크고 좋은 것이 생겼다. 그 당시에는 백색전화와 청색전화 두 종류가 있었는데, 백색전화는 너무 비싸서 상계동의 집 한 채 값과 맞먹었다. 그래도 나는 백색전화를 신청하라고 했다.

하느님께서는 내가 열심히 일을 할 수 있도록 이분들을 보내셨고, 그들을 통해 뒷바라지를 해 주셨던 것이다. 이렇듯 당신의 사자들을 통해서 뒷바라지까지 해 주시는데, 내가 어떻게 힘을 내지 않을 수 있었겠는가? 덕분에 나는 매일 "하느님 감사합니다"라는 말을 입에 달고 살았다.

나의 유일한 전신 사진

나를 따르던 우경숙 자매가 자신의 오빠 사진관에서
특별히 부탁해 찍은 사진이다.

　　예비신자 교리반에서 열심히 공부하는 우경숙 씨는 나를 참 좋아
했다. 막내딸이라 부모님은 일찍 돌아가고 오빠와 함께 살고 있었는데,
나이가 꽤 많았다. 그녀는 이화여대를 다니다 2학년 때 정신질환으로
학업을 중단하고, 약을 복용하며 가정에서 지내고 있었다. 그런데 나
는 경숙 씨가 약을 잘 복용하도록 신경을 써 주었다.

　　하루는 교리 공부가 끝난 후 경숙 씨는 오빠가 운영하는 사진관
에 가서 기념사진을 찍자고 했다. 썩 내키지는 않았지만, 그녀의 제안
을 거부하면 위험한 행동을 취할 수도 있다는 것을 알기 때문에 순순
히 따라갔다. 경숙 씨가 오빠에게 "우리 선생님 독사진 하나 멋지게 찍
어 줘요. 머리부터 발끝까지 나오는 전신 사진이요" 하고 특별히 부탁

한 덕분에 나는 오랜만에 전신 사진을 찍었다. 이제 와 생각해 보니 경숙 씨가 내 사진을 간직하고 싶어서 그랬던 것 같다. 며칠 후, 경숙 씨가 사진 한 장을 가지고 왔다. 내가 봐도 멋진 나의 전신 사진이었다. 나는 지금껏 그 전신 사진을 소중하게 간직하고 있다.

경숙 씨는 가끔 나를 집으로 초대하여 그녀의 올케가 차려 주는 식사를 대접했다. 그녀는 내가 상계동본당에 가서 처음으로 가르친 교리반 학생이었다. 주변의 여러 친구를 교리반으로 인도해 온 열성파였다. 그러나 이웃 사람들은 그녀가 정신질환자인 것을 알기 때문에 가까이 오는 것을 꺼렸다. 그래서 그녀는 늘 외톨이로 외롭게 지냈다.

지금은 60이 넘은 나이가 되었고, 요즘도 가끔 무슨 특별한 사건이 있을 때면 전화를 걸어 소식을 전한다. 수화기 너머로 들리는 그녀의 목소리는 아직도 낭랑하고 명쾌하다. 늘 자기 소식을 전하고 통화가 끝날 때쯤 "선생님, 건강은 어떠세요?" 하고 물었다. 아직도 오빠네 집에서 산다. 여기로 한번 찾아오고 싶어도 오빠가 허락을 안 해서 못 온다며 아쉬워 했다.

경숙 씨 덕분에 나 혼자 찍힌 그 전신 사진을 보면 볼수록 얼마나 잘 찍었는지 나는 행복해진다. 40세 무렵 찍은 사진인데, 20대라 해도 곧이들을 정도로 청순한 모델 같았다. 하지만 그 사진을 볼 때마다 안타까운 마음으로 경숙 씨를 떠올린다.

제병을 사러 온 목사

어느 날 허름하게 차려입은 남자가 성당으로 들어와 신부님을 찾았다. 마침 신부님이 출타 중이라고 했더니 그는 신부님이 계실 때 다시 오겠다며 그대로 돌아갔다. 나가기 전 어디서 왔느냐고 물으니 상계 4동에서 왔다고 했다. 상계 4동이면 마지막 산꼭대기 마을일 터인데, 합동마을 아니면 양지마을에 사는 사람 같았다.

다음날 그분이 다시 찾아왔다. 상계 지역은 당시 우범 지대여서 신원을 모르면 외국 신부님과 직접 대면시키기는 꺼려졌다. 그래서 신부님은 안에 있었지만 나는 무슨 볼일이냐고 물었다. 그분은 좀 우물쭈물하더니 상계 4동 마지막 동의 천막교회 목사라고 자신을 소개했다.

나는 다소 놀랐지만 목사님이 왜 신부님을 찾느냐고 다시 캐물었다.

그분은 당황한 기색으로, 사실은 부활 주일에 쓸 빵을 사러 왔다고 했다. 너무 어이가 없었다. 그런 빵은 천주교회에서는 안 판다고 했더니, 자기네 신자들이 천주교회에서는 아주 작고 깨끗한 빵을 주말마다 신자들에게 나누어 주는데, 목사님은 그런 빵을 왜 안 주느냐고 따진다는 것이다. 그는 사서라도 주려고 왔으니 신부님을 꼭 만나게 해달라고 부탁했다.

성당 마당에서 내가 낯선 남자와 한참 동안 이야기하는 것을 내다본 신부님은 궁금했는지 문을 열고 나왔다.

"신부님, 저분이 상계 4동 개신교 목사님인데, 빵을 사러 왔답니다."

신부님에게 자초지종을 말했다. 그러자 신부님은 미사 중에 축성을 해야 성체로 변하는 것이고, 미사 전에는 상관 없으니, 그에게 제병을 몇 개 싸 주라고 하였다. 나는 마음이 내키지 않았지만, 신부님의 명령이라 교회의 신자 수를 묻고, 그 수대로 제병을 싸 주었다. 목사님은 허리를 굽히면서 고맙다고 꾸벅꾸벅 인사를 연달아 하고 돌아갔다.

당시 상계동 사람들은 생활이 너무 어렵고, 몸과 마음이 피폐해질 대로 피폐해져 있어, 어디든 마음을 의지할 데라면 일부러 찾아다녔다. 그래서 개신교 교회에 다닌 경험이 조금 있는 사람들이 살아갈 방편으로 자격도 없이 목사 행세를 했다. 눈에 잘 띄지 않는 외진 곳에다 천막을 치고 가짜 교회를 운영하는 경우가 더러 있었다. 참 안타까운 일이었다.

가짜 목사의 아내

어느 날 육십 대의 아주머니 한 분이 성당으로 찾아왔다. 그는 아주 길게 자기 인생 역정을 털어놓았다.

"저는요, 어려서 부모님이 돌아가고 영세를 받았지요. 이름은 마리아예요. 너무 가난해서 남의 집 식모로 살다가 결혼을 했어요. 남편은 10년 전에 하늘나라로 떠났어요. 자식도 하나 못 낳고 여기저길 떠돌았죠. 한데 하루는 노점상을 하는 할머니가 착실한 남자가 있으니 시집을 가라고 했어요. 아주 유식한 분이었고, 그분도 자식이 없으니 둘이 의지하며 살라는 거예요. 그 남자분도 나이가 나와 비슷했어요. 그래서 함께 살게 되었는데, 그 남자는 집도 없고, 직업은 목사였어요. 순복음교회 목사인데, 중계동에 자기 교회가 있다길래, 따라가 보니 태권도장으로 쓰이던 허술한 창고 같은 집이었어요. 그것을 교회로 쓰려고 세를 얻었다고 했어요. 매일 새벽 날 데리고 그곳으로 가는데 수십 년 동안 냉담했어도 나는 '천주교 신자'라고 말해도 막무가내로 끌고가는 거예요. 그런 지 1년 정도 되었는데, 신자들은 여남은 정도 나오더라고요. 거기에만 의지해 살 수 없어 저는 구주택시장에 나가서 번데기 장사를 시작했어요. 그리고 교회에 갔다 올 때마다 잘못된 점을 지적하며, 천주교 교리에 대해 계속 이야기했어요. 그럼 한번 가 보자고 해서, 이번 달 마지막 주일에 함께 성당에 가기로 했어요. 그 사람이 오거든 좀 반갑게 맞이해 주시고, 천주교로 나오도록 이끌어 주세요. 아무리 생각해 봐도 저는 그 사람이 가짜 목사 같거든요."

그 박 목사님은 정말 부인과 함께 성당에 나타났다. 나는 마리아 아주머니의 말대로 친절을 다해 그를 맞이했고, 미사에 참여시켰다. 누구에게도 그분이 중계동 창고 교회의 목사님이라는 것을 말하지 않았다. 그는 주일 교리와 수요일 저녁 교리에 부인과 함께 빠짐없이 출석했다. 가만히 눈치를 보니 성당에서 도움을 좀 받고 싶은 눈치였다. 너무 안타까워 빈첸시오회에 부탁하여 매달 조금씩 도움을 주기로 했다.

하루는 그가 10시 미사에 못 나오고, 11시 교리에 참석하면 안 되겠느냐고 물었다. 이유를 물으니 "창고 교회의 자기 신자들이 목사님이 없다고 야단이어서요. 당분간 10시에 그 사람들 예배를 봐 주고, 11시 교리반에만 오겠다"는 것이다. 어차피 그의 목적이 다른 데 있는 것을 알게 되었으니 그렇게 하라고 했다.

그렇게 그는 10시에 창고 교회에서 목사님 노릇을 하고, 11시에 천주교회 예비신자 교리반에 와서 학생으로 공부를 계속했다. 박 목사님이 바오로라는 세례명으로 영세를 받던 날, 그는 부인과 함께 정말 기뻐했다. 천주교회에서 가르치는 하느님의 말씀들은 자기 교회에서는 들어보지 못했다며, 태권도장 교회를 정리해야겠다고 각오를 보였다.

얼마나 먹고 살기가 힘들고, 기댈 곳이 없었으면 그런 짓을 했을까? 본당 신부님과도 여러 번 의논을 하였다. 신부님도 지역 특성을 이해하고, 그를 너그럽게 대해 주었다. 목사이기 이전에 우선 먹고 살아야 하기 때문에 순복음교회에 몇 번 나갔다가 그런 식으로 목사 흉내를 내온 것이다. 그러니 교리를 잘 가르쳐 천주교 신자를 만들면 된다고 하였다.

1970년대 초, 상계동의 지역 환경은 말로 다 표현할 수가 없다. 큰 길가 아랫동네는 그런 대로 치안이 유지되었지만, 산 밑의 합동마을과 양지마을은 무질서 그 자체였다. 그런 속에서 가짜 목사도 양심을 접고 활개를 쳤던 것이다.

진실을 잃어 버린 사람들

　　한번은 어떤 젊은 남자가 찾아와 자신을 상이군인이라고 소개했다. 그는 잘려 나간 손목을 보여 주며 자신은 지금까지 개신교에 다녔는데, 천주교로 개종하고 싶다고 했다. 그렇게 해서 그는 예비신자 교리반에서 교리 공부를 시작했다. 하지만 여전히 이 교회 저 교회를 전전하면서 먹을 것을 찾았다. 그래서 그에게 조건부 영세를 주었다. 그 상이군인 예비자는 다른 교리반 학생들이 '변호사'라는 별명을 지어 줄 정도로 머리가 명석하고 말 솜씨도 뛰어났다.

　　그런데 몇 달 후, 내게 와서 "천주교회에서는 직책을 맡을 수도 없고, 신학교 입학에도 까다로운 과정을 거쳐야만 들어갈 수 있고 해서 저는 쉽게 들어갈 수 있는 개신교 신학교에 들어가서 목사가 되겠습니다"라고 말하였다. 어처구니가 없었다.

그 후, 1년 가까이 성당에 안 나왔다. 그러던 어느 날 불쑥 나타나 목사가 되었다고 인사를 했다. 양복에 넥타이를 맨 말끔한 차림새였다. 정말 할 말이 없었다. 그의 뒷소식을 캐봤더니 작은 지하방을 얻어 교회를 차렸는데, 집세를 못 내 곧 쫓겨날 판이었다. 처가에 가서 집세를 꿔달라고 장인에게 행패를 부리기도 했는데, 이를 본 장모가 화가 나서 못 준다고 하니, 절단된 팔에 달린 갈고리를 휘둘러 장모를 폭행까지 했다는 것이다. 죽게 된 장모는 병원으로 실려 갔고, 이 상이군인 목사는 감옥에 가게 되었다.

그 소식을 듣고는 너무 놀랍기도 하고, 가슴이 아파 우리 신자 한 사람과 함께 그의 아내가 사는 곳을 찾아갔다. 그의 아내는 상계동 새마을시장 뒤편 산자락에 땅을 파고 지은 움집에서 아이 둘과 살고 있었다. 정말 눈물 없이 보기 힘든 모습이었다. 이런 것을 두고 목불인견(目不忍見)이라고 하나보다.

빈첸시오회에서 마련해 준 돈 얼마와 준비해 간 물품을 주고 돌아왔다. 당시 나는 거의 매일 한 번씩 가정방문을 다녔는데, 이와 비슷한 가정의 모습을 수없이 봤다. 그런 날은 잠을 제대로 이룰 수가 없었다. 불을 끄고 누워 있으면 눈물만 흘렸다. 어떤 날은 나도 모르게 흐느끼며 울 때도 있었다. '가난은 나라님도 구제할 수 없다'는 속담이 있는데, 정말 그런 것일까? 나도 힘든데 나보다 더 힘든 사람들은 도대체 어떻게 도와야 하는 것일까?'

어느 날, 손가방을 들고 중계동 쪽으로 내려가고 있었는데, 좁은 골목길에서 젊은 엄마가 아기를 등에 업고 서서 전단지를 나누어 주고 있었다. 그 골목은 사람이 많이 지나다니지 않는 길인데, 나를 보더니 인사를 하며 전단지를 내밀었다. 남편이 교회를 새로 열었는데, 신자가 하나도 없어 이렇게 나와 전단지를 뿌려 신자를 모으게 되었다는 것이다. 그녀는 나에게 꼭 좀 나와 달라고 부탁하며 연신 허리를 굽혔다.

아기가 엄마 등에 코를 비비며 보채는 것을 보자, 또 한 번 마음이 찢어졌다. 예수님의 말씀을 팔아서라도 먹고 살아야겠다는 그 아기엄마의 심정은 오죽할까? 부끄러워 번화한 거리로도 못 나가고 사람 드문 좁은 골목길에서 부끄러움을 무릅쓰고 양식을 구걸하는 셈이 아닌가, 그 지역에선 수단 방법을 가리지 않고 살아 남아야 하는 것이 진리로 통하였다. 과연 그런 진리가 하느님에게 통할까? 나는 오래도록 그들을 구원해 주시라고 기도했다.

한밤중에 문을 두드리는 아이들

문을 두드리는 소리에 귀를 기울였더니 어린아이의 울부짖는 소리가 들렸다.

"누구세요?"

문을 여니 개천가에 사는 엘리사벳 자매의 어린 두 딸이 맨발로 뛰어와 애타게 구원을 청했다.

"우리 엄마 좀 살려 주세요"

아이들은 발을 동동 구르며 큰소리로 울었다. 어찌된 영문인지를 물었다.

"아빠가 술을 먹고 엄마를 때렸어요. 엄마가 죽어요. 살려 주세요. 빨리 좀 말려 주세요."

언니는 4학년, 동생은 2학년이었다. 나는 생각할 겨를도 없이 아이 손을 잡고 뛰었다. 엘리사벳 자매는 코피를 흘리며 이불 위에 엎어져 있었고, 남편은 보이지 않았다. 그녀는 가슴을 감싸 쥐고 울며 말했다.

"이런 모습을 보여서 미안합니다. 금방 죽는 줄 알았어요. 회장님이 오시면 멈출 것 같아서 아이들을 보냈는데, 겁이 나서 어디로 숨었나 봐요."

그 자매는 아이 셋을 키우면서 알코올 의존증인 남편과 손수레에 채소를 싣고 다니며 장사를 했다. 두 사람이 장사를 나가면 3남매만 집에 남는데, 4학년 맏이가 밥을 하고 동생들을 돌본다고 했다. 이 가정도 나의 가슴을 아프게 하는 집 중 하나였다. 엘리사벳 자매는 이렇게 힘들게 살면서도 주일에 미사 한 번 빠지지 않는 착한 엄마였다. 게다가 폐가 나쁘다는 진단을 받고 약을 장복하면서 근근이 버티며 살았다.

그 뒤 세월이 많이 흘러 30년 만에 엘리사벳 자매의 소식을 들었다. 알코올 의존증이었던 남편은 진즉 하늘나라로 갔고, 3남매는 모두 결혼해 가정을 이루었다고 했다. 엘리사벳 자매는 아들이 모시고 편안하게 잘 산다고 했다. 그 자매들 앞에는 이제 환한 봄날에 피는 꽃길이 펼쳐졌다고 생각했다.

험한 길만 걸어온 그들에게 이제는 제발 꽃길만 걷게 되길 바란다.

험난한 가정방문의 길

1975년 어느 쓸쓸한 가을날, 아침에 일어나 오늘은 합동마을에 사는 예비신자 젊은 엄마를 찾아가기로 마음먹고 길을 나섰다. 상계 4동 마지막 마을이라 꽤 큰맘 먹고 나선 길이었다. 산비탈을 올라가 또 골짜기로 내려가야 했다. 숨을 몰아쉬며 언덕을 넘어 비탈길을 내려가는데 주소와 약도를 들었지만 어딘지 찾기가 매우 어려웠다.

비슷한 집들이 다닥다닥 붙어 있어 한참을 헤매다 못 찾고 언덕 하나를 더 넘어갔는데, 마침 사람이 보였다.

"여보세요. 저 집을 찾고 있는데요."

이렇게 말을 건넸다. 그 사람은 천천히 고개를 들고 나를 쳐다보았다. 그 순간 나는 너무 놀라 그 자리에 주저앉을 뻔했다. 그분은 나병

환자였다. 손가락 몇 개가 오그라들고, 코는 문드러져 있었다. 이런 환자를 가까이서 본 것은 난생 처음이었다. 잠깐 마음을 진정시키고 아는 분의 집을 찾다가 못 찾고 여기까지 넘어왔다고 말했다. 그러나 그 남자는 말없이 고개를 가로저었다. 우리는 다시 언덕을 되넘어 왔다.

정말 많이 헤매다가 천재일우로 예비신자 집을 찾았다. 언덕 넘어 사는 나병환자를 만난 이야기를 했다. 그 꼭대기에 다섯 집 정도가 있는데, 몰래 들어와 살다가 마을에서 그 사실을 알게 되어 얼마 있으면 다른 곳으로 보내진다고 했다. 자기도 처음엔 많이 놀랐지만, 그분들은 치료가 완료된 환자들이라 안심해도 된다고 했다. 젊은 엄마는 내 지친 모습을 보더니 "선생님, 점심 드셨어요?"라고 물었다. 걸어서 헤매고 다닌 사이 시간이 많이 흘러 있었다. 그 소리를 들으니 그제야 배고픔이 느껴졌다. "아니오"라고 했는데도, 그는 "무엇을 좀 드셔야 하는데……라면이라도 하나 끓여 드릴게요. 조금만 기다리세요" 하면서 일어났다. 연탄불에 라면을 한 개 끓이는데, 시간이 한참 걸리는 것 같았다.

그녀는 끓인 라면을 냄비째 들고 들어와 신김치와 함께 내 앞에 가져다 놓았다. "배 고프실 텐데 어서 드세요"라고 했다. 정말 배가 많이 고팠다. 아침을 안 먹고 나온 탓이다. 평생 처음으로 라면을 냄비째 놓고 신김치와 함께 짠지 안 짠지도 모르고 국물까지 다 먹었다.

그날 밤, 속이 쓰리고 아프기 시작했다. 부드럽고 좋은 음식은 그때나 지금이나 혼자서 해먹기가 어려웠다. 평소에도 위장이 좋지 않았는데, 그날부터 위장병이 심해지기 시작했고 많은 고생을 했다.

가수 고복수 선생의 문패

    구주택 지역을 방문하는 날이었다. 냉담신자, 예비신자, 열심신자를 망라해 집집마다 찾아가 보기로 했다. 그분들은 내가 나타나면 너무들 기뻐한다. 한 집을 방문하고, 다음 집을 방문할 때는 둘이 되고, 셋이 되고, 나중에는 열 명도 넘게 따라나서 함께 몰려다니곤 했다. 그 마을은 시장도 있고, 평지인데도 집을 너무 촘촘히 지어서 들어가는 앞문만 있고, 창문이 없어 낮이나 밤이나 어두웠다. 북한에서는 이런 집을 하모니카 집이라고 한단다.

    함께 가던 어떤 신자가 이 집도 우리 신자집이라면서 가리키는데, 문패에 '고복수'라고 씌어 있었다. 나는 그를 아느냐고 물었다. 한데 고복수 선생님은 고인이 된 지 오래이고, 지금은 그집에 부인만 살고 있는데, 그 부인이 바로 가수 황금심 선생이라고 했다. 또 한 번 놀랐다. 문을 들치고 들어가니 집은 텅 비어 있었고, 어두워서 방안이 잘 보이지 않았다. 들어가자마자 부엌이다. 솥단지 하나 걸려 있고, 나무로 된 찬장이 부뚜막에 놓여 있었다. 찬장 위에는 전기밥솥이 올려져 있었다. 그 당시 대부분의 신자들은 전기밥솥이 없었는데, 전기밥솥을 보니 고복수 댁이 확실한 것 같았다.

주일 미사가 끝났다. 어떤 교우가 다가오더니 저기 오는 저 사람이 황금심 씨라고 알려 줬다. 나는 그에게 다가가서 인사를 하고, 내가 이 성당 교리 선생이라고 말했다. "귀한 분을 만나서 기쁜데, 시간이 없으니 조금만 기다려 주실래요"라고 했다.

예비신자 교리를 끝내고 나오니 황금심 신자와 다른 분들 자매는 거의 한 시간 가까이 지났는데도 그때까지 기다리고 있었다. 나는 그분들을 모시고 내 방으로 와서 커피 한 잔씩을 대접했다. 그리고 그들에게 여기까지 와서 살게 된 연유를 물었다.

남편도 돌아가고 어떻게저떻게 하다 보니 여기까지 흘러 왔다면서 신앙생활에 대한 이야기를 많이 물어왔다. 그리고 따님이 명동 바오로회 수녀로 들어갔다면서 자랑스러워 했다. 그분은 얼마 후 이 지역이 재개발되기 직전 구주택을 떠났다는 소식을 들었다. 그분의 아들 고영준 씨가 TV에 나올 때마다 마음이 짠했다.

낮은 곳을 택한 두 할머니

새마을 언덕 마지막 판잣집에 살고 있던 강 할머니 이야기를 하고 싶다. 강 할머니는 상계동본당에서 노인 모임인 성심회 회장직을 맡았던 분으로 본당 일을 주로 하였다. 상계동 새마을 언덕으로 이사 오기 전 시어머니를 모시고 영세를 받았다고 했다. 강 할머니는 62세, 시어머니는 75세였는데, 두 분 다 깔끔하고 세련되어 보이는 분들로 어렵게 살아도 아주 귀티가 났다.

노인 두 분이 이사 왔다기에 처음 가정방문을 갔는데, 강 할머니가 어찌나 반가워 하는지 죄송할 뿐이었다. 눈물을 글썽거리면서 당신 딸을 본 것처럼 기쁘다면서 내 나이를 물었다. 자신의 딸과 동갑이고, 생김새도 흡사하다며 따뜻한 점심을 차려 주었다. 그 후부터 내가 그쪽을 지나갈 때면 항상 음식을 차려놓고 길목에 나와 나를 기다렸다가 그 음식을 먹고 가라고 하였다.

어떤 때는 샌드위치를 만들어 주기도 하고, 꽁치 한 마리를 양념장에 재워 굽고, 그리고 따뜻한 밥과 함께 식사를 하게 한 날도 있었다. 궁중요리, 서양요리, 중국요리 못 하는 요리가 없었다. 나는 그 노인 두 분에게 정말 소박한 사랑을 듬뿍 받았고, 또한 삶에 대한 지혜도 많이 배웠다.

음력 8월 추석이 가까운 어느 날, 비가 추적추적 내리는데, 할머니네 집으로 좀 오라고 해서 갔더니 송편을 만들어 놓았다. 집에서 쌀을 손절구에 넣고 빻아서 만들었다고 했다. 녹두소를 넣고 빚은 송편을 찐 후, 갓 짠 참기름을 발라 작은 접시로 두 개에 나누어 담아 놓았다. 나는 떡 한 접시를 앉은 자리에서 다 먹어치웠다. 그분들은 내가 다 먹을 때까지 나를 바라봤다. 당시 판잣집(일명 학고방)에 사는 분들은 명절 때도 음식을 풍족하게 해먹지 못했다.

그날 배도 부르고 비도 오고 해서 할머니 댁에서 좀 느긋하게 쉬려고 자리 잡고 누웠는데, 손바닥 크기의 흑백 TV에서 뉴스가 나왔다. 당시 최규하 국무총리가 대리로 대통령직을 계승한다는 소식과 그 부인이 기자들과 인터뷰하는 모습이 나왔다. 기자가 "올해 김장은 얼마나 하실 건가요?" 하니 영부인은 "한 50포기는 해야겠지" 하고 대답했다. 그러자 강 할머니가 "대통령 부인이 말도 참 촌스럽게 하네"라고 옆 사람에게 핀잔하듯이 내뱉는 것이 아닌가.

다소 이상스럽게 생각되어 "대통령 부인에게 왜 그렇게 말씀하세요?" 하자, 강 할머니는 처녀 때 일화를 들려 주었다. 자신은 경기도 안성에 살았고, 결혼할 나이가 되어 중매가 들어왔는데, 중매하는 분이 아주 양반 집안이고 공부도 잘한다며 당시 학생이던 최규하 전 대통령을 소개했다는 것이다. 친정아버지와 삼촌이 신랑감을 선보고 와서 인물이 별로라며 거절을 했단다. 그때부터 그 집안과 최규하란 이름을 잊지 않게 되었다고 했다.

그 후, 강 할머니는 아주 인물 좋은, 서울 종로 인의동 양반집 총각한테 시집을 갔단다. 남편은 학교 선생님이었는데, 결혼하자마자 지방으로 발령났고, 새댁이었던 강 할머니는 혼자 시부모와 살며 고된 시집살이를 견뎌야 했다. 그 와중에 아들 딸 남매를 낳았는데, 그 후가 문제였다. 남편은 본처를 서울에 버려 둔 채 지방학교로 이리저리 옮겨 다녔다고 한다. 남편은 새로운 임지마다 그곳 여자와 살림을 차렸고, 이 소식을 들은 강 할머니는 남편을 포기하고, 삯바느질로 남매를 키웠다고 한다. 그리고 아이들이 대학에 들어가기 전에 남편은 세상을 떠났단다.

대학 졸업한 아들이 돈을 벌기 시작했고, 결혼을 시켰다. 그런데 새로 얻은 며느리가 시할머니와 시어머니를 모시고는 못 살겠다고 하여 할 수 없이 아들네 집을 나왔다고 했다. 두 노인이 쓰던 방을 전세로 내놓고 그 돈으로 집값이 가장 싼 상계동으로 찾아들어와 판잣집을 사서 살게 되었다며 강 할머니는 이 말을 덧붙였다.

1981년 8월 15일, 상계동성당에서 베풀어진 첫영성체.

"지금은 행복해요. 마음도 편하고요. 신앙생활에도 집중할 수 있고, 친구도 생기고, 평생 동안 지금이 가장 행복한 때 같아요."

강 할머니의 말을 들으며, 나는 '대통령 부인이 될 뻔한 분이 이렇게 살고 있구나' 하는 생각과 친정아버지를 원망하지 않고, 지금이 가장 행복하다는 그의 말에 마음이 숙연해졌다.

봄날이 되면 온갖 꽃들이 속속 피어난다. 그 꽃들 중 키가 큰 꽃도 있고, 땅바닥 가까운 곳에서 피는 꽃도 있다. 그 낮은 곳에서 피는 봄꽃으로 강 할머니를 기억하게 된다. 낮은 곳에서 산다는 아름다운 메시지를 강 할머니로 인해 새삼 깨닫게 됐기 때문이다.

배밭 속 움막

불암산 밑에는 큰 배밭이 많았다. 예로부터 이곳의 배는 꿀배로 명성을 얻고 있었다. 배밭 뒤쪽에는 새로 지은 재현중·고등학교가 있었다. 재현중·고등학교는 아들을 사고로 잃고 보상금을 받은 어머니가 아들의 이름을 따서 지은 학교라는 이야기를 들었다. 그 학교 주변으로 배밭이 많았는데, 봄이 되면 하얀 배꽃이 흐드러지게 펴서 아래쪽 사람들이 꽃구경을 올 정도로 아름다웠다.

새로 등록한 예비신자 부부가 우리집은 배밭이라고 했다. 부산 사투리를 심하게 쓰는 분들이었는데, 부부가 한 번도 빠지지 않고, 교리 공부 시간에 꼬박꼬박 나왔다. 약도를 들고 그 예비신자 가정방문을 나갔다. 재현중학교 아래에 있는 큰 배밭만 찾아오면 된다고 하였다.

그래서 과수원으로 들어갔는데, 집이 보이질 않았다. 이리저리 둘러보았는데, 비닐로 덮은 움막이 한 동 나타났다. 그 부부는 거기서 살고 있었다.

아녜스 자매는 부산에서 상계동까지 오게 된 이야기를 들려 주었다. 남편은 부산에서 경찰공무원으로 일했고, 아들 둘을 낳아 단란하게 살았다. 그런데 남편이 직장을 졸지에 잃고 살길이 막막해 아무도 모르는 서울로 왔다고 했다. 배밭을 아주 싸게 빌려 움막 두 동을 지어, 하나는 부부가 살고, 조금 떨어진 곳에 있는 다른 하나는 중학교에 다니는 두 아들이 공부방으로 쓴다고 하였다. 두 사람은 오로지 두 아들에게 공부를 시키는 것이 삶의 목적이라고 했다.

아녜스 자매가 어느 날 자신의 행복한 생활을 신자들 모임에서 고백했다.

"저는 성당 다니면서부터 힘이 나고 너무 행복해졌어요. 비록 배밭 움막에서 살고 있지만 주일에 남편과 함께 제일 좋은 옷을 차려 입고 집을 나설 때마다 '나는 참 행복하다'고 외치고 싶어요. 신자가 되기 전에는 주일날 갈 데가 없었거든요. 길가 구멍가게 주인이 묻지도 않았는데 '우리 함께 성당에 가요' 하고 안내를 해 줬어요. 그때부터 나는 성당을 다니게 됐지요.'

그로부터 세월이 흐른 어느 날, 불 꺼진 성당에서 흐느끼는 소리가 들렸다. 들어가 살펴보니 배밭에 사는 아녜스 자매가 성당 안에 모셔진 성모상을 끌어안고, 소리 없이 흐느끼고 있었다. 깜짝 놀라 물었다.

"아녜스 자매님, 무슨 일이에요?"

"선생님, 우리 아들이 경찰서로 끌려갔대요."

당시는 대학생들의 민주화운동이 한창이던 때였다. 고려대에 다니는 큰아들이 연행되어 갔다는 것이다.

"성모님이 도와 주시겠지요?"

"도와 주고 말고요. 울지 말고 힘내시고, 기도 열심히 하고, 남은 식구들 잘 돌보세요. 나도 함께 기도할게요. 별일 없을 거예요."

이렇게 아녜스 자매를 달래자, 그제서야 슬픈 마음을 쓸어내리며 집으로 돌아갔다. 배밭에 살던 아녜스 자매 가족은 지금 어디서 무엇을 하며 살고 있을까? 배꽃이 환하게 피는 계절이면 주말에 성당에 갈 수 있어서 참 행복하다고 말하던 그녀의 배꽃 같던 표정이 새삼 선명하게 떠오른다.

바뇌의 성모상이 상계동성당으로

내가 1977년 벨기에 바뇌(Banneux) 성지에 갔을 때의 일이다. 성모상이 너무 아름답고 애처롭게 보여 오랫동안 바라보고 있다가 성지에서 봉사하는 한국인 젬마 수녀님을 만났다, 젬마 수녀님은 나를 그곳 성당 주교님을 만나게 해 주었다. 젬마 수녀님은 나를 주교님에게 인사를 시키며 한국에서 왔다고 통역해 주었다.

내가 성모상이 너무 아름답다고 했더니 주교님은 "성모상 하나를 선물로 주겠다"고 선뜻 말하는 것이었다. 지금 당장 줄 수는 없고, 주소를 두고 가면, 여기 모셔진 것과 똑같이 만들어서 배편으로 보내 주겠다고 약속하였다.

1933년 1월 15일부터 3월 2일 사이에 성모님은 바뇌에 살던 열한 살

1933년 벨기에 바뇌에 발현. '가난한 이들의 동정녀'라고 칭한 순백의 옷을 입은 성모 마리아

소녀 마리에트 베코에게 여덟 번이나 발현하셨고, 바뇌는 그 후 성지로 공식 발표되었다. 이곳에는 기적의 샘이 솟아 각종 질병으로 치료를 받을 수 없는 가난한 환자들이 수없이 은혜를 받았다고 한다.

그 후, 4개월이 지나자 배편으로 성모상이 도착했다고 연락이 왔다. 부산항에 도착했으니 찾아가라고 하여, 그 성모상을 받아오기 위해 부산까지 내려가 정말 힘들게 상계동성당까지 모시고 왔다. 피아노를 운반하듯이 싸고 또 싸고 해서 손상 없이 무사히 먼 길을 온 바뇌의 성모상은 곧바로 상계동성당에 모셔졌다. 아직까지도 그 성모님은 빈자처럼 허리를 굽힌 채 가난한 상계동 주민들을 굽어보고 계신다.

나는 바뇌의 성모상을 볼 때마다 젬마 수녀님이 떠오른다. 왜소하고 겸손한 모습으로 만들어진 바뇌의 성모상을 신자들은 너무나 좋아했고, 그 앞에서 자신들의 어려움을 하소연하곤 했다.

움막에서 살던 수산나 자매

불암산 중턱에 움막을 짓고 사는 수산나 자매님이 점심 초대를 했다. 본당 신부님을 모시고 함께 오라고 했다. 하지만 키가 큰 신부님을 모시고 어떻게 그 좁고 낮은 움막으로 가야 할지 난감한 생각이 앞섰다. 일단 신부님에게 말해 보겠다고 했다. 그런데 수산나 자매는 무조건 모시고 와야 한다며, "돌아간 우리 애 아빠 생일인데, 그 핑계로 신부님을 한 번 우리집에 모시고 싶어요. 나는 직접 말하기가 어려우니 수녀님이 꼭 모시고 오셔야 해요"라고 간곡히 부탁했다.

신부님에게 말했더니 즉각 따라가겠다는 대답이 나왔다. 움막 거적 문을 들치고 들어가니 음식 냄새가 진동했다. 움막은 반을 막아 놓았는데, 들어가자마자 부엌이 나오고, 이내 방으로 들어가는 문이 있었다. 신부님은 키가 크고 다리가 긴 탓에 바닥에 앉는 것 자체가 매우 힘들었다. 상 밑으로 두 발을 뻗고 비스듬히 앉아 식사를 하였다.

수산나 자매는 기뻐서 어쩔 줄 몰라했다. 문이 몹시 낮아 신부님은 반쯤 허리를 접은 채 방으로 들어갔다. 그런데 이번엔 천장이 너무 낮아 계속 앉아 있어야 했다. 수산나 자매는 미역국과 잡채를 정성껏 준비했는데, 금방 무친 잡채가 너무 맛 있었다. 신부님은 잡채를 처음 먹어 본다면서 많이 들었다.

수산나 자매는 요즘 들어, 오늘이 제일 기분 좋고 행복한 날이라면서 아이들 3남매가 다음 주부터 성당에 나갈 거라고 말했다. 나도 행복했지만, 신부님도 아주 기분 좋게 음식을 비우고 갔다. 신부님은 지난 가을, 성당 신축기금을 모금하러 나갔다가 삐끗하며 다리에서 떨어져 다친 후, 언덕길이나 산길을 거의 피하다시피 했는데, 그날만은 불편한 다리로 즐거운 걸음을 하였다.

수산나 자매는 세월이 흘러 올해 80살이 되었고, 큰아들은 독학으로 행정고시에 합격하여 정부종합청사에서 사무관으로 일한다. 아들딸 모두 결혼해서 행복하게 산다고 했다. 전에 움막이 있던 언덕에는 지금 모두 개발되어 고층 아파트가 들어섰다. 가난을 부끄럽게 생각하지 않고, 누구에게든 베풀려고 하는 마음이 오늘의 수산나 자매를 있게 하지 않았나 싶다.

인정 많고 착한 영민이

새마을시장 앞을 지나가는데, 머리가 좀 큰 소년이 길가에서 번데기를 팔고 있었다. 너무 가엾게 보여서 가던 길을 멈추고 아이 앞에 쪼그리고 앉아 말을 건넸다.

"잘 팔리나요? 오늘 많이 팔았어요?"

그 아이는 나를 빤히 쳐다보며 "사실래요?" 하고 물었다. 나는 "아니오. 지나다가 기특해서 물어 보는 거예요. 나는 번데기를 이제껏 먹어보지 못했어요"라고 대답했다. 그러자 그 아이는 "번데기가 얼마나 맛있는데요"라며 삼각형으로 접은 종이봉지에다 조금 담아 주며 맛보기로 먹어 보라고 했다.

그런데 그 소년을 찬찬히 살펴보니 아이가 아니고 어른이었다. 왜소증을 앓고 있어 아이처럼 보였던 것이다. 길가에서 이야기가 길어졌다. 나이와 이름, 종교, 가족관계까지 골고루 물어 보았다. 그리고 저 아래 천주교회 회장이라고 내 소개도 했다. 그분의 이름은 영민 씨였다. 영민 씨는 그때부터 호감을 가지고 나를 따르기 시작했다.

영민 씨는 부모님의 권유로 몇 년 전 결혼했다. 그 남편은 알코올 의존증에다 여러 가지 문제가 많아 이혼을 하고, 혼자 살면서 노점 장사를 시작했단다. 그러면서 "나도 천주교회에 나가면 안 될까요?"라고 했다. 그녀는 레지나라는 세례명으로 영세를 받았고, 참 열심히 신앙생활을 했다. 친정어머니 여동생까지 모두 성당으로 인도해 영세를 받게 했다.

영민 씨는 4남매 중 맏딸로 태어나 부모님의 속을 많이 썩였다. 하지만 커서는 온갖 궂은일을 도맡으며, 동생들 학비를 대고 뒷바라지까지 한 효녀였다는 것이 영민 씨 어머니의 말씀이었다. 동생들은 모두 체격과 인물이 좋은데, 유독 큰딸만 장애를 가지고 태어나 가슴이 너무 아프다고 했다. 그 딸이 크면서 동생들 공부를 전담하여 책임졌는데, 지금은 그 딸이 가장 자랑스럽다고 하였다.

그로부터 1년쯤 후, 영민 씨는 8평짜리 판잣집을 걸어 잠그고, 자기 짐을 싸서 들고 성당으로 들어와 함께 살겠다고 했다. 혼자서 성당 일을 하고, 교리를 가르치는 내가 너무 힘들어 보인다며 밥이라도 따뜻하게 함께 만들어 먹자고 했다. 정말 고마웠고, 영민 씨가 한층 더 예쁘게 보였다. 내가 위장이 약해서 약을 장복하며 고생하는 것을 보고는 위장에 좋다는 여러 약을 구해다 주기도 했다. 뒷산에 가서 솔잎을 따다가 양배추잎과 함께 즙을 만들어 1년 동안 매일 아침 먹게 해 주었다. 믹서가 없던 시절이라 일일이 절구에 찧어 손수 즙을 짜서 내게 주었던 것이다. 그런 정성을 어찌 쉽게 잊겠는가.

둘이 한집에 살 때 영민 씨는 안방, 나는 작은 골방에서 지냈는데, 어느 날엔 연탄가스에 중독돼 큰일날 뻔한 적도 있다. 연탄가스를 마신 나는 일어나려고 안간힘을 썼지만 점점 방문이 거꾸로 빙빙 돌고 천장이 올라갔다 내려갔다 했다. 그러다가 마침내 나는 정신을 잃고 말았다. 그런데 영민 씨는 간신히 정신을 차리고 기어나가 성당에 연락을 했다.

하지만 나는 끝내 정신을 차리지 못했고, 당시는 구급차가 없던 시절이라 택시를 불러서 타고 청량리에 있는 성 바오로병원 응급실로 실려갔다. 영민 씨는 자신도 연탄가스를 마셔서 어지러울 텐데, 아픈 나를 걱정해 내 옆에 꼭 붙어서 간호를 해 주었다.

영민 씨는 다 정상인데, 남들보다 다리가 조금 짧고, 머리가 좀 클 뿐이었다. 머리도 영리하고 마음은 비단결 같았다. 얼마나 예민한지 자신 때문에 동생들 결혼하는 데 지장이 될까 봐 항상 숨어서 살았다고 한다. 그리고 부모님이나 동생들에게 자신의 이야기를 절대 남에게 하지 말고, 없는 셈치라고까지 말했단다. 영민 씨는 얼마나 부지런한지 파출부, 노점상 등 안 해본 일이 없을 정도로 뼈빠지게 살았다. 그 착하고 인정 많은 영민 씨의 지금 나이는 60에 가까울 것으로 짐작된다.

2년 넘게 나를 위해 봉사하고 함께 지낸 영민 씨에게 고맙다는 말 한마디를 못 했던 것이 지금 와서 후회막급이다. 22년 동안 소식을 몰라 더욱 안타깝다. 다시 만날 수 있다면 지금이라도 그때 받았던 영민 씨의 사랑과 희생를 조금이라도 되갚고 싶다. 그리고 참 고마웠다고 말하고, 영민 씨의 당당한 삶을 정말 칭찬해 주고 싶다.

수녀님들의 희생과 봉사

지 베드로 신부님이 잠깐 오라고 해서 갔다. 성심회 수녀님들이 우리 본당에 와서 도와 주겠다는데, 괜찮겠느냐고 물었다. 어떻게 된 사연인가 여쭈어 보니 세미나에 갔다가 수녀님들 모임에서 강의를 했는데, 내 이야기를 했다고 한다.

나는 깜짝 놀랐다. 의견이고 뭐고 도와 준다면 대환영이니 신부님 마음대로 결정하시라고 했다. 수녀들이 기거할 집만 얻어 주면 생활비 같은 것은 걱정 말라고 했다. 당시 수녀들이 기거할 집도 없을 뿐더러 3명이나 되는 수녀님들의 생활도 책임질 수 없을 만큼 본당 형편은 어려웠다.

성심회 수녀님들이 상계동본당에 오기로 결정된 날, 신부님은 앞으로 우리 본당에도 수녀님이 상주하게 되었다고 발표하였다. 내가 상계동본당에서 일한 지 8년 만이었다. 신부님은 성당 바로 옆에 방 2개가 있는 주택을 전세로 얻어 놓고 수녀님들을 기다렸다.

정말 나는 8년 동안 너무 많은 일을 했다. 1년에 예비신자 입교식을 두 번씩 치렀는데, 어떤 때는 200명이 넘는 사람들이 몰려들었다. 입교식을 하는데 차 한 잔도 대접 못 했다. 미사가 끝나면 한 교실에 모아 놓고 간단하게 반 편성과 교리 시간을 알려 주는 정도로 끝내야 했다. 초등학생반, 노인반, 부녀자반, 직장인반, 중·고등부반으로 나누었는데, 제일 수가 많은 반이 부녀자반이었다.

이 많은 예비신자들을 초등학생반만 빼고 모두 나 혼자 감당해야 했다. 주일은 첫 미사 전에 중·고등부 교리, 10시 미사 전에 노인 교리를 하고, 10시 미사 후에는 직장인과 부녀자를 함께 모아 교리를 했다. 이렇게 눈코 뜰 새 없이 뛰어야 하는 판에 수녀님들이 도와 주러 온다니 그렇게 반가울 수가 없었다.

어느 날, 본당 신부님이 점심식사에 나를 초대하였다. 전에 있던 조 신부님이 왔으니 인사도 할 겸 오라고 한 것이다. 식사 시간에 조 신부님이 "안나 회장님, 수녀님들이 오면 더 힘들지 않을까요?" 하고 물었다. 무슨 뜻인지 몰라 어리둥절하며 "왜 힘이 더 들지요?" 하고 되물었다. "우리 본당에 옛날 나중에 온 수녀님 때문에 먼저 일했던 회장님이 너무 힘들다며 울면서 떠나간 사례가 있었어요"라고 했다. 나는 "신부님 걱정 마세요. 저는 울면서 가는 일은 없을 거예요"라고 했다.

수녀님들은 제2차 바티칸 공의회 이후 수도복을 평복으로 갈아입고 자유롭게 활동하였다. 성심여대, 성심여자중·고등학교를 운영하는 교수 수녀님들이었다. 정말 겸손하고 훌륭한 수녀님들이었다. 그런데 수녀님들이 오기 전에 본당 교우 몇 분이 신부님을 찾아와 항의하는 소동이 벌어졌다.

"우리는 성복을 입지 않은 수녀님이 오는 건 반대합니다."

신부님이 깜짝 놀라 그분들의 얼굴을 빤히 들여다보면서 "수녀님들이 옷을 벗는답니까?" 하고 물었다. 이 한마디에 그분들은 아무 말도 못 하고 물러갔다.

내가 연탄가스를 마시고 병원에 실려갔다가 퇴원하고 왔을 때도 그 성심회 수녀님들이 따뜻하게 돌봐 주었다. 분원장 손인숙 수녀님은 나를 수녀원으로 데려와 안방에 눕혀 놓고, 온갖 시중을 들어 주었다. 죽도 끓여 주고, 온종일 누워 쉬게 해 주었다. 그런 일들은 영영 잊을 수가 없다.

그때는 대학생들의 민주화운동으로 매일같이 집회와 데모가 벌어져 대학교 부근은 지나다니기도 힘들 만큼 복잡했다. 최루탄 가스에 눈을 뜰 수 없었다. 그때 분원장 손인숙 수녀님은 고려대학교 학생집회에 참석하였다가 학생들과 함께 연행되었다.

안암경찰서에 있다는 소식을 듣고, 신부님과 교우들 몇 명이 수녀님을 찾아갔다. 안암경찰서 입구까지 최루탄 가스가 뒤덮여 도저히 더 다가갈 수가 없었다. 무엇보다 눈을 뜰 수가 없었다. 일행은 지하도로 대피했다가 그냥 돌아오고 말았다. 손인숙 수녀님이 경찰서에서 단식 투쟁을 한다는 소식이 들려왔다. 수녀님은 일주일 만에 풀려나 수녀원으로 복귀했다. 그 무렵 우리 모두는 참 힘든 시간을 오랫동안 보냈다.

그 후, 상계 지역에 재개발 붐이 일어났고, 8평짜리 학고방은 거침없이 뜯겨 나갔다. 집주인과 세입자 간의 갈등과 재개발 측과의 싸움이 시작되었다. 포클레인이 들어와 사람이 살고 있는 집들을 무지막지하게 찍어냈다. 매일 아우성치는 소리가 멀리에서 들려왔다. 세입자들의 문제가 심각해지자 손인숙 수녀님은 적극적으로 개입하였다. 도시빈민운동가인 제정구 국회의원님이 함께 해 주었는데, 이로 인해 그들은 조금 힘을 얻었다. 어떤 날은 자기집이 찍혀 나가는 것을 제지하느라고 포클레인 바가지 삽(버켓)에 올라타 싸우다가 상처를 입고 피를 흘리며 병원으로 실려가는 일이 벌어지기도 했다.

상계동에서 살았던 15년 동안의 내 삶은 전쟁과 같은 세월이었다. 할 일도 많았고, 싸움도 많았다. 주일미사가 끝나면 어김없이 신자들이 마당에 모여 큰소리로 다투기 시작했다. 싸우지 않는 주일은 거의 없을 정도였다. 싸우는 내용이 복잡해서 알아들을 수도 없었고, 말릴 수도 없었다.

어떤 날은 너무 참기가 힘들어 본당 신부님에게 "어떻게 하면 신자들의 다툼을 말릴 수 있을까요?" 하고 물었더니 신부님은 이렇게 말했다.

"그냥 놔둬요. 싸우는 것은 살아 있다는 증거예요. 그리고 발전하는 단계예요. 싸우지 않으면 발전도 없어져요."

그러면서 우리 본당은 앞으로 많이 발전할 것이니 너무 걱정 말라고 하였다. 나는 반은 진담, 반은 농담으로 알아듣고 그 시련을 참아냈다. 그 후, 신부님 말씀대로 본당은 발전했고, 싸움도 줄어들고 평온해졌다. 인류는 전쟁을 통하여 문명을 발전시켜 왔다는 말이 정말인가 보다.

가난한 자가 보낸 연탄 30장

　제일 먼 하계동 가정방문을 마치고 기진맥진한 채 오후 무렵에 돌아왔다. 2~3킬로미터나 되는 거리를 버스비 20원이 아까워 항상 걸어 다녔다. 오늘 방문한 집은 자전거로 배달 일을 하는데, 차와 부딪혀 사고를 당했다. 너무 크게 다쳐 몇 달 동안 병원에 입원해야 한다고 했다. 그런데 며느리는 한 달밖에 안 된 간난아기를 두고 집을 나가 버렸다. 아기는 우는데, 우유 살 돈이 없어 암죽을 끓여 먹인다고 했다. 당시는 의료보험도 없던 때라 병원비를 감당하기가 너무 버겁다고 했다. 이런 형편을 듣고 돌아서는데, 가슴이 답답하다 못 해 꽉 막혀 왔다.

　그런데 집에 들어서니 부엌에 연탄 30장이 쌓여 있었다. 연탄 배달 집에 가서 물으니 4동에 사는 젊은 엄마가 와서 연탄 30장 값을 주면서 회장님 댁으로 배달해 달라고 부탁했다는 것이다. 알고 보니 판잣집 셋방에 사는 그 시련 속 예비신자가 내게 선물을 보낸 것이었다. 이 모든 것은 내게는 너무너무 아픈 사연으로 가슴에 쌓였다.

그 뒤, 나는 내가 사는 집을 예비신자들에게 절대로 알려 주지 않았다. 극히 소수의 신자들만 알게 했다. 상담을 하거나 만나고 싶다는 사람이 있으면, 반드시 성당 교실에서 만났고, 사무적으로만 대했다. 집을 알게 되면 무엇을 들고 올까 봐 나름의 방지책을 쓴 것이다. 그런데 자기코가 댓자로 빠진 이 예비신자는 눈치 빠르게 동네 연탄집을 찾아가 부탁했던 것이다.

그분에게서 받은 연탄 30장은 그 무엇보다 가슴 뭉클하게 하는 선물이었다. 연탄이 얼마나 소중했으면 선물로 주었겠는가. 뭐라도 주고는 싶은데 줄 것이 마땅치 않아 생각 끝에 자기가 할 수 있는 건 연탄뿐이라고 생각했을 것이다. 그때를 생각하면 지금도 가슴이 저려오고 눈물이 고인다. 자신보다 훨씬 가난한 사람이 자신을 돌보지 않고 다른 이를 돕겠다고 하는 그 천사 같은 마음은 어디서부터 나오는 것일까?

스테파노는 최고야!

어느 날 저녁 때 도 스테파노 씨가 문을 두드렸다. 웬일인가 싶었다.

"작은아들 생일인데 저녁을 함께 먹고 싶어 모시러 왔어요. 집에서
는 애엄마가 회장님 모신다고 저녁상 준비를 하고 있어요."

그래서 스테파노 씨를 따라 어두운 새마을 언덕을 천천히 올라가는
데, 그가 나직한 목소리로 입을 뗐다.

"회장님은 우리 성당의 얼굴이에요. 안 그런가요?"

이게 또 무슨 소린가 싶어 다음 말을 기다렸다.

"저는요. 회장님이 좋은 옷을 입고 신발도 좀 비싼 것(구두 종류)을 신
고 다니셨으면 좋겠어요. 어떤 때는 너무 추레해 보여서 마음이 안 좋
아요."

이 말은 나의 차림새가 너무 후줄근해 남 보기에 좀 부끄럽다는 뜻이 아닌가. '이 사람들은 나와 생각이 많이 다르구나. 약간 허영이 있네' 속으로 이렇게 생각하며 나도 입을 열었다.

"스테파노 씨, 나를 부끄럽게 생각하지 마세요. 내가 어려운 이웃들과 함께 일하고 살면서 그 사람들보다 조금 더 좋은 옷을 입고 먹으면 이곳에서 함께 일할 수 없어요. 이 지역 사람들과 눈높이를 맞추어야죠."

이 지역 주민들 80퍼센트가 판잣집, 이른바 학고방에서 산다. 이 허영에 찬 생각을 단박에 고쳐 주어야겠다는 마음으로 말을 계속했다. 집에 거의 다 왔는데, 이런 말은 앞으로 할 기회가 없을 것 같아 어두운 골목 모퉁이에 잠시 앉아 대화를 이어갔다.

"스테파노 씨, 나는 단 한 번도 나를 부끄럽게 생각해 본 적이 없어요. 누구나 상식을 벗어난 겉치레를 하면 가랑이가 찢어져요."

이 밖에도 그와 나는 참 많은 말들을 했다. 스테파노 씨는 아주 착하고 열심인 신자이고, 순수한 젊은이였다. 아들 둘과 아내까지 네 식구가 함께 영세를 받았고, 그때 그의 직업은 택시기사였다.

저녁식사를 하고 집에 돌아와 곰곰 생각하니 그 젊은이가 참 고맙게 생각되었다. 많은 신자들이 그런 생각을 했을 텐데, 내게 솔직하게 말해 주는 사람은 없었기 때문이다.

"스테파노는 최고야!"

이렇게 마음속으로 외쳤다.

나를 괴롭힌 중매쟁이들

한창 교리 설명을 열심히 하고 있는데, 교리실 문이 빼꼼하게 열리더니 사람 얼굴이 보였다. 그러나 나와 관계없는 사람이라는 판단에 예정된 한 시간 교육을 다 마치고 나오는데, 동대문시장에서 수입품 장사를 하는 안나 씨 부부가 나를 기다리고 있었다. 웬일인가 싶었다.

"수녀님이 여기 계시다는 소식을 듣고 찾아왔어요."

그분들은 내가 종로본당에서 소임할 때 교리를 가르쳤던 신자 부부였다. 신자생활도 열심히 했고, 당시로선 어느만큼 생활에 여유도 있는 부부였다. 부부는 나를 식당으로 이끌더니 맛난 불고기에 커피까지 사주며, 빈촌에서 고생한다며 동정어린 시선을 보냈다. 처음에는 고맙게 생각했고, 우리 본당 실정도 이야기하며 좋게 헤어졌다.

그런데 이상한 것은 한 달 가량 매주일마다 와서 나를 기다리는 것이었다. 반드시 나를 만나보고서야 되돌아갔다. 때로는 먹을 걸 사들고 오기도 했다. 한 번은 내가 사는 집을 가보자며 따라와서는 "왜 이렇게 고생을 사서 하느냐?"며 눈물을 글썽이기도 했다.

그러더니 어느 날, 중매를 서겠다고 뚱단지 같은 제안을 했다. 자기 사촌 시동생이 은행지점장인데 6년 전에 부인과 사별하고 결혼한 누님의 보살핌을 받고 있는데, 자녀 둘은 벌써 돈도 어느 정도 저축해 놓았다며, 중매쟁이는 입에 침이 마르도록 자랑을 했다.

순간 두 사람의 얼굴이 마귀처럼 보였다. 고마운 사람이고, 열심히 사는 사람들이라고 여겼는데, 그 말을 듣는 순간 사람처럼 보이지 않았다. 나는 할 말을 잃었다. 이게 무슨 한밤중에 홍두깨 같은 소리란 말인가. 당장 나가라고 소리 지르고 싶은 심정이었지만, 마음을 가라앉혔다.

"이제 그만 가보세요. 그런 말하려면 다시는 찾아오지 마세요. 자매님은 바쁘시잖아요. 여기로 매주 찾아오느라 헛수고하지 마세요."

이렇게 해서 그들을 물리쳤다.

그 후로 그들은 직접 오지는 않고 교리 시간이 끝날 무렵 성당으로 전화를 했다. 당시 나는 개인 전화가 없었다. 끈질기게 설득하며 보채는데 정말 괴로웠다. 그래서 할 수 없이 내가 한번 집으로 갈 테니 데리러 오라고 했다.

그날 저녁은 결코 잊지 못한다. 목요일 저녁이었다. 그 부부는 자가

용을 타고 날 데리러 왔다. 보문동 자기집에 저녁상을 푸짐하게 차려
놓았다. 그러고는 식구들을 모두 불러놓고 나를 기다렸다. 다행히 은행
지점장이란 사람은 보이지 않았다. 정말 맛있는 음식을 오랜만에 눈치
도 안 보고 실컷 먹었다. 먹으면서 혼잣말처럼 했다.

"내일 아침 가정방문 나갈 때는 아침식사를 안 먹고 가도 속이 든
든하겠네요."

식사를 마치고 돌아갈 때는 그 부부가 택시를 잡아 주었다. 택시를
기다리는 동안 나는 단호하게 말했다.

"안나 씨, 다시는 이런 수고 하지 마세요. 내가 얼마나 성질이 까탈
스러운지 모르죠. 몸도 약하고, 여러 가지 병도 있어요. 다시 한 번 부
탁하지만 나에 대한 생각을 지우세요."

그런데 같이 식사하던 나이 든 여자 분은 누구냐 고 궁금해서 물었
다. 그 남자의 누님이라고 했다. 먼저 만나고 와서 말해 달라고 누님만
보냈다는 것이다. 어쩐지 느낌이 이상하고, 자꾸 훔쳐 보는 것 같았다.
떡 줄 사람은 생각도 안 하는데, 김칫국부터 마시는 사람들이었다. 더
이상 마음 쓰지 않으려고 안나 씨 집까지 갔던 것이었고, 그 후로 그
부부는 두 번 다시 전화하거나 찾아오지 않았다.

그런데 또 일이 생겼다. 종로본당 신자인데, 그분도 세례명이 안나
였다. 내게 찾아와서는 미국에 사는 국제변호사인데, 나이가 마흔둘이
라고 하면서 한 번 꼭 만나 보라고 했다.

"너무 탐나는 자리인데, 우리 딸 마리아는 나이가 아직 어려서 가당

치 않고요. 한데 너무 아까운 자리라서 놓치기가 그래요."

나는 그 말에 대꾸조차 하기가 귀찮아서 손을 강하게 흔들어서 거절을 표시했다. 내가 지을 수 있는 가장 성난 표정을 한 채 말 한마디 하지 않았다. 그랬더니 다시는 찾아오지 않았다. 이와 비슷한 일이 아마 열 번쯤은 더 있었던 것 같다. 남녀의 인연을 중매라는 틀로써 이으려는 건 매우 진부한 짓이 아닐까 싶다. 또한 원하지 않는 사람에게 똑같은 이야기를 반복하는 것은 정말 괴로운 고문이고 허망한 소리에 불과할 뿐이다.

정말 이런 인연은 맺고 싶지 않은 인연이다.

수녀님들의 무료 진료

당시 상계동 일대는 빈민들이 많다 보니 집집마다 환자가 적지 않았다. 성 골롬반병원 간호사 수녀님 몇 분이 상계 지역 무료 진료를 위해 이사를 왔다. 판잣집을 월세로 얻은 후 살림을 차렸다. 나는 그 판잣집을 찾아가 보기로 했다. 천장이 뚫려 하늘이 보이고, 흙벽은 그대로 노출되어 있었다. 수녀님들이 입은 옷 여기저기에도 황토가 묻어 있었다. 집이 너무 낡아 당장이라도 수리를 해야 할 것 같다고 하자, 그분들은 이대로도 아무 탈이 없다면서 밝게 웃었다.

수녀님들은 매주 토요일마다 본당 교실을 빌려 진료실을 차리고 줄지어 기다리는 환자들을 보살폈다. 가벼운 환자는 무료로 치료해 주고 약도 주었다. 병이 위중하거나 수술이 필요한 환자는 무료 병원인 도티

병원으로 갈 수 있게 안내해 주었다. 그 무렵, 상계 지역 주민들은 응암동에 있는 도티병원의 신세를 많이 지고 있었다. 신자들 뿐 아니라, 일반 주민들도 차별 없이 진료해 주었는데, 그 소문을 듣고 다른 달동네 주민들도 몰려들었다.

무료 진료소에서 봉사하던 간호사 수녀님 중 한 분은 강릉본당에서 6년간 나와 함께 일했던 명 신부님의 여동생이었다. 오빠 신부님에게서 내 이야기를 많이 들었다며 친근하게 대해 주었다. 우리는 아주 가깝게 지내며, 몇 년간 같이 활동했다. 그리고 내가 강릉에서 병을 얻어 삼척 골롬반병원에 입원했을 때 나를 손수 간호하고, 격려해 주기도 했다.

나는 진료소 수녀님들과 오랜 친구처럼 자주 식사도 같이하고 서로 도우며 지냈다. 그 후 많은 시간이 흘렀다. 내가 상계동을 떠나 선감도에 정착하자 그 명 신부님 동생 수녀님과 다른 수녀님 두 분은 나를 보러 먼 선감도까지 오기도 했다. 바다 구경도 하고, 함께 식사도 했다. 그들은 이곳 환경이 너무 좋다며 감탄하고 돌아갔다. 인연의 고리는 참 질기고 길었다.

혼배미사와 장례미사가 가장 많은 본당

상계동성당에선 혼배미사와 장례미사가 각각 매주 한 건 이상씩 있었다. 장례미사와 혼배미사를 8년 동안 매주 번갈아 준비하면서 삶과 죽음이 멀리 있지 않다는 사실을 뼈져리게 깨달았고, 묵상을 했다.

어떤 날은 하루에 세 가지 의식이 한꺼번에 치러지는 날도 있었다. 아침에는 사고로 돌아가신 신자분의 장례미사가 있었다. 장지가 멀리 떨어진 지방에 있어서 평소보다 일찍 장례미사가 진행되었다.

고인을 보내자마자 바로 그 자리에서 11시 혼배미사를 준비했다. 마침 그날은 토요일이라 혼배미사가 끝나고 얼마 되지 않아 오후 2시에 유아 세례식을 치렀다. 장례미사와 유아세례 준비는 그다지 복잡할 게 없었지만 혼배미사는 준비할 것이 너무 많았다.

당시 다소 형편이 나은 분들은 다른 큰 성당에서 혼배미사를 드리기도 했지만, 정말 형편이 어려운 분들은 내가 모든 것을 다 책임지고 준비해 주어야 했다.

나중에는 가난한 그들 자녀가 결혼식을 치르는 것도 내가 책임져야 했다. 신부 드레스며 코사지, 부케까지도 내가 직접 만들어 주어야 했다.

드레스는 협찬받은 헌 드레스가 몇 벌 있어 결혼식이 있을 때면 신부에게 맞는 것을 손질하여 입혀 주었고, 부케와 코사지는 내가 직접 만들어 주었다. 결혼식 전날 새벽 4시에 남대문 꽃 도매시장에 가서 저렴한 가격으로 꽃을 사왔다. 결혼 당일 새벽에 코사지 5개와 부케를 온 정성을 들여 예쁘게 만들었다. 수없이 하다 보니 코사지, 부케 만드는 데는 선수가 되었다. 그 옛날 종로성당에 있을 때 6개월간 배운 꽃꽂이 기술이 상계동 가난한 사람들에게 이처럼 요긴하게 쓰일 줄은 정말 몰랐다.

처음엔 하얀 광목천을 신부·신랑이 걸어서 들어가는 길에 깔아 주었다. 그런데 수없이 밟다 보니 온갖 때가 묻어 나중에 보니 얼룩덜룩한 천으로 변해 있었다. 빨 수도 없어 동대문시장 포목상가 2층에 올라가 신자 상인을 만났다. 그는 사정 이야기를 듣더니 요즘 아주 예쁘고 저렴한 천들이 많이 나온다면서, 색동 천을 사라고 내놓았다. 정말 색깔도 예쁘고 화려했다. 하지만 돈이 없어 그렇게 좋은 것은 못 산다고 사양했다. 그랬더니 갑자기 그분은 마음을 돌려 가난한 신부를 위해 무료로 기증하겠다며 색동 천을 척척 접더니 능숙하게 가위질을 하여 포장해 주는 게 아닌가. 그 무거운 천 보따리를 들고, 버스를 타고 돌아오는 길은 마음이 그렇게 기쁠 수가 없었다. 마치 개선장군이 된 듯한 기분이었다.

그렇게 상계동성당에서 혼배성사를 치렀던 부부들이나 결혼식을 올린 그 젊은 신부·신랑은 지금 어떻게 살고 있을까? 특히 장례미사와 혼배미사가 가장 많은 본당에서 일하며 고되기도 했지만, 이제 와 돌아보니 가난한 이들의 인생 중 가장 중요한 순간을 함께 할 수 있었기에 그만큼 보람도 컸던 것 같다.

하늘에서 눈물바다를 이룬 이야기

독일에 있는 동생의 초대를 받아 난생 처음 해외여행을 가게 되었다. 동생은 1977년 봄, 부활절을 로마에서 보내기 위해 일정을 맞춰 왕복 비행기 티켓도 보내 왔다. 그때는 해외 한 번 나가기가 하늘의 별따기만큼 까다로웠다. 비자를 받는 데만 수개월이 걸렸다. 여권 신청을 내자 형사들이 두 차례나 집을 찾아오고, 필요한 조서까지 챙겨갔다. 우여곡절 끝에 여권이 나왔고, 떠나는 날이 왔다.

처음 혼자서 해외여행을 하게 되니 가슴이 뛰고, 숨도 막히는 듯했다. 그런 현상은 모두 심하게 긴장을 했기 때문이다. 그런데 비행기에 탑승하고 보니 자리가 여기저기 비어 있었다. 뭐가 잘못된 게 아닌가 싶어 더 긴장하고 있는데, 얼마 지나지 않아 남자들 여럿이 큰 가방을 메고, 끌면서 기내로 들어왔다. 그런데 승객이 다 탔는데도 탑승 인원이 30명이 채 안 되었다. 독일 루프트한자 항공사 비행기는 300명 넘게 탈 수 있는 대형기라고 알고 있었다. 그런데 승객이 너무 적다는 생각이 들었다.

알고 보니 내가 탑승한 비행기는 독일에서 추가 모집한 광부들을 실어 가기 위해 마련된 전세 비행기였다. 개인으로 가는 사람은 외국인 여성 몇 사람과 한국 여성인 나뿐이었다. 스튜어디스도 모두 독일 여성들이었다.

비행기가 이륙하고 20분여 지났을까, 남자 승객들이 기내에서 제공되는 포도주를 마시고는 조금씩 흥분했는지 하나둘 일어나 노래를 부르기 시작했다. 〈고향의 봄〉 〈어머니〉 같은 감성을 자극하는 노래를 부르더니 이내 눈물바다가 되었다. 어떤 사람은 마이크 대신 포크를 입에 대고 노래를 부르고, 춤도 추었다. 점점 기내가 관광버스 분위기처럼 되어갔다.

탑승자가 많지 않으니 스튜어디스들도 잠시 휴식을 취하는지 아무도 보이지 않았다. 그러다 점차 노래 소리가 커지고, 발까지 쾅쾅 구르며 춤을 추니 스튜어디스가 마이크를 들고 그만 난장판을 거두고, 자리에 앉아 안전벨트를 매라고 명령조로 말했다. 그 말을 누구도 알아듣지 못하는 독일어 멘트였다. 하지만 파독 광부 지망자들은 들은 체도 하지 않았다.

다급한 나머지 한국어 통역사가 나와서 그분들을 한 사람씩 자리에 끌어다 앉히면서 당신들이 이러면 이 비행기가 땅에 떨어져 모두 죽을 수도 있다고 협박조로 윽박질렀다. 그때부터 기내가 조용해졌고, 모두 기진하여 잠이 들었다.

그들은 가난 때문에 먼 타국까지 가서, 그것도 지하 몇 백 미터 탄광에서 석탄을 캐야 한다. 그렇게 해서 처자식과 늙은 부모를 먹여 살리겠다는 일념으로 조국을 떠나는 것이다. 저 사람들의 마음인들 오죽할까? 그제서야 내 마음도 그들의 행동을 이해할 수 있게 되었다. 너무 가슴이 아파 모두 잠든 뒤에도 나 혼자 잠들지 못하고 뒤척였다.

그렇게 아픈 가슴을 안고 독일에 도착했다. 그로부터 며칠 후, 파독 간호사와 광부들과 일행이 되어 유럽 7개국 여행을 떠났다. 기분 좋게 여행길에 올랐지만, 모두 지친 모습이었다. 동생은 그분들에게 나를 한국에서 온 지 며칠 안 되는 자신의 언니라고 소개했다. 그들은 낯선 중년 여성인 나를 아주 반갑게 맞아 주었다.

나는 그들에게 인사말을 해야 했다. 여러분이 타국에 나와 땀을 흘리며 고생하는 것은 가족을 위한 것이기도 하지만, 우리 조국을 위해서도 큰 일을 하는 것이라고 위로했다. 그러니 자부심을 가지고 한국사람들끼리 합심해서 서로 도우며 조국을 사랑하고, 한국사람으로서 실수 없이 살아가기를 바란다고 했다. 그리고 여러분의 부모님과 한국을 생각하며 노래를 한 곡 부르겠다고 했다.

내가 〈고향의 봄〉을 부르기 시작하자, 그분들은 그 노래의 리듬에 맞춰 박수를 치며 따라 부르기 시작했다. 마지막 소절의 노랫말에 "그

속에서 놀던 때가 그립습니다"를 부를 때는 눈물바다가 되었다. 1960년 대부터 1970년대 그들은 자신들이 치른 고통과 희생이 지금의 발전한 대한민국을 이루는 초석이 되었다고 생각할 것이다.

행복했던 해외여행 길

유럽 7개국 여행 중 가장 기억에 남는 것은 로마에 도착해 성 베드로 대성당에서 부활대축일 미사에 참례한 것이다. 교황님이 집전하시는 미사라 광장이 세계 각국에서 온 순례자들로 가득 찼다. 한국사람들은 모두 예쁜 한복으로 갈아입고 미사에 참석했다. 주최측에서는 우리를 특별히 교황님 가까운 자리에 앉게 해 주었다.

미사는 라틴어로 진행되었는데, 대영광송과 사도신경을 바칠 때 오랜만에 큰소리로 '글로리아'와 '크레도'를 불러보았다. 그날 대성당에서 보낸 하루는 내 생애 가장 감동적이고, 행복했던 순간이었다. 끝나고 나니 수많은 기자들이 우리한테로 몰려와 한복이 아름답다며 연신 사진을 찍어댔다. 나는 너무도 감격하여 눈물을 흘리며 하느님께 수없이 감사하다고 기도를 드렸다.

다음으로 감동적이었던 것은 피렌체에서 성모 마리아 대성당에 가서 참배했을 때다. 마침 그날은 성 목요일이었다. 성당 안은 온통 꽃으로 장식되어 있었고, 올려다 보니 웅장한 성당 내부며 돔의 높이가 까마득했다.

계속되는 순례길에 좀 지친 데다 주변이 모두 처음 보는 신천지라 정신이 없었다. 나를 정신 나가게 하는 이런 세상이 있다는 것에 두려움마저 느껴졌다. 그곳은 가는 곳마다 신·구약 성경을 몽땅 펼쳐 놓은 것 같은 느낌이었다. 순간 나는 생각했다.

'내가 어쩌다가 가톨릭이라는 이 거대한 종교를 알게 되고, 그 믿음의 세계를 걷고 있는 걸까?'

어머니를 살리기 위해 우슬 약초를 구해 오던 날 방년 16세의 소녀는 하염없이 눈물을 흘리며 울부짖듯이 하느님을 불렀다. 그때가 새록새록 떠올랐다. 눈물의 기도는 결코 헛되지 않는다는 말을 어느 책에서 읽었던 기억도 났다. 그제야 이 모든 것이 하느님이 인도하신다는 사실을 깨닫게 되었다. 다시 한 번 하느님의 진리를 깨닫게 된 날이었다.

"감사합니다"를 연발하면서 일행을 따라 로마의 역사가 시작되었다는 언덕을 올라갔다. 그 언덕에 올라가 가이드가 로마의 역사를 큰소리로 설명하는데, 하나도 귀에 들어오지 않았다. 언덕에서 내려다보는 피렌체 시가지가 너무나 아름다워, 그 아름다움에 취해 나는 또 한 번 정신을 잃을 뻔했다.

피렌체 시가지 전체에 엷은 운무에 깔려서인지 황홀했다. 꽃의 성모 마리아 대성당의 가장 높은 곳이 보일락말락 엷은 안개구름이 살짝살짝 스쳐갔다. 그 모습은 천국 그 자체로 느껴졌다. 나는 자갈이 깔려 있는 바닥에 주저앉았다. 그 순간만큼은 지금 이 자리에서 죽는다 해도 여한이 없을 것 같았다.

눈물콧물이 국 그릇에 빠진 날

화창한 가을 어느 날, 무료진료소 수녀님 세 분, 본당 수녀님 세 분, 신부님 두 분, 나까지 9명이 먹을 것을 싣고 오랜만에 도봉산을 올랐다. 단풍이 물들어 얼마나 아름다운지 어린아이들처럼 소리를 지르며, 올라가다 물이 흐르고 아늑한 계곡에 자리를 잡았다. 계곡물에 쌀과 채소를 씻고, 돌을 주워 와 솥을 걸었다.

신부님 두 분은 우리가 준비하는 동안 산 정상까지 올라갔다 온다며 떠났다. 여자들끼리 노래도 부르고, 다람쥐도 쫓아다니며, 한참 흥이 났다. 반찬을 만들어 갔지만 찌개 하고 밥은 산에서 해먹기로 했기 때문에 찌개를 담당한 나는 책임이 컸다. 손인숙 수녀님은 밥솥에 불 때는 일을 책임졌다. 나머지 수녀님들은 땔감으로 쓸 낙엽과 나뭇가지를 주워 오는 일을 맡았다.

찌개 간을 맞추고 잘 끓여야 할 텐데, 신경이 이만저만 쓰이는 게 아니었다. 손 수녀님은 멀찌감치 떨어진 밥솥에 불을 때느라고 정신이 없었다. 나무가 젖어 화기가 죽어 간다며 마른 땔감을 가져오라고 소리를 지르며 야단법석이었다. 나는 큰 들통에 여러 가지 채소와 고기를 넣고 끓이기만 하면 되겠지 생각하며 열심히 불을 때는데, 나무가 잘 타지 않아 연기만 심하게 피어올랐다.

연기는 사람을 쫓아다니는 것 같았다. 옆으로 가면 옆으로 오고, 뒤로 도망 가면 그리로 쫓아오는 것 같았다. 찌개가 끓기 시작하는데, 눈물은 나고 정신이 하나도 없었다. 손 수녀님과 나만 빼고 다른 수녀님들은 산속을 뛰어다니며 신이 났다. 그때 뚜껑이 들썩거릴 정도로 들통의 찌개가 펄펄 끓었다.

이제 거의 다 되었다고 생각해 뚜껑을 열고 간을 보기 위해 불 앞으로 다가갔다. 연기 때문에 앞이 잘 보이지 않았다. 국자를 들고 이리저리 연기를 피했지만 연기는 끈질기게 나를 따라다녔다. 그 연기 때문에 나의 눈에서는 눈물이, 코에서는 콧물이 동시에 흘러내렸다. 그 눈물콧물은 앞을 못 보는지 끓는 찌개 들통 안으로 풍덩 빠졌다. '이거 야단났다' 싶었다. 다된 밥에 코 빠트린다는 말이 생각났다.

눈물콧물이 빠졌다고 이실직고하면 아무도 찌개를 안 먹을 것이고, 시치미를 떼고 있자니 양심이 찔리고, 정말 좌불안석이었다. 어떻게 해야 할지 마음속에서는 우왕좌왕하는데, 신부님들이 산에서 내려왔다.

이제껏 뛰어놀던 젊은 수녀님들은 배가 고프다며 모여들었다. 양심 고백을 할 시간적 여유도 없이 달려들어 모두 한 그릇씩 떠다가 신부님들과 함께 맛있게 먹었다. 찌개통 밑바닥이 보일 때까지 모두들 맛나게 먹어 치웠다. 나는 밥맛이 싹 가셨지만, 나의 눈물콧물이니까 그 국을 안 먹을 수도 없었다.

그로부터 얼마 후 나는 손 수녀님을 불러 도봉산에서 눈물콧물 빠트린 이야기를 고백했다. 그러자 손 수녀님은 남자처럼 호탕하게 큰소리로 웃으며 왜 그 소리를 이제 하느냐며 까르륵댔다. 나는 민망해서 다른 수녀님들과 신부님에게는 절대 비밀이라고 다짐을 받았다. 그로써 눈물콧물 사건은 마무리되었다.

비명횡사한 예비신자 세실리아

1976년도의 일인데, 유난히 눈에 띄는 예비신자 처녀가 있었다. 그는 청계천 평화시장 2층에서 일하는 재봉사였다. 얼굴도 예쁘장하고 마음씨도 착하고 비단결 같았다. 그녀는 어찌나 열심히 교리 공부를 하는지, 친구와 함께 한 번도 빠지지 않고 출석을 했다. 영세식을 며칠 앞둔 어느 날, 그 처녀는 공장에서 오랜만에 차를 대절해 조금 먼 곳으로 야유회를 가기로 했다며 교리 시간에 참석을 못 할 것 같다고 양해를 구했다.

스무 살밖에 안 된 그 처녀를 볼 때마다 나는 마음 한구석이 몹시 시렸다. 그녀의 어머니는 새마을시장 입구에서 노점 장사를 하고, 8평짜리 판잣집에는 장애를 가진 남동생이 자리에 누워 꼼짝 못 하고 있었다. 자기가 영세를 받고 나면, 어머니도 동생도 모두 성당에 나오겠다고 약속했다며 그녀는 기뻐했다. 세례명을 세실리아라고 미리 정했다며 이제부터는 그 이름으로 불러 달라고 했다. 벌써부터 엄마는 자신을 부를 때 세실리아라고 부른다며 쑥스러운지 살짝살짝 미소를 머금었다.

예비신자 세실리아가 결석한 날 교리 시간이 끝날 무렵, 그 어머니가 울면서 황급히 교리실로 들어왔다.

"선생님, 우리 세실리아가 차 사고로 죽었대요. 집으로 소식이 왔어요. 어떡해요?"

이렇게 말하며 그녀는 날 붙들고 대성통곡을 했다. 나도 놀라 함께 울면서 사정을 물어 보니, 교통사고가 나서 차에 탔던 공장 직원들이 몇 사람만 빼고 거의 다 죽었다는 것이다. 너무 가슴이 아프고 앞이 캄캄했다. 집안의 가장이었던 딸이 죽고, 어머니는 반쯤 미쳐서 장사도 얼마 동안 나가지 못했다.

나는 그 가정으로 일부러 찾아가 장애인 아들과 어머니를 위로해 주고, 성당에 나오도록 이끌었다. 그 엄마는 열심히 성당에 다녔고, 딸이 미리 지어 놓았던 세례명 세실리아로 영세를 받았다. 그녀는 장사를 그만 두고 파출부 일을 시작했는데, 부잣집에서 일하게 돼 많은 도움을 받는다고 했다.

어느 날, 세실리아 씨가 선물을 들고 왔다. 풀어 보니 하얀 면 블라우스 두 벌과 속에 입는 같은 천 조끼를 가져왔다. 속살이 다 비칠 정도로 얇은 면사에 흰색 실로 수를 놓았는데, 너무나 아름다웠다. 지금까지 이 지역에서 그런 옷을 입은 사람은 한 번도 본 적이 없었다. 너무 고급스럽게 보여서 "이런 옷을 내가 입고 다닐 수 있을까요?"라고 말했다. 그러자 "우리 딸에게 못 해 준 걸 선생님이 대신 입어 주세요"라고 하면서 눈물을 닦는다.

자기가 일하는 집 주인이 이런 고급 옷을 파는데, 가게에 나가 보니 블라우스가 너무 깨끗하고 예뻐서 딸 생각이 났다면서 "꼭 입으셔야 해요"라고 말했다. 나는 그 다음부터 여름 내내 그 블라우스 두 벌을 교대로 입고 다녔다. 난생 처음 그런 고급 옷을 입고 나가니 주변 사람들이 나를 유심히 쳐다보는 것처럼 느껴졌다.

딸을 잃은 그분은 강 세실리아다. 그 후, 이사를 가버려 찾고 싶어도 찾을 수가 없다. 제품 공장에서 밤낮 없이 재봉틀을 돌리다가 오랜만에 나선 나들이 길에서 그런 참변을 당했으니 그녀의 어머니는 지금도 그 예쁜 딸을 가슴에 품고 살 것이다.

15년 만에 찾아온 휴식

끝나지 않을 것 같던 상계동 철거민들의 분쟁은 거의 끝나갔고, 철거된 그 자리에는 새 아파트들이 들어서기 시작했다. 오랫동안 상계동의 빈민들과 함께 하였던 외국인 신부님이 떠나고 한국인 신부님이 새로 부임해 왔다. 아파트가 세워지고 주변 마을 전체가 탈바꿈하는 동안 신자들은 더욱 늘어났고, 노원동 아파트 단지 안 새 본당은 살림을 나게 되었다.

1989년 학교를 임대하여 임시 성당으로 사용했는데, 본격적으로, 입주가 시작되면서 신자 수는 폭발적으로 늘어났다. 원 본당으로 예비신자 교리를 하러 일주일에 두 번 파견을 나가야 했다. 버스를 10분 정도 타고 가 다시 단지 안으로 10분 정도를 걸어가야 하는데, 어두운 저녁 때에만 갔기 때문에 더욱 힘이 들었다.

8월 15일 성모승천대축일이 영세 예정일이었는데, 7월 말일 교리를 끝내고 나오다가 나는 드디어 쓰러졌다. 뒷정리까지 하고 나오는 길이라 모두들 집으로 돌아가고 주변엔 아무도 없었다. 캄캄한 밤에 한참 동안 죽은 듯이 엎드려 있다가 겨우 의식을 차려 상계동 집으로 돌아왔다. 그날로 나는 이 일을 그만 두어야겠다고 결심했다.

사실 그 일이 있기 며칠 전에도 작은 사고가 있었다. 새벽미사 준비를 하러 나서는 길이었는데, 골목 언덕길이 여름 안개가 끼어 어두침침했다. 비탈길을 내려가는데, 내 걸음걸이가 이상한 것 같은 느낌을 받는 순간 전신주에 부딪쳤다. 상계동에 처음 왔던 때만 생각하고 일을 계속했는데, 이미 몸에 이상이 생긴 것이 확실했다.

15년 동안 내 모든 것을 다 바쳐 일했던 이곳을 막상 떠난다고 생각하니 말로 형언할 수 없을 만큼 아쉬움이 컸다. 어떻게 이 일을 그만 둘 수 있을까? 이런 생각이 들었지만 내 몸이 말을 듣지 않으니 더 이상 어찌할 도리가 없었다. 내가 교리를 가르쳤던 가난한 사람들은 새로운 신자들이 유입되면서 점점 더 본당 내에서 설 자리를 잃어갔다. 나도 떠날 때가 되었다는 생각이 들었다.

그렇게 갑자기 상계동성당 일을 내려놓고 쉬게 되었다. 1974년 상계동성당에서 일하기 시작했으니 꼭 15년 만이었다.

상대원성당에서 다시 1년

노원본당으로 파견 교리를 나갔다 쓰러진 후 쉬고 있었는데, 어느날 성남 상대원성당에서 전화가 왔다. 전화를 주신 분은 상계동성당에서 함께 일하던 길 신부님이었다. 그분은 성 골롬반회 소속으로 상계동성당에 부임한 마지막 외국 신부님이었다. 갑자기 전화를 걸어 자신이 거처하는 곳에 와서 좀 도와 주었으면 좋겠다고 하였다.

한 달쯤 휴식을 취한 후 성남 상대원성당으로 갔다. 거기는 상계동보다도 좀 더 상황이 심각한 동네였다. 상계동과 비슷한 시기에 개발이 되어, 경기 지역의 판잣촌 빈민들이 모두 모여 사는 곳이었다. 상대원동이란 글자 그대로 가장 높은 꼭대기에 성당이 있었다. 길이 가파른지 사람들이 오고갈 때 걷는 모습을 보면 한쪽 어깨가 기울어진 것 같이 보였다. 버스를 타려고 큰길까지 내려오면 마치 등산이라도 한 것처럼 무릎이 저렸다.

길 신부님이 가장 어려운 본당, 낯선 곳에 가서 매우 외로운 것 같았다. 내게 성당 옆에 작은 방 하나를 얻어 주며, 앞으로 2~3년 후에는 여길 떠날 것이라고 했다. 자신이 본당을 떠날 때까지만 도와 달라고 부탁하였다. 그렇게 해서 상대원성당에서 다시 일을 하게 되었다.

진달래꽃이 화사하게 피어 주변 산을 온통 물들이고, 봄바람도 유난히 따스하게 느껴지던 어느 날, 상계동성당 노인 교리반에서 내게 예비자 교리를 듣고, 길 실부님에게 영세를 받은 노(老) 사장 부부가 자가용에 선물 꾸러미를 가득 싣고 상대원동으로 찾아왔다.

선물을 내려놓고, 그들은 신부님과 나를 자기네 차에 태우더니 남한산성으로 데려갔다. 신부님과 나는 그들 덕에 남한산성이란 곳을 그때 처음으로 구경했다. 산성 주변 산에는 온통 꽃밭이었다. 거기서 제일 맛있다는 산채비빔밥 정식을 대접받았다. 분위기 좋게 식사가 끝날 무렵 나이가 든 사장님이 어렵게 말을 꺼냈다.

"서 선생님을 우리가 사는 대부도로 모시고 가면 어떻겠습니까?"

길 신부님은 그 소리를 듣더니 얼굴색이 확 변하였다.

"도둑놈!"

이 한마디를 내뱉고는 입을 닫았다. 이들 부부는 신부님의 대답을 농담으로 넘기고 한참 웃었다. 하지만, 나는 신부님 표정에서 그 말이 진심이라고 느껴졌다.

길 신부님을 도와 드린 지 1년이 다 되어가던 어느 날, 나는 신부님에게 말했다.

"지금 가르치는 예비신자만 영세시키고 떠날려구요."

그러자 신부님은 낙심한 표정을 지었다.

"대부도로 갈 겁니까?"

볼멘 음성으로 그렇게 물었다.

"아직 결정은 안 했지만, 신부님이 계실 때까지 있게 되면, 저는 자리를 잡을 기회가 없을 것 같아서요. 나이도 너무 먹었구요. 그렇게 알고 계세요. 죄송합니다."

그날 밤 신부님은 사목 회장님과 총무를 내게 보냈다. 그분들은 내게 떠나지 말라고 사정사정했다.

신부님이 많이 섭섭해 하면서 불편한 방에서 고생하는 것은 미처 생각지 못했다고도 했다. 여러 가지 편의시설이 갖춰진 새 집을 얻어서 옮겨 드리라고 했다는 말도 전했다.

그래서 나는 당장 떠나는 것이 아니라고 말하며, 영세식이 끝나는 날 신부님에게 말한 대로 상대원성당을 떠났다.

상대원성당에 온 지 꼭 1년 만이었다. 그때 내 나이는 쉰다섯이었는데, 몸에 여러 군데가 고장이 나 있었다. 발가락에 마비가 오는가 하면, 자꾸 손가락이 저리고, 비비 꼬이고 했다. 그래서 더는 그곳에 있어선 안 되겠다고 판단했다.

소원대로 실컷 일했으니 이제 좀 쉬면서 죽을 때를 준비하는 것도 마땅하다고 생각했다. 본래 허약한 데다 병투성이인 몸을 그동안 잘 부려 먹었다는 생각도 들었다. 38세에 수녀원을 나올 때 '앞으로 20년 만 더 살 수 있으면 내가 원하던 일은 거의 마감할 수 있겠다'고 생각 했었는데, 이제가 그때인 것 같았다. 모름지기 사람은 들 때와 날 때를 잘 판단해야 하는데, 지금의 나는 이곳을 벗어날 적기라고 생각했다.

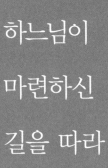

내 마음의 오솔길

하느님이
마련하신
길을 따라

대부도 선감 공소로 이동

정확히 1991년 3월 17일, 상계동과 성남 상대원동성당을 합쳐 16년 만에 복잡한 인간관계를 모두 청산하고 대부도에서도 한참 더 들어가야 하는 조그만 섬 선감도, 그것도 갯벌이 턱 밑에 있는 바닷가 마을로 왔다.

바로 가는 차편이 없어 화성까지 내려와 마산포에서 배를 타고 선감도에 내렸다. 출렁거리는 동해는 강릉에 살 때 매일 보았지만, 갯벌이 질펀한 바다를 경험한 건 이때가 처음이었다.

보따리를 싣고 오긴 했는데, 막상 도착하니 기거할 방이 없었다. 묵을 방을 마련해 달라고 미리 부탁해 두었지만 준비가 미처 안 되어 있었다. 그래서 공소에서 가장 가까운 교우집에 짐을 들여놓고, 주인이 오기만을 기다렸다.

마침 내가 도착한 날은 마을사람 전체가 바지락을 캐러 가는 날이어서 집집마다 대문을 열어 둔 채 모두 텅 비어 있었다. 한숨부터 나왔다. 어떻게 해야 하나 고민하다가 우선 노 사장님 댁을 찾아갔다. 신부님에게 도둑놈 소리를 들어가며 나를 대부도 선감으로 오게 한 분이다.

바닷가에 좋은 별장을 지어 노후를 보내기 위해 늘그막에 나를 의지하며 살고 싶어 부른 것이다. 막상 와 보니 노 사장이 애초에 보였던 그 절실한 마음은 상당히 희석된 듯 보였다.

나는 그날부터 짐 내려놓은 신자집에서 아이들 둘과 함께 지냈다. 젊은 엄마 로사 씨는 내게 정성껏 밥을 해 주었다. 특히 바지락 넣고 끓인 시금치 된장국은 일품이었다. 며칠 후, 로사 씨 부부를 불러놓고 당장 갈 데가 없으니 대문 옆 창고로 쓰던 곳을 빌려 달라고 간곡히 부탁했다.

창고에 있던 물건은 마당 한켠에 쌓아두고, 도배를 한 뒤 짐을 들였다. 그런데 구들장이 고르게 깔려 있지 않아 바닥이 냉골이었고, 울퉁불퉁했다. 아궁이에서 불을 때면 연기가 전부 방안으로 들어왔다. 수도 시설이 안 되어 있어 마당 수돗가에서 얼굴을 씻어야 했다. 부엌이 따로 없어 방에서 작은 전기 곤로에다 밥을 끓여 먹었다. 난방도 안 되는 토방에 살면서도 이상하게 마음은 평화로워졌다.

일하시라고 모셨어요

밤이 되면 무덤 속처럼 고요한 섬에 불빛 한 점 없는 검은 장막이 드리웠다. 아침이 밝으면 닭 우는 소리, 개 짖는 소리, 사람들이 경운기 타고 바다로 나가는 소리가 동시에 울렸다. 모두들 생명을 되찾는 듯 아우성으로 들렸다. 마을 주민들은 썰물 때 나가 조개를 캐고, 밀물 때가 되면 돌아왔다. 경운기가 수십 대씩 줄지어 굉음을 내며 마을로 돌아올 때는 마치 전쟁터에서 귀환하는 전사들 같았다.

바닷바람이 몰려오면 언덕 위의 짙푸른 해송들은 너울너울 춤을 추었다. 저녁 때면 불덩이 같은 태양이 바닷속으로 사라졌다. 이처럼 아름답고 황홀한 광경은 평생 보지 못했던 장관이었다. 이렇듯 신비롭고 아름다운 자연을 볼 때마다 전신에 소름이 끼칠 만큼 자연의 신비감에 사로잡혔다.

선감 공소는 작은 마을 지킴 나무인 당산 옆에 아주 조그맣게 지어
져 있었다. 신자들이 흙벽돌을 한 장 한 장 날라가며 쌓아올린 집이라
는데, 오래 되어 문짝이 덜컹덜컹 흔들렸다. 창문이 벌어져 있어 바람
이 불면 흙먼지가 들어와 쌓일 지경이었다. 슬라브 지붕을 얹은 8평짜
리 공소는 산 밑 풀밭 속에 들어앉아 있어 풀들을 헤치고 가파른 언덕
을 한참 올라가야 나왔다.

주일 저녁 예절 때는 10~12명 정도가 참석했다. 나까지 포함해 다
모이면 15명 정도가 되었는데, 8명만 나와도 자리가 꽉 찼다.

하루는 어떤 신자가 말해 주었다. 자신은 덕적도라는 섬에서 영세
를 받고 이곳으로 이사를 왔는데, 처음 왔을 때는 공소가 닫혀 있었다
고 한다. 공소로 쓰는 집 문짝에 송판을 대고 못질을 해놓았다고 했
다. 마을사람들이 풀밭에 염소를 방목했다가 비가 오면 이곳으로 몰아
넣고 비를 피하기도 하고, 아예 여기를 외양간 삼아 염소들을 재우는
사람도 있었다고 했다. 염소 배설물이 공소 바닥에 가득해 어쩔 수 없
이 문에 못질을 했단다.

그러다 몇 사람이 모여 청소를 하고 다시 문을 열어 이 정도가 되었
다고 했다. 지금은 많이 깨끗해진 것이라고 말해 주었다. 예수님이 베
들레헴 외양간에서 태어나셨는데 우리 선감 공소가 염소 외양간이었다
니 감개가 무량해졌다.

어디서부터 손을 대야 할지 몰라 토방에 누워 밤마다 생각에 잠겼

다. 사실 선감 마을 백여 호는 몇 집을 빼고 모두 영세를 받은 신자였다. 하지만 거의 다 냉담 상태로 몇 명밖에 공소에 나오지 않았다. 작은 섬마을에 이렇게 신자가 많은 데는 이유가 있었다.

한국전쟁 후, 밀가루와 옥수수가루, 옷 같은 구호품들이 서해 5도쪽으로 많이 분배가 되었다고 했다. 메리놀회 소속 외국 신부님들이 들어와 그것들을 분배했는데, 공소에 나오는 신자들 중심으로 구호물품 배부가 이루어지다 보니 너도나도 가톨릭 신자가 되겠다고 몰려들었던 것이다. 당시에는 주일 예절에 나오고, 성호 긋고 주모경만 외울 줄 알면 다 세례를 주었다고 한다. 그러다 구제품 지급이 중단되고 세월이 많이 흐르고 나니 다시 제자리로 돌아간 것이라고 했다.

바닷가에서 요양하며, 건강을 회복하고 좀 편하게 노후를 보내러 여기로 온 것인데, 막상 와 보니 할 일이 태산이었다. 내게서 예비자 교리를 듣고 신자가 된 그 노 사장님은 내게 이렇게 말했다.

"제가 회장님을 왜 여기로 오시라고 했겠어요? 일을 하시라고 오시게 한 거예요."

여기서 생의 마지막을 마무리한다고 생각하시면 공소를 한번 일으켜 보자는 것이다. 그의 말에 요양과 휴식을 저 멀리로 물리치고 나는 다시 일을 해보겠다는 열정을 끌어모았다.

난감할 때마다 나타나는 해결사

우선 아이들부터 모아야겠다고 생각하고, 교우들 가정방문부터 시작하였다. 영세받은 교우집의 자녀는 모두 16명이었다. 주일날 모두 모였는데, 이웃 친구들까지 데리고 와서 20명이 넘었다. 부모가 신자라 세례는 받았지만 제대로 신앙생활을 한 적이 없어 아이들은 성호도 그을 줄 몰랐다. 아이들에게 십자성호부터 가르쳤다.

예비신자 교리도 시작했다. 내가 오기 전부터 노인 부부가 예비자 교리를 받았는데, 추가로 모인 사람들까지 합치니 예비신자가 10명이 되었다. 어린이 25명, 어른 12명, 내가 가르칠 대상은 37명으로 늘어났다. 어린이들은 모두 초등학생과 유치부이기 때문에 공소에 모여서 주일마다 교리를 했고, 어른들은 저녁 시간에 교우집에 모여서 교리 공부를 했다.

그해 가을 한 수녀님이 성경책 한 박스를 화물로 보냈다고 연락을 해왔다. 그런데 몇 주일을 기다려도 그 성경책은 도착하지 않았다. 그래서 걱정하고 있는데, 인천화물터미널에서 짐을 찾아가라는 연락이 왔다. 그런데 기한 내에 안 찾아가면 보관료를 물어야 한다고 했다. 하루에 두 번밖에 안 다니는 인천행 버스 첫차를 타고 화물터미널로 찾아갔다. 나를 보더니 뜨악한 표정인 채 웬 여자가 왔느냐고 묻는다. 창고 문을 열고 꺼내는데, 무게가 만만치 않아 보였다. 그 짐꾼은 어깨에 박스를 메고 나와 찻길까지 들어 주었다. 그러더니 일주일치 보관료를 내라고 했다. 나는 돈이 없다고 사정했다. 이 안에 든 물건은 성경책이며, 한 수녀님이 대부도 가난한 신자들에게 선물로 보낸 것이라고 했다. 그랬더니 그는 아무 말도 하지 않고 돌아서 가버렸다.

이제는 이 책을 선감 공소까지 어떻게 운반하느냐가 문제였다. 움직여 보니 내 힘으로는 들거나 끌 수도 없을 정도로 무거웠다. 속은 타들어가는데, 택시를 부르자니 택시비를 감당할 수도 없었다. 성경책 박스를 끌어안고 안절부절 하고 있는데, 양복을 깨끗이 차려 입는 젊은이가 다가오더니 아까 나누는 대화를 들었다며 도와 주겠다고 했다.

"저도 화물을 찾으려고 왔어요. 버스 타는 데까지만 갖다 드릴게요."

그러더니 자기 차에 성경책 박스를 실었다. 그 젊은이 차를 타고 버스터미널까지 가는 동안에 젊은이는 자기 이야기를 들려 주었다. 그는 어려서 덕적도라는 섬에 살았는데, 열두 살 먹은 동생이 갑자기 배가 아프다고 떼굴떼굴 굴렀다고 한다. 하지만 부모님은 모두 꽃게잡이를 하러 배를 타고 멀리 나간 상태였다. 그는 급한 마음에 신자도 아니면서 성당으로 달려갔단다.

미국인 신부님을 붙잡고 울면서 "내 동생을 좀 살려 주세요" 하니, 신부님은 벌떡 일어나 집이 어디냐고 물었단다. 신부님은 지프차에 동생을 싣고 배를 타고 인천의 큰 병원까지 데려다 주었다고 했다. 병원비도 염려 말라고 했다. 덕분에 그는 동생의 급성 맹장염 수술을 받을 수 있었다고 했다. 그때 신부님에게 감사한 마음을 제대로 전하지 못한 채 인천에서 살게 되었다며, 그는 앞으로 기회가 되면 성당에 꼭 나갈 거라고 했다.

그 젊은이는 터미널까지 실어다 줄 뿐 아니라 선감행 버스에 짐을 올려놓고는 기사에게 부탁까지 했다.

"이분은 대부도까지 가시는데, 이 짐이 너무 무거워 도착하면 기사님이 좀 내려 드리세요."

운전기사가 그러겠다고 고개를 끄덕끄덕했다. 젊은이는 내게 정중히 인사를 하고 떠났다. 나는 버스를 타고 오면서 곰곰이 되새겨 보았다. 지금도 '하느님은 살아서 일하고 계시는구나'라는 생각이 들었다. 그러면서 누구인지도 모르는 한 신부의 선행을 받아들인 나는 '그 대가로 몇 십 년 후에 어떤 은혜를 받을까?' 하고 생각했다. 작은 섬마을에 이렇게 신자가 많은 데는 다른 이유가 있었다.

'선한 일을 하면 반드시 기적이 일어난다'는 그 실제 예를 하느님은 내게 보여 준 것이다. 무거운 성경책 박스를 버스 정류장에서 1킬로미터나 떨어진 공소까지 가지고 갈 수 없어 길바닥에 앉아 있었다.

그런데 어떤 할아버지 한 분이 경운기를 타고 나무를 하러 갔다가 오는 길에 나를 보더니 짐을 실어다 주겠다고 했다. 나는 이 이야기를 많은 사람들에게 여러 차례 들려 주었다.

"좋은 일과 착한 일은 무조건 해야 합니다. 하느님은 반드시 보답해 줄 거예요. 내가 못 받으면 내 자식이, 그렇지 않으면 몇 대 후에라도 반드시 돌려 받는다는 것을 믿어야 해요. 이와 비슷한 일들이 수없이 일어나지만, 우리는 느끼지 못하고 지나치지요."

늘그막에 얻은 행복

바닷가 언덕과 산들은 새싹과 봄꽃들로 가득했다. 나는 매일 손잡이가 있는 플라스틱 바구니를 들고 들로 나가 봄나물을 뜯었다. 섬마을은 밤이나 낮이나 조용했다. 10만 평도 넘는 버려진 염전이 갈대와 바다풀로 뒤덮였고, 그 안에 빨간 돌미나리가 돋아나 있었다.

플라스틱 바구니를 마구 흔들며, 버려진 염전 갈대밭을 소리 지르며 뛰어다녔다. 두 팔을 벌리고 괴성을 지르며 뛰어다녀도 아무도 듣는 사람이 없었다. 마음이 평온해지고 힘이 생기는 것 같았다. 오랜만에 큰소리로 노래도 불렀다. 여기저기로 노래를 부르며 뛰어다니다가 문득 옛날에 본 〈사운드 오브 뮤직〉이라는 영화가 불현듯 떠올랐다. 수녀원을 나온 주인공 마리아가 푸른 잔디 언덕을 뛰어다니며 노래 부르던 바로 그 장면이 떠올랐던 것이다.

주일날이면 어른들은 모두 물때에 맞춰 바다로 나가고, 초등부 아이들은 갈 데가 없어 모두 작은 공소로 모여들었다. 그날은 인천에서 놀러온 친척집 아이들까지 합해 비좁은 공소가 더욱 비좁아졌다. 그래서 아이들을 내가 사는 토방집 마당으로 데리고 와 그릇을 하나씩 나눠 주었다. 양재기, 바가지 할 것 없이 모두 꺼내 한 개씩 들려 주고는 언덕으로 올라가 빨갛게 익은 보리수 열매를 따게 했다.

아이들은 평상시엔 거들떠 보지도 않던 보리수 열매를 서로 먼저 다투듯 따서 담았다. 점심때가 되어가자 아이들은 배가 고픈지 그 보리수 열매를 입안에 넣고 오물거렸다. 돌아온 아이들에게 보리수 열매를 한 줌씩 나누어 주었는데 성에 찰 리가 없었다. 집에는 먹을거리가 아무것도 없었다. 이 많은 아이들에게 무얼 먹일까 고민하다가 나는 전기 곤로를 마당으로 내왔다. 그리고 큰 양재기에 밀가루를 풀어 반죽을 했다. 아이들에게는 밭에 나가 채소를 뜯어 오라고 시켰다.

아이들이 뜯어 온 쑥갓, 상추, 부추, 파를 씻어 숭덩숭덩 썬 뒤 반죽에 그 채소들을 넣었다. 마당 가운데 불을 피우고, 팬에 들기름을 둘러 부침개를 부쳤다. 기름 냄새가 나자 배고픈 아이들은 너도나도 먼저 달라고 아우성이었다.

아이들에게 둘러싸여 부침개를 부쳤는데, 노랗게 익은 부침개를 쟁반에 놓으면 게눈 감추듯 사라져 버렸다. 부침개를 부치느라 고생한 나는 정작 한 점도 먹어 보지 못했지만 그렇게 행복할 수가 없었다. '이런 것이 이 세상에서 맛보는 천국이구나' 하는 생각이 들었다. 서울에서 살 때는 상상조차 할 수 없었던 기쁨이었다.

토방이면 어떻고, 부엌이 없으면 어떠랴. 천진한 섬아이들과 함께 이런 시간을 보낼 수 있다는 것은 늘그막에 얻은 큰 행운이 아닐 수 없었다.

그렇게 토방에서 9개월을 살고 보금자리를 마련해 이사했다. 토방에서 고생스럽게 사는 것을 본 예비신자 부부가 빈 집을 수리해 주어 그곳으로 들어갔다. 그의 딸이 인천으로 나가고 비어 있는 상태였다. 방 2개에 부엌, 욕실이 딸려 있고, 연탄보일러까지 설치된 집이었다. 드디어 내게도 아늑한 보금자리가 생긴 것이다.

공소에서 치른 첫 영세식

예비신자 교리가 어느 정도 자리를 잡아가자, 나는 당시 선감 공소의 원래 본당이었던 인천 송림동성당의 주임신부인 최상진 신부님을 찾아갔다. 선감 공소의 어린 학생들이 열심히 교리 공부를 하고, 신앙심을 키우고 있으니, 영세식을 우리 공소에서 열어 동네사람들의 축하 속에서 세례를 받으면 좋겠다고 말했다. 신부님은 흔쾌히 그렇게 하자고 수락하였다.

그날부터 나는 영세식 준비에 돌입했다. 신부님이 입을 제의까지 내 손으로 만들었다. 그런데 뜻밖의 난관에 부딪쳤다. 영세식을 앞두고 말봉 공소의 미사에 참석했었는데, 마침 그 자리에 대부 공소의 수녀님들도 와 있었다. 미사를 마치고 식사를 하는 자리에서 최 신부님은 이렇게 말했다.

"이번에 선감 공소에서 어른 9명, 아이 3명이 세례를 받게 되어서 선감 공소로 가서 세례를 주기로 했습니다."

그러자 그런 경우가 어디 있느냐며 대부 공소의 수녀님들이 벌컥 화를 냈다. 대부 공소는 같은 공소이지만 선감과는 비교가 안 되게 규모가 컸고, 상주하는 수녀님도 있었다. 그러니 수녀님의 입장에서는 대부 공소에서 하는 것이 마땅하다고 생각했던 모양이다.

신부님은 수녀님들에게 "대부 공소에는 예비신자가 몇 명이나 있나요?" 하고 물었다. 수녀님들은 "대부 공소에는 예비신자가 2명 있는데, 그중 1명은 교리 중입니다. 그래서 아직 세례를 받을 수가 없습니다." 그래서 나는 "그날 세례받을 아이들 중에 엄마 등에 업혀서 유아세례를 받아야 할 아이도 있어 대부도까지 나가기가 어렵다"고 사정을 수녀님들에게 설명했다.

식사를 마치고 신부님 차를 타고 대부 공소까지 같이 왔다. 신부님은 나를 차에서 기다리게 하고 수녀님들과 함께 수녀원으로 들어갔다. 한참 동안 나오지 않아 20분 정도를 더 기다렸다. 신부님은 차에 올라 싱긋 웃더니 "선감 공소에서 영세식을 하기로 합의를 봤어요"라고 말했다. 나는 신부님에게 감사 인사를 했다.

영세식을 위한 만반의 준비를 하고 있는데, 아무래도 불안했는지 영세식을 며칠 앞두고 대부 공소에서 "필요한 것이 없느냐"고 전화가 왔다. 제의도 새로 만들었고, 아이들 면사포며, 꽃 달 것까지 다 준비했노라고 세세히 설명했다. 그날 참석해 주기만 하면 된다고 말했다. 하지만 수녀님들은 그날 오지 않았다.

1991년 성탄절을 앞두고 영세식을 했다. 나는 그날을 잊을 수 없다. 작은 공소가 밝은 빛으로 가득 찬 느낌이었다. 신부님이 직접 와 세례를 주었는데, 신자들도 들뜬 듯했다. 그날 마을 신자들의 축하를 받으며, 12명의 예비신자가 하느님의 자녀로 다시 태어났다.

원헥톨 신부님에 대한 기억

1992년 초 대부 공소는 대부본당으로 승격했다. 과달루페회 소속 멕시코 신부님이 본당 신부님으로 부임해 왔다. 그러나 당장 신부님이 머물 사제관이 없었다. 마침 본당 근처에 새로 집을 지은 신자가 있어 그 집의 방 한 칸을 빌려 지냈다.

그런데 하루는 신부님이 추석을 앞두고 나를 찾아와서는 하소연을 하였다. 추석이 되면 객지로 나갔던 가족들이 모두 온다며 집주인은 이틀만 방을 비워 달라고 했다는 것이다. 마땅히 갈 데도 없고 "어떡하면 좋으냐"고 걱정했다. 낯선 땅에 선교하러 온 신부님 입장에서는 참으로 난감한 일이었다.

당시 대부본당 관할 공소가 선감을 포함하여 4개였는데, 그 공소들을 방문할 때마다 신부님은 꼭 나를 데리고 갔다. 배를 타고 들어가야 하는 섬 지역에 있는 공소들은 선감보다도 훨씬 더 상황이 열악했다. 그걸 볼 때마다 나는 도울 길이 없을까 해서 항상 마음이 안타까웠다. 그런 나를 보며 원 신부님은 "회장님은 우리 보좌신부예요"라고 하였다.

한 번은 신부님의 부탁으로 선재 공소에 미사를 드리러 갈 때 동행했다. 그런데 미사 시간이 다 되도록 신자가 한 명도 오지 않았다. 배를 타고 차가운 바닷바람을 맞으며 여기까지 왔는데, 참으로 난감한 상황이 아닐 수 없었다. 가까운 신자를 불러 연유를 물었다. 그러자 공소 회장이 그 소식을 미처 알리지 못한 채 개인 일로 인천으로 나가는 바람에 그렇게 되었다고 했다. 그때 신부님의 눈빛이 아직도 눈앞에 선하게 떠오른다.

2017년 본당 승격 25주년을 맞아 대부본당에서 초대 주임신부였던 원헥톨 신부님을 초대했다. 나도 본당 승격 25주년 기념행사에 초대받아 갔는데, 원 신부님이 나를 보고는 무척이나 반가워 하였다. 사람들이 있는데도 "아직 안 죽고 살아 있었냐?"라며 나를 끌어안고 좋아하였다. 헤어질 때 "신부님 선감 공소에도 오셔야죠?"라고 했더니, 신부님은 "그럼요, 기대가 큽니다"라고 대답하였다.

일정이 바빠서 올 수 있으려나 했는데, 원 신부님은 곧바로 한 신자의 도움을 받아 선감 공소로 왔다. 공소 구석구석을 둘러보고, 내가 사는 곳도 둘러보고 갔다. 선감 공소에 대한 신부님의 애정을 느낄 수가 있었다.

선감 공소에 안치돼 있는 감실은 원헥톨 신부님이 준 것이다. 휴가를 맞아 멕시코로 갔다가, 한국으로 돌아올 때 주석으로 된 감실 하나를 품에 안고 왔다. 고향의 한 여신도가 기증한 것인데, 그걸 보자마자 선감 공소 생각이 났다고 했다. 하지만 사제가 상주하지 않는 공소에는 보통 감실을 두지 않는다. 우리 공소에 감실을 모셔도 될지 모르겠다고 하자, 신부님은 "여긴 보좌신부님(?)이 있으니까 성체를 모셔도 될 것 같다"고 웃으며 말씀하였다. 원 신부님은 직접 주교님께 새로 지은 공소에 감실을 모셔서 성체조배를 할 수 있게 해달라고 졸랐다. 주교님이 이를 허락해 감실 안치식도 조촐하게 치렀다.

이 인근 공소에서는 처음 있는 경사였다. 신자들이 얼마나 기뻐했는지 모른다. 공소에 성체를 모신 다음부터 신자들이 매일 새벽 공소에 모여 성체조배를 드렸다. 원 신부님에 대한 선감 공소 신자들의 애정도 각별했다. 이곳 신자들이 워낙 반기고 잘하니, 한 번은 신부님이 대부도 말고 선감에 집을 마련해 머물면 안 되겠느냐고 했던 적도 있다.

원 신부님이 부임한 지 2년 만에 대부본당 사제관이 생겼고, 그 사제관에서 신부님은 1년을 더 머물다가 떠났다.

35년 만의 첫 서울 구경

선감에 와서 만난 용인 씨는 35세 남자로 청각장애인이었다. 아기 때는 말하는 데에 지장이 없었다고 한다, 어려서 심하게 매를 맞았는데, 그때 귀를 다쳐 못 듣게 되었다고 했다. 자연히 말도 할 수 없게 되었다. 귓속에 염증이 생겨 20년 넘게 농이 흘러 나왔는데, 그것을 방치해 두었던 것이다.

겉으로 봐도 귓속에 진물이 고여 있는 것이 보였다. 하루는 바다에 나가 조개를 캐 가지고 들어오는 용인 씨를 만났다. 어떻게 아프냐고 물으니, 내 입 모양으로 그 말을 알아듣고, 늘 머리가 아프다고 대답했다.

다음날 만나자고 하여 필담으로 의료보험증을 가지고 서울에 있는 큰 병원에 가서 진찰을 받아 보자고 했더니, 그는 매우 기뻐했다. 그런데 이튿날 와서 하는 말이 의료보험료를 계속 내지 않아 의료보험증을 쓸 수 없다고 했다.

나는 그의 의료보험증을 받아들고 첫 버스를 타고 인천에 있는 의료보험공단에 찾아가서 밀린 보험료를 냈다. 그리고 용인 씨를 데리고 서울대병원에서 근무하는 아는 분을 찾아갔다. 정밀검사를 진행했는데, 청각을 회복할 가능성은 없다고 했다. 하지만 염증이 뇌 속에까지 침투할 위험이 있으니, 다시 와서 정밀진단을 받으라고 했다. 2주치 약만 받아 가지고 돌아왔다.

용인 씨는 2주간 그 약을 때맞춰 하루도 거르지 않고 먹었다. 그는 서울대병원 약이라며 갯벌에 나가 조개를 캘 때도 마을사람들 앞에서 은근히 자랑까지 했다. 2주 후 서울대병원에 다시 가서 한 달치 약을 받아 가지고 오는 길에 용인 씨와 함께 서울의 명동성당을 구경했다. 신세계백화점에도 들러 터진 손에 바르는 약을 하나 사 주고, 명동에서 점심도 먹고, 온종일 돌아다녔다.

용인 씨는 35년을 살면서 서울 구경이 처음이라고 했다. 그로부터 벌써 24년이 흘러 용인 씨는 머리가 하얗게 세고, 육십 가까운 나이가 되었다. 그는 필담으로 교리를 배워 영세도 받았다. 머리가 총명하여 책을 보면, 이해가 빠르고, 아주 똑똑한 사람이었다. 지금도 길에서 만나면 허리를 절반쯤 굽히며 인사를 했고, 안부도 물었다.

이것이 기적인가?

8평짜리 흙벽돌 공소지만 나는 최선을 다해 예쁘게 꾸미고 싶었다. 공소에 필요한 물건을 사기 위해 동대문 지하상가로 들어갔다가 도자기를 파는 가게 앞에서 발길이 멈춰 섰다. 흰 도자기로 된 예쁜 촛대가 보였다. 얼마냐고 물으니 값이 좀 비싸다면서 얼마인지 정확히 말해 주지 않았다. 내 행색을 보고, 비싼 촛대를 언감생심 만지느냐는 눈빛만 보내는 것 같았다.

비싸다니까 살 수는 없었지만, 나는 그 촛대를 연신 쓰다듬었다. 그런 나를 뚫어지게 바라보던 주인은 어디에 쓸 거냐고 물었다. 선감 공소 이야기를 했다. 그랬더니, 그 주인은 조금 전 눈길을 빠르게 거둔 뒤 얼른 촛대 한 상을 신문지에 싸서 내게 주면서, 그 공소에 선물로 드리는 거니까 어서 가져가라고 했다. 그러면서 흰 봉투에 5만 원을 넣어 공소 짓는 데 보태라며 건네 주었다.

나는 꿈인지 생시인지 얼떨떨해 하며 얼결에 봉투를 받아들고 허리를 굽혔다 폈다를 몇 번 반복했다. 돌아서려는 순간 눈물이 왈칵 쏟아졌다. 방금 벌어진 이 광경은 분명히 기적 같았다.

1993년 봄 어느 날, 여주본당 선교분과 회원들이 야유회 겸 하루 피정을 왔다고 대부본당 신부님에게 연락이 왔다. 한 시간 동안 그분들에게 강의를 하고, 바닷가에서 함께 먹고 마시며 즐거운 시간을 보냈다. 그런 후, 돌아가는 관광버스 안에서 선감 공소 이야기를 잠깐하고, "여기서 내리면 고개 너머가 공소예요"라고 했더니, 첫 버스부터 뒤따르던 버스가 차례대로 멈춰 섰다.

진작 바닷가에서 공소 이야기를 했으면, 우리도 좀 도와 드렸을 텐데 왜 이제야 그 말을 하느냐며 핀잔인 듯 한 마디를 하더니 선교분과장님은 모자를 벗어들고 즉석 모금을 시작했다. 맨 뒷차까지 차례로 즉석 모금행사를 진행했다. 모자 한 가득 모은 돈을 선뜻 내게 주면서 무슨 일이 있으면 연락을 달라고 했다. 진심으로 응원을 하겠다고 격려해 주었다. 오늘 하루는 내 주변에서 기적이 일어난 날로 오래오래 기억하려고 한다.

천만 원을 가슴에 품고

1992년 여름, 공소를 지을 기금을 마련하느라 서울에 다녀오던 길이었다. 버스를 타고 안개가 심하게 낀 정류장에 막 내렸는데, 사방은 깜깜했다. 당시는 연육교가 생겨 선감으로 바로 들어오는 버스가 하루에 두 번씩 있었다.

밤 9시나 되었을까. 가로등도 없고, 안개까지 짙게 끼어 한 치 앞도 분간할 수 없는 길을 손에 묵주를 쥐고 더듬더듬 걸었다. 마을로 가려면 당고개를 넘어 1킬로미터를 족히 걸어야 했는데, '만약 여기에서 죽는다 해도 아무도 모르겠다'는 생각이 들었다. 얼마나 긴장했는지, 손에 쥔 묵주가 땀으로 축축히 젖어 있었다.

고갯마루를 올라서는데, 어디선가 사람 소리가 들렸다. 그래도 앞만 보고 걸었다. 자세히 들어 보니 마을 입구에서 나는 소리였는데, 누군가 술을 마시고 싸우는 듯했다. 다음날 들으니 술을 마시고 시비가 붙어 밤새도록 치고박고 싸움을 벌였다고 했다. 그날 밤을 잊을 수 없는 건 품 속에 천만 원짜리 수표 한 장을 품고서 오는 길이었기 때문이다.

내가 선감 공소에 오고, 첫해에 예비신자 12명이 세례를 받았다. 점차 신자들은 늘어났다. 신부님이 선감 공소에 주일미사를 집전하러 오면, 신자들은 어린 자녀들까지 데리고 오는데, 공소가 좁아 그 인원이 다 들어올 수가 없었다. 그래서 여름이면 여성 신자들은 건물 바깥 풀섶에서 아이를 업고 서서 미사를 드리기도 했다.

초등학생 어린이들을 연습시켜 복사를 서게 했는데, 원 신부님은 복사는 필요 없다며 미사 때 7~8명의 아이들을 제단 위로 올라오게 하였다. 제대 주변에 빙 둘러 앉혔더니, 아이들은 신부님 곁에 있게 되었다며 그렇게 기뻐할 수가 없었다.

계속 이렇게 미사를 드릴 수는 없지 않겠느냐고 원 신부님이 걱정을 하였다. 처음에는 공소 건물 뒤편 벽을 허물어서 5평 정도를 더 넓히는 쪽으로 의견을 모았다. 350만 원 정도 견적이 나왔다. 2년여 동안 공소 신자들이 낸 헌금, 교무금을 모아 보니 300만 원 정도가 되었다.

고민 끝에 공소 신자 몇 분을 불러 확장공사만 하고 말 것인지, 기존 건물을 싹 허물고 새로 지을 것인지 의논을 했다. 돈이 좀 들고 몇 년이 걸리더라도 하느님의 집을 새로 짓는 쪽으로 의견이 모였다. 새로 성전을 짓겠다고 하자 원 신부님은 돈이 한두 푼 드는 게 아닌데, 어떻게 마련하려느냐며 깜짝 놀랐다.

결국 종로성당에서 소임할 때 인연을 맺었던 분들에게 선감 공소 사정을 설명하고 도움을 청했다. 그날은 구순이 다 된 노모와 함께 사는 골롬바 자매님을 만나러 갔었다. 내가 간다고 했더니 골롬바 자매님이 천만 원짜리 수표 한 장을 미리 준비했다가 건네는 것이 아닌가. 얼마나 감사하고 기쁘던지. 잃어 버릴까 봐 겁나서 차마 가방에는 넣지 못하고 옷 안 깊숙이 품고 왔던 것이다.

그런데 얼마 후, 골롬바 자매님에게서 다시 연락이 왔다. 골롬바 자매의 어머님이 "딸이 그렇게 냈는데, 내가 어찌 가만히 있을 수 있겠냐?"고 했다는 것이다.

다음 서울 올 때 꼭 들르라고 했다. 나는 두근거리는 마음을 삭히며, 즉시 그곳으로 달려갔다. 골롬바 자매님의 어머님은 300만 원을 건네 주었다. 이 1,300만 원은 이후 공소를 짓는 종잣돈이 되었다. 그 큰돈을 어떻게 마련해야 하나 애간장만 태웠는데, 이제 번듯한 공소를 지을 희망이 생긴 것이다. 오늘도 기적은 내 가까운 곳에서 자꾸 발현하였다.

공소도 무너지고 내 마음도 무너지고

지금 공소 건물이 서 있는 땅은 도에서 불하받은 부지였다. 신고제 상한인 40평 이내로 공소 건물을 짓기로 결정하고, 설계를 할 설계사를 수소문했다. 나를 이곳에 오게 한 노 사장님이 당시 공소 회장이었는데, 고딕 양식으로 고풍스럽고 멋지게 짓자고 했다. 어렵게 손이 닿은 설계사를 만났고, 그는 신속하게 설계 도면을 완성했다. 다음은 건설업자를 찾아야 했다. 어쨌든 1994년 6월 초부터 공소 건축이 시작되었다.

건축 작업을 시작한 지 두 달 정도 지나 대부본당 신부님과 수녀님을 모시고 신자들과 상량식을 가졌다. 상량식을 하는 날은 동네사람들까지 다 불러모아 살찐 돼지 한 마리도 잡고, 시루떡을 찌는 등 동네잔치를 벌였다. 기둥 세우고, 지붕 덮었으니 이제 내부공사만 하면 훌륭한 공소가 탄생할 것이다.

상량식을 하고 나흘 만에 신부님이 왔다. 해질 무렵 함께 공소로 들어가 내부를 살펴보는데, 갑자기 신부님이 큰소리로 빨리 밖으로 나오라고 하였다. 그러더니 "지금 성당이 무너지고 있어요!"라고 크게 외쳤다. 벽돌로만 쌓은 공소 벽이 꼭대기에서부터 조금씩 뒤틀리며 무너지고 있었다. 순간 하늘이 무너지는 것 같았다. 공소도 무너지고, 내 마음도 무너졌다.

그날부터 밥이 넘어가지 않았다. 이미 공사 대금은 80퍼센트 이상 지급한 상태였다. 그날 밤 원 신부님이 공소 회장에게 연락해 성당이 무너진다고 알렸다. 성당 벽은 조금씩 서서히 무너져 갔고, 나도 같이 시들시들 말라갔다.

한편 이 사태를 보던 동네사람들이 모여 수군거리기 시작했다. 선감도에는 큰 당산(아버지 당산)과 작은 당산(어머니 당산)이 있다. 그런데 내가 들어와 당산을 건드리는 바람에 당신(堂神)이 노해서 벌을 받았다는 것이다. 원인을 파악해 보니 철근을 넣지 않고 벽돌만 8미터 가량 쌓아 올린 탓에 벌어진 사고였다. 마지막 벽이 허물어지던 날, 나는 서울로 건축기금을 모금하러 가느라 현장에 없었다. 동네사람들 말로는 천둥치는 소리가 났다고 한다. 얼마나 무서운 소리가 났는지 다들 놀랐다고 했다. 이 붕괴사건의 원인은 분명히 건설업자의 날림공사에 있었다.

벽이 무너지고 나서 건설업자를 찾아갔다. 그는 이미 모든 재산을 다른 사람의 명의로 돌려 놓은 상태였다. 그 업자 이름으로는 그 어떤 재산도 없는 상태였다. 자신은 빈털터리라고 했다. 건설업자 앞으로 내

용증명을 열 번도 넘게 보냈다. 원 신부님은 한국말을 잘 못 하는 자신이 직접 해결해 보겠다고, 교구로 어디로 열심히 뛰어다녔다. 그런 끝에 답동성당 신자로 성전 건축을 한 경험이 있는 분을 소개받을 수 있었다.

그분은 건설업자를 만나 협상을 하라고 조언했다. 다른 건설업자를 섭외하면 돈 한 푼 못 건지고 기초에서부터 새로 시작해야 하니, 돈이 더 들어가더라도 원래 하던 사람이 하는 것이 낫다고 했다. 원 건축업자와 그분이 여러 번 만나 논의한 끝에, 선감 공소에서 3,500만 원, 건축업자가 3,500만 원을 더 내어 다시 공소를 짓기로 했다.

며칠에 걸쳐 무너진 부분을 걷어내자, 지하실만 남았다. 튼튼하게 짓기 위해 H빔으로 여섯 군데에 기둥을 세웠다. 그리고 가벼운 경량식 지붕을 올렸다. 그런데 공소 신자 한 사람이 H빔과 지붕 이음새가 용접되지 않은 것을 발견했다. 본인이 용접기를 가져와 지붕 아래로 들어가 며칠 동안 용접을 했다. "이제 튼튼합니다. 걱정하지 마세요"라고 우리를 안심시켰다.

이러한 우여곡절 끝에 선감 공소 성전이 1994년 12월 17일 완공되었다. 더운 여름에 시작해 추운 겨울에야 끝이 났다. 축성식 날 동네사람들을 불러모아 잔치를 벌였다. 공소 성전을 완공하기까지 도움을 준 여러 분들도 초대했다. 2년 전, 성전 건축을 시작할 수 있게 종잣돈을 준 골롬바 자매와 그 어머님도 오시게 했다.

너무너무 정신이 없어 그날은 챙기지 못했지만, 축성식을 치른 한 달 후 대부본당 수녀님을 통해 그분에게 드릴 감사패를 만들어 증정했다.

30년 만의 해후

성전 건축이 끝나도 나는 여전히 할 일이 태산이었다. 빚만 3,000만 원이 넘었다. 건물 하나만 달랑 세웠을 뿐, 주변 정리가 하나도 되지 않아, 비만 내리면 성당 마당이 엉망진창으로 변했다. 나는 매일 아침 장화를 신고, 작업복을 입고, 공소로 출근했다.

그날도 삽을 들고 일을 하고 있는데, 멋지게 차려 입은 부인 세 분이 공소로 들어오는 비탈길을 걸어 올라왔다. "어디서 오셨어요?" 하니 서울에서 왔다고 했다.

그들 중 한 분은 선감에 별장을 가지고 있었다. 그들은 공소가 지어졌다고 해서 구경차 왔다고 했다. 바쁜 중에도 시간을 내어 그들에게 공소 내부를 안내해 주었다. 세 분의 부인 중 한 분만 가톨릭 신자였는데, 그들은 함께 공소 성전으로 들어가 기도를 했다. 공소 사정을 대강 말했더니 5만 원씩 갹출하여 헌금 15만을 기부하고 돌아갔다.

그런데 세례명이 골롬바라고 했던 분의 얼굴이 무척 낯이 익었다. 어디서 보았는지 아무리 머리를 짜 봐도 쉽게 떠오르지 않았다. 그러다 강릉에서 본 사람 같다는 생각이 들었다. 그런데 일주일 후, 선감에 별장을 갖고 있다는 부인이 나를 오라고 동네 이장을 통해 연락을 보냈다.

이장님의 차를 타고 별장에 도착해 안으로 들어가자마자 낯이 익었던 그분이 나를 붙들고 통곡을 했다.

"서 수녀님이 맞지요?"

그분 또한 나를 어디서 많이 본 것 같다고 생각했다. 그리고 일주일을 곰곰 생각한 끝에, 내가 강릉본당에서 만났던 서 수녀라는 것을 기억해 냈던 것이다.

고 골롬바 자매는 내가 강릉성당에서 소임할 때 만났던 여성이다. 당시 성당 내에 소화유치원을 설립했는데, 입학 연령에서 한 살이 모자란 네 살짜리 딸아이를 업고 와서 유치원에 입학시켜 달라고 애원하던 엄마다.

내가 1968년 강릉을 떠나고 골롬바 자매는 백방으로 나를 찾아다녔다고 한다. 하지만 성만 알고 이름을 몰라 찾아가는 수녀원마다 "서 안나 수녀님을 만나고 싶다"고 말했지만, 아무도 아는 사람이 없었다고 했다. 그러다 30년 만에 선감 공소에서 극적으로 다시 만나게 된 것이다. 수녀복이 아닌 사복을 입은 데다 촌사람이 다된 차림으로 30년 만에 다시 만났으니 어떻게 바로 나를 알아볼 수 있었겠는가.

골롬바도 울고, 나도 울고, 그 모습을 지켜보던 별장 주인도 울고, 갑자기 별장은 눈물바다가 되었다. 그때 소화유치원에 입학했던 네 살 아이는 어느새 결혼을 하여 그 나이 또래의 딸을 둔 엄마가 되었다고 했다. 고 골롬바 자매를 여기서 다시 만나게 될 줄을 상상도 못 했다. 이처럼 하느님의 인도하심은 참으로 놀랍다.

고 골롬바를 통해 인연을 맺게 된 별장 주인은 남편이 문구 전문회사인 모닝글로리의 회장님이었다. 그녀는 개신교 신자인데도 골롬바가 이곳에 와 주일을 보낼 때면 언제나 함께 선감 공소에 와서 미사를 드렸다. 게다가 골롬바 자매가 이곳에 올 적마다 "우리 수녀님 좀 도와주라"고 부탁한 덕분에 모닝글로리 회장님과도 각별한 인연을 맺게 되었다.

평생 잊지 못할 은인

성전은 완공되었지만, 주변의 어질러진 수풀도 정비해야 하고, 길도 닦아야 했다. 이같이 공소 주변은 엉망이었다. 작업복에 장화를 신고, 삽을 들고서 공소로 출근하는 나날이 이어졌지만, 나 혼자 힘으로는 어림도 없는 일이었다. 그런 모습을 멀찍이 떨어져 보고 있던 모닝글로리 한중석 회장님이 어느 날 말했다.

"수녀님, 소원이 뭔지 말씀해 봐요. 지금 가장 시급한 것이 뭡니까?"

"내 소원이랄 것은 없고, 공소 주변 조경공사가 시급한 소원이지요. 성전을 짓느라 산기슭을 다 뭉개 놓아서 그걸 정리하는 작업이 가장 시급한 일이에요."

내 말을 들은 모닝글로리 회장님은 부인 이름으로 선감 공소에 천

만 원을 헌금했다. 순간 얼마나 고마웠는지 모른다. 그 덕분에 10여 일
후부터 조경공사에 착수했다. 먼저 공소로 올라오는 길부터 닦았다.
비가 내려도 산에서 토사가 흘러내리지 않도록 산 쪽은 돌로 축대를
쌓았다. 마당을 평평하게 고르고, 아름다운 꽃나무와 잔디도 심었다.
너무도 감사해 공소로 올라오는 길 초입에 세운 '선감천주교회'라는 초
석 뒤에 기증자 한중석 회장님 이름을 새겼다.

모닝글로리 회장님은 그 뒤로도 내가 뭔가 도움이 필요로 할 때마
다 기꺼이 도와 주었다. 그는 한 달에 한 번, 선감에 있는 별장에 내려
왔는데, 그때마다 누추한 나의 집으로 부인과 함께 들르곤 하였다. 다
시 생각해도 신기한 일이 아닐 수 없다. 세계 여러 나라에 제품을 수출
하는 중견 기업체의 대표가 나 같은 사람을 좋아하고 아껴 준다는 사
실이 정말 믿기지 않았다.

나에게 책을 써 보라고 말을 건넨 최초의 사람도 한중석 회장님이
었다. 어느 날 그분이 나에게 이렇게 말했다.

"수녀님은 책을 하나 내세요."

"네? 저 같은 사람이 무슨 책을 내요?"

한중석 회장의 지인 중에 빈민운동을 하던 분이 책을 냈는데, 너무
나 감동적이었다고 한다. 수녀님처럼 세상 사람 모르게 좋은 일을 하
는 이들이 있다. 그런 분들의 희생과 봉사를 다른 사람들은 잘 알지
못한다. 그러니 글로 남겨서 감동을 주어야 한다는 것이다. "마음이야
있지만, 저는 글 같은 거 쓸 줄 몰라요"라고 했더니, 회장님은 그래도

모닝글로리 한중석 회
장님의 부인과 함께 꽃
밭 속에 파묻힌 모자
를 쓴 서 안나

꼭 써야 한다고 내게 용기를 주었다.

어느새 한중석 회장님과 인연을 맺은 지도 25년이 되었다. 회장님
도 어느새 팔십을 앞둔 나이가 되었는데, 졸지에 뇌경색이 덤벼들어 지
금은 건강이 예전 같지 않다. 그래서 예전처럼 자주 뵐 수도 없지만,
그래도 선감에 올 때면 잊지 않고 이 늙고 병든 나를 찾아와 만나고 가
신다.

언젠가 회장님께 이런 말을 한 적이 있다.

"회장님 은혜는 죽을 때까지 안 잊어 버릴 테니 그런 줄 아세요. 제
가 늘 기억하고 기도하고 있어요. 그렇게라도 해서 회장님의 은혜를 갚
는 거예요."

그분이 안 계셨더라면 계절이 바뀔 적마다 아름다운 꽃이 피고 지
는 아름다운 선감 공소 오래뜰을 볼 수 없었을 것이다. 나는 지금도 매
일 한중석 회장님 부부를 위해 기도를 한다.

선감 공소에 성모상을 모신 사람들

선감 공소에는 성모상이 두 곳에 모셔져 있다. 앞마당에도 있고, 공소 뒤편에도 있다. 보통 성당 입구에 성모상을 모시는데, 선감 공소에는 성전 앞뒤로 큰 성모상이 세워져 있다. 이를 두고 많은 사람들이 신기하게 여겼다.

지금 마당에 서 있는 성모상은 서울 서대문본당에서 온 것이다. 그 성모상을 모신 지는 얼마 안 되었는데, 새로 부임한 신부님이 아기 예수를 안은 성모상으로 교체하겠다며 기존의 성모상을 치우라고 했다. 마침 서대문본당의 수녀님이 나랑 아는 사이였는데, 그 수녀님을 통해 가져가라고 연락이 왔다. 하지만 거기서 이곳 선감까지 실어올 방법이 없어 애를 태웠는데, 서대문본당의 신자 한 분이 자기 트럭으로 실어다 주어 다행히 우리 공소에 모실 수 있었다.

마당에 모신 성모님은 얼마나 좋은지 모른다. 늘 미소를 보여 주시고, 신자들에게 많은 영감을 주신다. 서울 화곡동에 사는 김상경 베드로 씨는 경찰관으로 정년퇴직한 분인데, 문예지를 통해 등단한 기성 시인이기도 하다. 그런데 이 성모상 앞에서 기도를 하고, 특별한 영감을 받는다고 한다. 그래서 해마다 두 번씩 이곳을 찾아와 큰 성모상을 씻겨 주고 간다.

뒤편에 있는 성모상은 마당에 모신 것보다 크기가 더 크다. 이 성모상은 문재인 대통령의 장모인 이 수산나 자매가 기증한 것이다. 처음 공소가 세워졌을 때 이 성모상은 앞마당에 있었다.

수산나 자매와는 종로본당에서 활동할 때 알게 된 사이다. 그분은 항상 명랑하고 활동적이었다. 나와는 동갑으로 광장시장에서 큰 포목점을 했는데, 남편보다 나를 더 좋아한다고 말할 정도로, 이 여리여리하고 병약한 사람을 지극 정성으로 아꼈다. 당시 현 영부인인 김정숙 여사는 종로본당에서 주일학교 교사로 활동했다.

수산나 자매는 내가 수도복을 벗고 상계동에서 빈민 활동을 할 때도 찾아와 도움을 주었고, 이곳 선감에도 여러 번 찾아왔다. 성전 건축이 마무리될 무렵, 수산나 자매님에게 도움을 청했다. "무엇을 도와 드리면 좋겠느냐?"고 묻기에 오랫동안 남아 있을 성모상을 봉헌해 주면 좋겠다고 했다. 그래서 모시게 된 성모상이다. 이 이야기는 공소 신자들조차 모르는 사실이다. 그저 고마운 분이 선물해 주었다고만 했다.

선감 공소에는 앞뒤 공간에 성모상이 각각 모셔져 있다. 최초로 모신 성모상은 현재 영부인인 김정숙 여사의 어머니 이 수산나 자매가 기증한 것이다. 그런데 이 사진은 서 안나 수녀가 수녀복을 벗기 이전에 찍은 것이다.

공소 건물을 다 짓고 얼마 되지 않았을 때의 일이다. 수산나 자매가 사위의 건강이 좋지 않아 요양할 곳이 필요한데, 다른 사람의 눈에 띄지 않고 묵을 곳이 있는지 좀 알아 봐 달라고 부탁해 온 적이 있다. 현 문재인 대통령이 당시 청와대 정무수석에서 물러났을 때였다.

당시만 해도 지금처럼 선감에는 숙박업소가 많지 않을 때여서 고민이 되었다. 민박집을 수소문해 보기도 하던 참에 수산나 자매를 통해 미국에 있는 큰딸네 집으로 작은 사위인 문재인 대통령을 보냈다고 전해 들었다. 아무래도 이곳은 서울과 가까워 조심스러웠던 모양이다. 내마음의 오솔길을 걸으며 만난 높고 낮은 사람들은 참 많았다. 그렇지만 언제나 낮은 곳에서 꽃을 피우는 야생화의 향기들이 늘 내 마음을 자극했다.

루시아 할머니와 종탑

비가 부슬부슬 내리는데 루시아 할머니가 나를 찾아왔다. 루시아 할머니는 선감 공소 신자로 나보다 여덟 살이 많았다.

"비가 오는데 무슨 일로 오셨어요?"

그러자 들고 다니는 가방을 뒤적뒤적하더니 봉투 하나를 꺼내 내 앞에 놓았다. 봉투를 열어 보니 백만 원짜리 수표가 열 장이나 들어 있었다. 깜짝 놀라서 "자매님, 이게 무슨 돈이에요?" 하고 물었다. 루시아 할머니는 "회장님은 비밀을 지켜 줄 것 같아서 가져왔어요"라고 하면서 눈물을 흘렸다. 그리고 그 사연을 털어놓았다.

이 천만 원은 루시아 할머니가 10년 넘게 갯벌에 나가 찬바람을 맞으며 조개를 캐고 굴을 따서 모은 돈이었다. 막내아들만큼은 어떻게

1995년 선감 공소를 방문한 당시 인천교구장 나길모 주교와 함께 찍은 기념사진 (뒤에서 두 번째 줄 오른쪽 끝이 서 안나이다)

해서든 대학에 보내겠다고 다짐했다. 그래서 남편 몰래 적금을 들었고, 또박또박 입금일을 한 번도 어기지 않고 적금을 부었다고 했다. 한데, 그 아들이 배를 타고 조업을 나갔다가 풍랑에 배가 뒤집혀 세상을 떠났다고 했다. 이제 쓸모가 없어진 그 돈을 어떻게 해야 할지 고민하다 공소에 봉헌하자고 결심했다는 것이다.

공소에 빚이 있는 것도 알고, 그동안 공소를 지을 기금 마련을 하느라 내가 고생하는 것도 가까이에서 지켜봐 왔기에 그런 마음을 먹게 되었다고 했다. 루시아 할머니는 이 사실을 아무도 모르게 비밀로 해 달라고 신신당부했다.

봉투를 받아들긴 했으나 이 돈을 어떻게 해야 할지 밤새도록 고민

하늘나라로 가신 루시아 할머니께서 신신당부로 세워진 선감 공소 종탑

했다. 하지만 나는 본당 신부님에게 대강의 사정을 설명했다. 그랬더니 도리어 내게 '어떻게 쓰면 좋겠느냐'고 되물었다. 나는 목돈이 생긴 김에 '종탑을 세우면 좋겠다'고 말씀드렸다. 공소가 높은 지대에 위치해 있으니, 종탑을 설치하면 여러 사람이 그 소리를 들을 수 있을 것 같아서였다.

본당 신부님의 소개로 종 만드는 장인을 만났다. 그런데 종탑 세우는 데 1,300만 원이 든다고 했다. 300만 원이 모자랐다. 어찌해야 할지 고민하고 있는데, 본당 신부님은 서울에서 대부본당으로 온 신자가 500만 원을 봉헌했는데, 그걸 쓰면 되겠다고 했다. 신부님이 500만 원 중 300만 원을 공소 종탑 건립에 쓰겠다고 봉헌한 신자를 설득했다. 그 신자는 직접 300만 원을 들고 선감 공소로 찾아왔다. 또 기적이 일어난 것이다.

그렇게 해서 삼종 시간이 되면 자동으로 종을 칠 수 있는 종탑이 공소에 건립되었다. 10년 동안 하루도 쉬지 않고, 아침 6시, 정오, 오후 6시에 종을 울렸다. 선감 마을사람들은 매일같이 이 종소리를 들으며, 잠에서 깼다. 갯벌에 나가서 조개를 캘 때도 낮 12시면 이 소리가 들려왔다. 종소리는 저 멀리 바다에서도 들을 만큼 멀리까지 울려퍼졌다. 그리고 오후 6시 종이 울리면 이제 집으로 돌아갈 시간이 되었다고 알리는 알람시계 역할을 했다. 간혹 이 종소리 때문에 좀 더 일을 시켜야 하는데, 그러지 못하고 일을 끝내야 한다는 볼멘 소리를 하는 이도 있었다.

하지만 지금은 종이 울리지 않는다. 여러 번 수리를 했는데, 더 이상 수리비용을 감당하기 어려워 가동을 중단한 상태다. 종탑은 만 10년 동안 종을 울렸고, 다시 10년은 종소리 없이 그냥 서 있다. 바람을 타고 저 먼 바다까지 울려퍼졌던 그 종소리가 그립다.

루시아 할머니는 5년 전 하늘나라로 떠나셨다. 할머니가 요양병원에 있다가 잠시 집에 다니러 왔을 때, 본당 신부님과 공소 신자들이 함께 식사하는 자리가 있었다. 그 자리에서 이 종탑을 세운 분이 바로 루시아 할머니라는 것을 처음으로 밝혔다. 신자들은 루시아 할머니에게 진심어린 감사의 박수를 보냈다. 그 박수는 매우 아름다운 소리로 메아리쳤다.

찾아가는 예비자 교리 교육

공소에서는 예비자 교리 시간을 정해 놓았지만, 그 시간에 맞춰 올수 없는 사람들도 참 많았다. 그런 사람들은 내가 직접 그들의 집이나일하는 장소로 찾아가 교리를 설명했다. 그때 만난 사람 중 기억에 남는 사람은 찬희 엄마였다. 남편이 신자라 예비신자 교리를 받았는데, 그녀는 여섯 살짜리 큰아이와 네 살인 둘째, 돌이 안 된 막내까지 아이 셋을 키우며, 시어머니까지 모시고 살았다. 그러니 어떻게 예비자교리 시간에 맞춰 올 수 있었겠는가.

하루는 찬희 엄마를 찾아갔다. 밭에서 고구마를 캐고 있었다. 나도그 옆에 쪼그리고 앉아 고구마를 캐서 삼태기에 담았다. 노동이 끝나고 나서 예비신자 교리를 했다. 교리 시간이 끝나자 찬희 엄마는 서둘러 고추밭으로 자리를 옮겼다. 나는 그 고추밭에서 실하게 살이 찐 고추를 따면서 이런저런 이야기를 들려 주었다. 수확한 고추는 찬희 엄마네로 함께 옮겼다.

찬희 엄마에게 "내 말 잘 들으셨어요?" 하니까, 고개를 끄덕이며 "잘 들었어요"라고 했다. 해가 뉘엿뉘엿 넘어가는 시간이 되었다. 이제 그만 돌아가겠다고 했더니 찬희 엄마 시어머니 되시는 분이 "고생하셨는데 이거라도 좀 가져가세요" 하며 캐온 고구마와 따온 고추를 자루 한가득 싸 주는 게 아닌가.

"집까지 1킬로미터를 걸어가야 해서 다 못 들고 가요. 고구마 두 개만 가져갈게요"라고 하자, 들에서 일하고 있는 아들을 빨리 집으로 오라고 불렀다. 도착한 찬희 아빠는 낡은 트럭 적재함에 고추와 고구마를 한 자루씩 담아 싣고는 늙은 호박도 하나 따서 실었다. 그리고 그 트럭에 나를 태우고 집에까지 편하게 데려다 주었다. 그날 밤 잠자리에 누워 하루를 돌이켜 보니 그날의 농촌 풍경이 너무 아름다워 잠이 오지 않았다.

나는 몇 번을 찾아가 6개월의 예비자 교리 기간을 채워야 가톨릭 신자가 될 수 있다고 말해 줬다. 그 뒤에도 몇 번 더 찾아간 끝에 찬희 엄마는 영세를 받았다. 한 번은 교리를 하러 갔는데, 찬희 엄마는 부엌에 있고, 태어난 지 6개월도 안 된 막내가 혼자 방에서 놀고 있었다. 막내는 엄마가 베개 옆에 받쳐 놓은 우유병을 잡고서 혼자 우유꼭지를 빨고 있었다. 농사일에, 집안일에 아이 셋까지 돌보며 시어머니까지 봉양하느라 아이를 끌어안고 우유를 먹일 새도 없었다.

사실 밭에서 고구마를 캐며 그리스도교 교리에 대해 얼마나 설명할 수 있었겠는가. 칭찬도 해 주고, 교리를 한다기보다는 살아가며 맞닥뜨리는 여러 문제에 대해 속 시원하게 상담해 주었다. 나는 집에서 사방 1킬로미터 안에 사는 신자들의 집을 늘 걸어서 방문했다. 그들이 사는 집에서, 일하는 밭으로 찾아가 하느님이 우리를 얼마나 사랑하시는지를 말해 주었다.

시몬을 끌어안고 울던 날

처음 내가 선감 마을에 왔을 때 엄마 등에 업혀, 엄마 손에 이끌려 공소에 왔던 아이들이 이제는 모두 서른이 넘었다. 지금이야 마을에서 아이들 목소리를 듣기가 어려워졌지만, 그때만 해도 마을에는 아이들이 많았다. 그 때묻지 않은 순수한 얼굴들이 아직도 눈에 선하다. 그중에도 잊을 수 없는 아이가 있었다.

공소 건물을 새로 짓고 나서 신자들에게 어려운 이웃과 나누는 기쁨을 알려 주느라 양로원이나 장애인복지관을 방문하는 등 이웃돕기 행사를 많이 마련했다. 공소 내에 이웃돕기 성금함도 비치했다. 안이 보이는 투명한 통을 제대 앞에 두어 공소 신자들이나 방문하는 손님들이 성금을 넣을 수 있게 했다. 통이 가득 차면 그 돈을 가지고 어려운 이웃을 돕기로 했다. 신자들은 수시로 거기에 돈을 넣었다.

어느 날 공소 옆을 지나는데, 안에서 무슨 소리가 들렸다. 문은 잠겨 있는데 안에서 소리가 나니, 덜컥 겁이 났다. 열쇠로 문을 따고 공소로 들어갔다. 순간 제대 앞 성금함에 손을 넣고 돈을 꺼내려던 시몬과 눈이 마주쳤다. 나도 놀라고, 시몬도 놀랐다.

"시몬아, 괜찮아. 놀라지 마."

아이를 끌어안았다. 그렇게 둘이서 한참 울었다. 아이는 놀라서 울고, 나는 가슴이 아파서 울었다.

"괜찮아, 걱정하지 마. 엄마·아빠한테 얘기 안 할 거야. 너랑나랑 둘이서만 아는 비밀로 하자. 이런 짓을 하면 안 된다는 건 알고 있지?"

왜 그런 짓을 하면 안 되는지, 조용한 음성으로 아이를 좋게 타일렀다. 시몬에게 왜 그런 짓을 했는지 이유를 물었다. 사 먹고 싶은 게 많은데 돈이 없어서 그랬다고 했다. 시몬은 아버지가 장애인이다. 사고를 당해 왼쪽 다리를 쓸 수 없고, 왼쪽 눈의 시력도 잃었다. 엄마가 바다에 나가 일해서 할아버지와 시몬 남매까지 다섯 식구를 먹여 살렸는데, 형편이 워낙 어려웠다. 그래서 자신도 다른 친구들처럼 구멍가게에 가서 사탕 하나라도 사 먹고 싶지만 그럴 수 없었다고 했다.

문이 잠겨 있는데 어떻게 들어왔느냐고 물으니, 맨 아래 칸 창문을 들었더니 조금 열리더란다. 몸이 작고 왜소한 아이라 열린 틈으로 들어올 수 있었던 것이다. 게다가 성금함의 돈을 가져간 게 이번이 처음도 아니었다. 시몬은 여러 번 성금에 손을 댔다고 고백했다.

지금도 그때를 생각하면 어린아이가 무슨 마음으로 이곳에 들어왔을까 싶어 가슴이 아프다. 그날도 시몬에게 먹고 싶은 거 사 먹으라고 천 원짜리 한 장을 손에 들려 집으로 보냈다. 어느새 시몬은 앳된 청년으로 성장했다. 전문대학을 졸업하고 어엿한 사회인이 되었다. 서른 살이 넘었는데, 수원 쪽에서 살며, 개인 회사에 다닌다고 한다. 참으로 감사한 일이다.

숙자의 초청장

공소를 짓고 2년쯤 지났을 때 미국 보스턴에서 사는 숙자의 초대를 받아 미국으로 가게 되었다. 숙자는 내가 강릉본당에 있을 때 수녀원에서 데리고 있던 아이다. 공소가 있던 마을에 살던 아이였는데, 부모님을 모두 여의고 오갈 데가 없다며 심부름이라도 시키라고 신부님이 수녀원에 맡겼다.

초등학교만 간신히 졸업한 열다섯 살 소녀였던 숙자는 성격이 무척이나 활달했다. 강릉성당에서 교리를 배워 '에디나'라는 세례명으로 영세도 받았다. 성당에서 운영하는 무료 양재학원에 등록시켰는데, 숙자는 양재 기술을 배우는 걸 탐탁하게 생각지 않았다. 그렇게 2~3년 데리고 있다가, 나는 강릉본당을 떠났다.

그런데 종로본당에 부임한 지 3~4개월쯤 되었을 무렵, 숙자는 "서 수녀님이랑 함께 살고 싶다"며 나를 찾아왔다. 하지만 내가 있던 곳에 서는 숙자에게 시킬 일이 없었다. 결국 작은 병원에서 일하는 수녀님에 게 숙자를 맡겼다. 어떤 일이든 시키고, 밥만 먹이고, 재워 주면 된다고 부탁했다. 그로부터 몇 년 후, 나는 수도복을 벗었고, 숙자에 대해서는 까맣게 잊고 지냈다.

그런데 상계동 빈민촌에서 일하고 있을 때, 숙자가 내가 있는 곳을 수소문해 찾아왔다. 빈손으로 올 수가 없어선지 한물 간 수박 한 통을 들고 왔다. 당시 숙자의 형편으로는 그게 최선의 선물이었다. 그간 자 신이 어떻게 살아왔는지 지나간 이야기를 털어 놓았다. 숙자의 인생 역 정은 들으면 들을수록 기가 막혔다. 숙자의 고생 이야기를 사자성어로 하면 산전수전, 그리고 만고풍상을 다 체험한 것이다. 이야기를 들으 며, 나는 하염없이 눈물을 흘렸다.

숙자는 작은 병원에서 일하며, 수도학원에서 검정고시를 준비했다. 머리가 좋고, 수완이 남달랐던 숙자는 검정고시로 중·고등학교를 졸업 하고, 미군 부대 내에 있는 미국대학 분교에 입학했다. 갖은 고생 끝에 대학을 졸업했는데, 이번에는 병이 숙자의 발목을 잡았다. 못 먹고 고 생하다 보니 결핵이란 병이 찾아온 것이다.

숙자는 내게 결핵을 치료하려면 약을 먹어야 하는데, 돈을 좀 꾸어 달라고 했다. 하지만 나한테 무슨 돈이 있었겠는가. 있는 대로 주머니 를 털어 몽땅 숙자에게 건네 주었다.

"가진 돈이 이것밖에 없구나. 이거라도 받으렴. 필요한 곳에 쓰고 돈을 많이 벌면 갚아야 한다. 그때는 이자까지 쳐서 가져와야 해."

돈을 받아 가지고 간 숙자는 그 뒤 아무 소식이 없었다. '그럴 애가 아닌데' 싶어 걱정이 되었다. 그러다 3년 만에 숙자가 다시 나타났다. 어느 교수님의 도움을 받아 결핵 치료를 받을 수 있었다고 했다. 완치 후, 동시통역사 자격증을 취득한 뒤 그 분야의 프리랜서로 일한다고 했다. 그동안 돈을 갚을 수 없어서 찾아오지 못했다면서, 꼬깃꼬깃 접은 돈을 내게 건넸다. 내게 빌려간 금액에서 조금 모자라는 돈이었다.

"에디나, 내가 아주 안 받으면 불편할 테니 3분의 1만 받을게. 나머지는 네가 필요한 데 쓰렴."

나는 숙자가 가져온 돈의 3분의 2를 다시 숙자에게 건넸다.

숙자는 그 뒤로도 잊을 만하면 찾아와 소식을 전했다. 그로부터 2~3년 뒤, 미국 교포와 결혼했고, 미국으로 이민을 가게 되었다며 인사를 하러 왔었다. 미국으로 건너간 뒤에도 귀국하면 내 거처를 알아내 선감마을까지 찾아왔었다. 미국에서 부동산 중개업으로 잘 살고 있다는 숙자는 보스턴 교외에 멋진 2층집을 구입했는데, 나를 꼭 초대하겠다고 말했다.

"초대는 무슨 초대냐? 나 초대할 생각하지 말고 너만 잘 살면 돼."

그러던 숙자는 미국에 돌아간 뒤 진짜로 초청장을 보내 왔다.

자신의 성장 과정을 속속들이 꿰고 있는 나에게 숙자는 한사코 자기가 사는 모습을 보여 주고 싶어했다. 그런 숙자의 마음이 느껴졌다.

그래서 꼭 가 봐야겠다는 생각이 들었다. 어렵사리 미국행 비행기에 올랐고, 디트로이트 공항에서 재회한 우리는 서로 끌어안고 소리 내어 울었다. 반가운 해후와 만고풍상 끝에 낙을 맞이한 숙자의 회한이 동시에 담긴 눈물을 그렇게 줄줄 흘렸다. 그렇게 나는 보스턴 교외에 있는 숙자네 집에서 한 달을 머물렀다. 미국에 있는 숙자의 시댁 식구들은 나를 사돈으로 여겼고, 극진히 대접해 주었다. 숙자가 나를 "자신을 길러 준 어머니 같은 분"이라고 소개했기 때문이다.

신부님의 수단을 만들던 시절

숙자네에서 머물렀을 때의 일이다. 보스턴에서 두 시간쯤 떨어진 시골에 살고 있는 숙자의 시누이가 나를 초대했다. 그분 댁에서 하룻밤을 묵었다. 숙자네 집도 좋았지만, 시누이 댁은 숙자의 집보다 두 배는 더 크고, 주위 환경도 아름다웠다. 정원에는 큰 연못도 있었고, 새끼사슴이 앞마당까지 들어와 우아한 자세로 걸어다녔다. 그물망으로 만든 그네가 정원수들 사이에 두 개나 매어져 있었다.

숙자의 시누이는 화가였고, 그녀의 남편은 소아과 의사였는데, 두 사람은 나를 귀한 손님으로 대접했다. 저녁이 되자 나를 2층으로 데리고 가서 방 3개를 보여 주며 마음에 드는 방에서 묵으라고 했다. 아래층 구석방에서 자고 싶은 마음이 간절했지만, 그들의 호의를 받아들여 가장 창이 넓고 연못이 내려다보이는 방을 선택했다. 한국에서 온, 가난이 뚝뚝 떨어지는 여자가 배짱 한번 두둑하다고 생각했을지도 모른다.

방에 들어가 누우려고 이불을 들었더니 베개 밑에 출판사에서 갓 나온 듯한 책이 한 권 놓여 있었다. 스탠드를 켜고 편안한 자세로 누워 책을 펴들었다. 그 책은 서강대학교를 세운 길로련 신부님이 돌아가기 전까지의 기록이었다. 거의 한숨도 못 자고 밤새 눈물을 쏟으며 그 책을 다 읽었다.

수녀 지원자 시절, 수련장 수녀님에게서 객실로 나오라는 전갈을 보내왔다. 영문도 모른 채 갔더니 아주 멋진 미국인 신부님 한 분이 미리 와 있었다.

"안나, 가서 줄자와 노트를 가져오세요. 신부님 수단(신부님들이 입는 발목까지 오는 검정색 긴 옷)을 지어야 하는데, 몸 치수를 재야 해요."

그런데, 키가 너무 커서 160센티밖에 안 되는 나로서는 치수를 잴 수가 없었다. 수녀님이 올라설 발판을 가져다 줘서 간신히 신부님의 몸 치수를 잴 수 있었다. 그때 신부님과 수녀님이 나누었던 대화도 기억난다.

그때가 1959년이었는데, 예수회 수도자인 신부님이 한국에다 대학을 세웠는데, 그 대학 명칭을 어떻게 정할지 몰라 고민이 많다고 했다. 처음엔 '장안대'라고 지었는데, 어감이 부드럽지 않고 부르기도 어렵다는 의견이 다수 나왔단다. 그래서 고민 끝에 학교가 한강을 내려다보는 곳에 위치해 있고, 한강 서쪽에 자리를 잡았으니 '서강대(西江大)'라고 하자는 것으로 의견을 모았다고 했다.

내가 치수를 재고, 수단을 지어 드렸던 그 신부님이 바로 길로련 신부님이었다. 그분의 이름은 케네스 킬로렌이었다. 서강대학을 설립하는 과정에서 많은 어려움을 겪었고, 대학을 짓고 나서는 초대 학장이란 무거운 책임도 오랫동안 맡았었다.

길로련 신부님은 오래 전에 하늘나라로 가셨지만 그 신부님의 얼이 담긴 서강대학교는 날로 발전해 지금은 대한민국의 명문 대학이 되었다. 서강대를 세운 대학 총장님의 수단을 지어드린 것을 생각하니 감회가 새롭다. 그때 내 나이 스물네 살이었다.

곰곰이 생각해도 이상한 일이 아닐 수 없었다. 숙자네 시누이 부부는 천주교 신자도 아닌데, 어떻게 그 책이 그분들 손에 들어왔으며, 나에게 보여 줄 생각을 했던 것일까?

다음날 좋은 책을 읽게 해 주어 정말 고마웠다고 인사했다. 그랬더니, 친구를 통해 선물받은 출간된 지 열흘도 안 된 신간이라며, 내가 최초로 그 책을 읽은 독자라고 했다. 나는 "하느님 감사합니다"라고 마음속으로 기도하며, 오묘한 그분의 손길에 감탄했다.

한글학교를 개설하고

사람들이 나를 부르는 호칭은 여러 가지였다. 내가 수녀일 때 만났던 사람들은 나를 여전히 '수녀님'이라고 불렀다. 상계동이나 선감에서 만난 사람들은 '회장님'이라고 부른다. 또 일부 사람들은 나를 '선생님'이라고 부르기도 한다.

얼마 전 대부로 장을 보러 나갔는데, 어떤 분이 나를 보더니 "선생님!" 하고 반갑게 인사를 했다. 그러면서 곁에 서 있는 사람에게 "이분이 나한테 한글을 가르쳐 주신 선생님이야" 하고 소개했다.

1996년 선감 공소 축성 2년 후, 늦가을 농한기 때 공소 지하실에 교실을 꾸미고, 한글학교를 개설했었다. 그때까지도 한글을 깨우치지 못한 문맹자들이 상당히 많았다. 나이 든 사람도, 생기발랄한 젊은

이들도 한글을 배우러 모여들었다. 가톨릭 신자가 아닌 사람도 받아주었다.

정부 주도의 '문맹퇴치운동'에 앞장선 일이었다. 한글을 모르는 남자도 많았을 텐데, 남자는 한 명도 나오지 않았다. 내가 공소에 한글학교를 연다는 소식을 듣고, 서울에서 살고 있는 신자 한 분이 책가방을 학생 인원수대로 선물해 주었다. 그리고 모닝글로리 회장님은 공책과 연필 등 자사에서 생산한 문구류를 선물해 주었다.

젊은 시절 심훈의 《상록수》를 읽으며 주인공 채영신처럼 농촌에서 문맹자들에게 한글을 가르치고, 어려운 사람들을 돕겠다는 꿈을 품었었는데, 그 꿈을 뒤늦게 이룬 셈이다. 한글학교에 참여한 분들 중 많은 사람이 한글을 깨우쳤고, 지금도 만나면 그들은 "선생님 아니었으면 지금까지도 길거리에 나붙은 간판조차 못 읽는 까막눈이었을 거예요"라며 정말 고마운 선생님이라고 인사를 했다.

갈래머리에서 반백이 될 때까지

강릉본당에서 소임할 때 천사 같은 여고생 세 명이 나한테 예비신자 교리를 받으러 왔었다. 시간이 흘러 그중 한 명은 수녀가 되었고, 한 명은 독신자로 살고 있고, 다른 한 명은 결혼을 했다. 수녀가 된 홍 안젤라는 '영원한 도움의 성모 수도회'에 입회하여 수도자의 길을 걷고 있다. 독신자로 살고 있는 박 율리안나는 강원도에서 봉사 활동을 하며 살고 있다. 결혼한 권 가밀라는 지금도 나를 찾아온다.

상계동에서 빈민활동을 하던 시절, 가밀라를 한 번 만났고, 그 뒤로는 연락이 끊어졌었다. 선감에 올 때 아무에게도 알리지 않았던 탓이다. 그런데 세월이 10년쯤 흘러 가밀라가 남편과 함께 불쑥 나타났다. 나와 같이 강릉본당에 있었던 보스코 수녀님을 통해 내가 있는 곳을 알게 되었다고 했다. 가밀라는 남편과 함께 강릉본당에서 같이 예비자 교리를 받았던 홍 안젤라 수녀까지 데리고 선감에 왔었다. 너무너무 반가워 나는 폴짝폴짝 뛰고 싶었다.

가밀라는 수년간 프란체스코회 제3회 회원으로 활동하며, 수도자보다 더 열심히 신앙생활을 했다. 그의 아들과 며느리는 모두 의사가 되었다. 그쯤 되면 어깨에 힘이 들어갈 법도 한데, 가밀라는 누구에게든 겸손하고 가난하게 자신을 낮추면서 살고 있다. 가밀라는 아들 둘을 낳고서 뒤늦게 열심히 공부해 서강대 독문학과에 입학했다. 당시엔 드문 일이어서 신문에 그 사연이 실려서 본의 아니게 유명세를 타기도 했다.

그 뒤로 가밀라는 일 년에 한 번씩 나를 찾아왔다. 와서 보니 내가 너무 야위어 있고, 빈티가 줄줄 흐르니까 올 때마다 차에 한가득 먹을 것을 싣고 왔다. 생필품조차 제대로 살 수 없는 벽촌에서 어떻게 견디냐며 맛난 것들을 바리바리 싸왔다. 얼마나 고마운지 나는 말머리를 잃어 버렸다. 그런데 몇 해 전 남편이 큰 수술을 받아 운전하기가 힘들어졌다. 그러자 가방 한가득 먹을 것을 챙겨 가지고 성남에서 대중교통을 세 번씩이나 환승해 가며 나를 만나러 왔다.

수년 전 위장병이 심해져 나는 아무것도 먹지 못해 영양실조로 병원에 입원한 적이 있었다. 그때도 가밀라는 성남에 있는 병원으로 나를 찾아 문병을 왔다. 병원 원무과에다 퇴원할 때 연락을 주면 본인이 병원비를 내겠노라고 미리 얘기해 놓기까지 했다.

이 책을 출간하는 데도 가밀라의 도움이 컸다. 책을 내기 위해 생각나는 대로 쓴 초고 원고가 있었는데, 어떻게 해야 할지 모르겠다고 고민을 털어 놓았더니, 하얀 갱지에 쓴 초고뭉치를 가져가 타이핑하고 정리해 주었다.

갈래머리 10대 소녀일 때 예비신자와 교리 가르치는 수녀로 처음 만나 인연을 맺었는데, 반백의 60대가 되도록 그 인연을 이어가고 있으니 참으로 끈질긴 만남이 아닐 수 없다. 정말 우리의 만남은 우연이 아니었다. 하느님이 이어준 운명 같은 만남이었다. 정녕 고맙고 맘씨 아름답고 정다운 사람들이다.

꿈에도 생각지 못한 선물

선감 공소를 새로 짓고서 내가 공소 회장으로 활동했던 10년간 선감 공소는 그 어떤 본당보다 활발하게 운영되었다. 신자들이 얼마나 신앙생활을 열심히 했던지, 이 작은 공소에 레지오 단체가 세 개나 있었을 정도였다. 그러다가 나는 2004년 회장직을 내려놓았다.

그때도 몸이 말썽이었다. 쉬려고 들어온 곳에서 15년 동안 상계동 빈민촌에서 활동하던 때보다 더 많은 일 속에 파묻혀 살았으니 온몸은 아프다고 아우성이었다. 회장직을 다른 사람에게 넘기고 충북에 있는 조카집으로 요양을 떠났다. 그런데 그곳으로도 신자들이 찾아와 다시 돌아가자고 애원했다.

결국 다시 선감마을로 돌아왔는데, 꿈에도 생각지 못했던 일이 나를 기다리고 있었다. 공소 입구에 나의 공적을 기리는 비석을 세운다는 것이 아닌가. 14년간 선감 공소를 위해 고생한 나에 대한 보답의 의미로 영원히 없어지지 않는 공적비를 건립하기로 결정했다는 것이다.

정말로 깜짝 놀랐다. 미리 알았다면 절대로 하지 못하게 했을 것이다. 하지만 내가 없는 사이에 공소 신자들과 마을사람들이 모여 회의를 하고, 비석에 새길 글도 이미 정해졌다고 했다. 그렇게 해서 2005년 1월에 나의 공적비가 세워졌다.

소외된 이곳 낙후된 공소에서
서 안나(창의) 회장님이 이곳에 오시어
자선과 봉사 그리고 자비를 들여
새로운 공소를 건립하시어
믿음 안의 벗에게는 빛과 소금이 되셨고,
마을 노인들에게는 안식과 복지를 염려하시고
항상 심신을 다하여 선을 베풀어 주셨기에
성전(공소) 건립 10주년을 기하여
감사의 뜻을 전하고 길이 기억하기 위하여
이 비를 세워 드립니다.

선감 경로당 회원 일동

2003년 11월 18일

선감 마을 주민들과 선감 공소 신자들이 2005년 1월 세운 서 안나의 공적비

　오늘도 변함없이 그 공적비는 선감 공소로 들어가는 입구에 침묵한 채 서 있다. 신자들 뿐 아니라, 마을사람들이 함께 참여하여 건립했다는 사실이 나를 감격하게 만들었다.

선감에서 만난 뜻밖의 인연

내가 살고 있는 선감도에는 가슴 아픈 역사가 숨어 있다. 일제 강점기 말, 소년강제수용소인 선감학원이 이곳에 세워졌다. 많은 소년들이 강제로 끌려와 굶주림과 중노동, 구타에 시달리다 허무하게 목숨을 잃었다. 그토록 심한 배고픔과 그토록 심한 강제노역을 끝내 견디지 못하고 탈출을 시도했던 소년도 여럿 있었다고 한다. 그들 중 거의 대다수가 주검으로 돌아왔다.

지금 옛 선감학원 터에는 경기창작센터가 들어서 있다. 다양한 분야의 예술 작가들이 이곳에 입주해서 창작활동에 골몰하고 있는데, 어떤 때는 선감 공소로 그 작가들 중 일부가 찾아오기도 한다. 그래서 인연을 맺게 된 작가들이 몇 분 있다.

선감 공소 주일학교에
나오던 꿈나무들

소설가 김훈 작가도 그중 한 분이다. 그런데 나는 김훈 작가가 그렇게 유명한 분인 줄도 몰랐다. 《상록수》의 심훈은 알아도, 《칼의 노래》를 쓴 김훈은 몰랐다. 1991년 선감에 들어온 이후, 문화생활과는 담을 쌓고 살아왔기 때문이다.

몇 번 만나 이야기를 나누었는데, 내가 만난 김훈 작가는 아주 부드럽고 친절한 사람이었다. 말도 잘하고, 술도 잘 마셨다. 술이 한 잔 들어가면 그 사람은 매우 호방해졌다. 그는 어린 시절, 명동성당에서 김수환 추기경의 복사를 섰다며 자랑스럽게 말해 주었다. 가끔 전화를 걸어와 잘 모르는 교회 용어에 대해 질문도 했다.

내가 김훈 작가에게 관심을 갖게 된 것은 그가 냉담 중이었기 때문이다. 어떻게 한번 그의 마음을 돌려 볼 요량으로 경기창작센터로 찾아가기도 했다. 그는 내게 창작센터에서 일하는 직원들을 한 분 한 분 소개해 주었는데, 그중에도 가톨릭 신자가 꽤 있었다. 모두 냉담 중이라고 하기에 "공소가 가까운 데 있으니 냉담자 클럽을 만들어서 신자 재교육을 하면 어떻겠느냐?"고 넌지시 찔러 보기도 했다. 물론 성사되지는 못했지만, 나와의 만남이 하느님의 품으로 돌아오는 작은 계기가 되길 간절히 바랐다. 자우녕 작가는 경기창작센터에 입주한 사진작가였다. 우리집 거실에 걸려 있는 십자가는 그녀가 파리 몽마르뜨 언덕에서 사다 준 것이다. 그녀는 개신교 신자였지만, 프랑스에서 사진 공부를 할 때 신부님들의 도움을 많이 받았다고 했다. 그래서 가톨릭에 대한 거부감은 별로 없다고 했다.

자우녕 작가는 선감 마을 이곳저곳을 돌아다니며 카메라에 담았다. 바다에서 고기를 잡는 어부의 얼굴도 찍고, 마을사람들이 사는 모습도 세밀하게 찍었다. 공소에도 와서 성모상이며, 이곳저곳을 찍어갔다. 그러는 사이에 자연스럽게 우리는 가까워졌다. 어떤 때는 우리집에서 밥을 먹기도 하고, 이런저런 세상살이 이야기도 기탄없이 나누었다. 어느 땐가 자우녕 사진작가가 개인 전시회를 가졌다. 나도 그녀의 전시회에 다녀왔다. 공소의 성모상 사진도 걸려 있었다. 그녀의 유명세는 가까이 하기에는 너무 격이 높은 사진작가였다. 어쩌다가 내가 슬쩍 사진 한 장만 찍어 달라고 했다. 작가는 두 말 없이 찍어 주었다. 역시 예술가들은 검소하고 수수해야 이름값이 치솟는 것 같다.

외딴 바닷가 마을에서 홀로 사는 노인이 어떻게 그런 작가들을 이물없이 만나고 인연을 맺을 수 있었겠는가. 생각하면 할수록 신기할 따름이다. 하느님의 입김이 아니고는 이해할 수 없는 일이다.

폐암 판정을 받고서

2007년 6월 3일 새벽 3시, 열이 나고 온몸이 쑤셔서 잠에서 깼다. 오한이 들더니 기침이 나기 시작했다. 3시간을 뒤척이다가 심한 몸살감기 속으로 깊이 빠져들었다. 가까이 사는 대녀 소피아에게 전화해 먹던 감기약이 있느냐고 물었다. 그랬더니 소피아는 아이를 시켜 쌍화탕 한 병을 들려 보냈다. 그렇게 해서 나의 병은 시작되었다.

열흘이 넘게 아픈 증세가 가라앉지 않아 동네 보건소를 찾았다. 엑스레이를 찍어 보더니, 폐렴 증세가 보인다며 3일치 약을 처방해 주었다. 약을 먹었지만 차도는커녕 기침은 더 심해졌다.

남편이 정형외과 의사인 인천 아녜스의 도움을 받아 인천에 있는 병원에 입원을 했다. 그쪽 지역에서는 제일 큰 대처가 인천이었다. 병원에서는 검사를 해보더니 결과가 심상치 않다고 했다. 3일 후에 인천 만수동 전병원으로 옮겨 다시 정밀검사를 일주일 동안 진행했다.

입원 중 아녜스가 다른 사람과 이야기를 나누는데, 얼핏 들으니 캔서(cancer)라는 용어가 튀어 나왔다. 의사가 뭐라드냐고 물었더니 아녜스는 차마 암이란 말은 하지 못하고 엉뚱한 말로 둘러댔다. 하지만, 한 달 동안 그토록 아파서 괴로워 했는데, 내 상태를 내가 모를 리 있겠는가. 왜 의사가 나한테 직접 말해 주지 않느냐고 물었더니 아녜스가 더 이상 말을 잇지 못하고 눈물을 목구멍으로 넘겼다. 그래서 나는 의사에게 직접 병명을 들을 수 있게 해달라고 부탁했다.

퇴원하기 전날 의사와 대면할 수 있었다. 의사는 7일간 검사한 결과를 쭉 늘어놓고 내 병에 대해 설명했다. 하지만, 의사의 설명은 귀에 들어오지 않았다. 의사에게 단도직입적으로 내 병명만 무엇인지 알려 달라고 했다.

"폐암입니다."

짐작은 했으나, 인정하고 싶지 않은 현실이었다.

"정말입니까?"

"네, 정말입니다."

그는 폐암이 좀 오래된 것 같다며, 암 전문병원에 가서 조직검사를 받고, 하루 빨리 치료를 받으라고 했다. 심장과 간, 갑상선까지 여파가 미쳤다고 했다. 그리고 여기서 나가면 즉시 큰 병원으로 가야 한다고 심각하게 권유했다.

아녜스는 애초엔 나를 인천 성모병원으로 옮길 생각이었으나, 아녜스가 아는 수녀님이 있는 서울 성모병원으로 모시겠다고 했다. 그런데 서울 병원으로 가면 어떻게 간병을 하느냐며 걱정부터 앞세웠다. 서울 성모병원의 수녀님에게 먼저 전화를 했다. 그랬더니 다음 주 월요일에 폐암 수술 전문의 교수님께 진료예약을 해놓겠다며 어서 오라고 했다.

그날 침상에 누워 곰곰 생각해 봤다. 내가 서울 성모병원으로 간다 한들 나를 돌봐 줄 사람은 없었다. 입원해 있는 동안 거의 목구멍으로 넘긴 음식이 없어서인지 검사받을 기운조차 없었다. 나는 인천에 사는 친구를 불러 서울 성모병원까지만 데려다 달라고 부탁했다. 다음날 퇴원수속을 밟고, 친구의 차에 올랐다.

"친구야, 서울 성모병원으로 가지 말고 차를 돌려서 대부도로 가줘."

친구는 그게 무슨 소리냐고 펄쩍 뛰었다. 하지만 내가 강하게 고집을 부리자 어쩔 수 없이 친구는 나를 선감 마을에 내려 주고 떠났다.

처음에는 집에 와서 며칠 쉬며 기운을 차린 후에 갈 생각이었다. 하지만 막상 집에 들어서니 '내가 이 집에 죽으려고 왔구나. 그냥 여기서 눈을 감자'라는 마음이 들었다. 검사하고, 수술받고, 항암치료받느라 고생하다 죽느니, 집에서 조용히 눈을 감는 것도 나쁘지 않겠다고 생각했다. 때마침 전화가 울렸다.

"회장님, 어디 갔다 왔어요? 전화를 암만 해도 안 받아 걱정했어요."

별장집 부인이었다. 나는 지금 몸이 아파 컨디션이 아주 안 좋은데, 먹을 것을 좀 갖다 달라고 부탁했다. 그랬더니 10분이 채 안 되어 밥과 반찬 몇 가지를 싸들고 왔다. 병원 음식과는 질이 달라서인지 몇 숟갈 넘길 수 있었다.

그날부터 나의 투병생활은 시작되었다. 진통제도 먹지 않았다. 매일 숨이 차고, 아랫배가 아프고, 입이 써서 아무것도 먹을 수 없었다. 어깨와 오른 등짝이 저리고 쑤시고 심하게 아팠다. 급기야 오른 갈비뼈 속이 뜨끔거리기 시작했다. 너무 기가 막혀 울고 싶었지만, 울 기운도 없었다. 공소 신자들이 음식도 가져다 주고 정성껏 돌봐 주었지만, 몸은 점점 쭈그러들었다.

홀로 지내는 시한부 인생

집에 온 날 나는 독일에서 사는 동생 선자에게 전화해 내가 지금 죽어가고 있으니 빨리 한국으로 와 달라고 했다. 6개월 이상 살기 어렵다는 시한부 통고를 받았기 때문에, 내 생의 마지막을 동생에게 인계인수하고 싶었다. 산 밑에 있는 기도의 집으로 가서 지낼 작정이었다.

하지만 동생은 금방 오지 못했다. 동생을 기다리며 혼자 지내는 동안 폐암이라는 병명이 내 머릿속을 떠나지 않았다. 6개월을 넘기지 못할 거라는 의사의 선고에 두려움이 몰려왔다. 하지만 혼자서 견딜 수밖에 없었다.

선자는 내가 연락한 지 꼭 1개월 만에 한국에 왔다. 늦게 도착한 동생이 너무 야속했다. 남은 시간 6개월에서 1개월만큼 손해를 보았다고 생각하니 억울하기도 하고, 마음만 초조했다. 선자는 내 몰골을 보자마자 대성통곡을 했다. 하지만, 선자가 내게 해 줄 수 있는 것은 없다. 다만 죽음 앞에 이른 내가 내 살부치를 보고 싶은 욕심에서 선자를 불렀던 것이다. 결국 선자는 아무 도움도 주지 못한 채 3주 만에 돌아가야 했다.

나는 누구도 내게 도움을 줄 수 없다는 사실을 깨닫고 홀로서기를 결심하며, 이를 악물었다. 오른쪽 팔이 붓고 저리기 시작했다. 폐암 환자들이 호소하는 주요 증상 중 하나라고 했다. 텃밭의 포도는 주렁주렁 열려 익어 가는데, 내 몸뚱이는 하루가 다르게 허약해졌다. 체중이 쑥 빠지고, 손등에서 손끝까지는 밀가루를 바른 손처럼 허옇게 변질되어 있었다.

상계동에서 빈민활동을 하고, 선감에 와서 공소 짓고, 이제 내가 하고 싶은 걸 마음대로 해 보자고 작심했다. '이제 정말 얼마 남지 않았구나'라는 사실을 깨달으니 가슴이 조여 왔다. 공소로 올라와 아무도 없는 감실 앞에 앉아 "예수님, 저더러 이대로 죽으라는 말이십니까?" 하고, 처음으로 고래고래 소리를 지르며 울었다. 내게 그동안 하느님은 많은 기적을 베풀어 주셨다. 사실 염치없는 나의 투정은 짧게 끝이 났다. 그래도 다시 병원에 가서 입원할 생각은 들지 않았다. 참는 데까지 참다가 쓰러지리라 체념했다.

그런데 앞뜰에는 먹포도가 탐스럽게 익어가고 있었다. 수지양로원에서 포도가 다 익었는지를 묻는 연락이 왔다. 그때 처음으로 내 상황에 대해 말씀드렸고, 본당 신부님이 병자성사를 위해 방문한다는 소식이 왔다. 병자성사를 받고 나니 마음은 한결 가벼워졌다. 신부님이 가신 후, 수녀님들이 모여 앉아 기도를 시작했다. 그 기도 소리와 위로의 말을 들으니 마음속 한구석에서는 다시 일어나야겠다는 새로운 용기의 불씨가 생기는 것 같았다.

수지양로원과 정릉본당에 수확한 포도를 나누어 보내고 정리한 다음, 청주 언니에게 전화를 넣었다. 내가 이 상태로 혼자 생활하는 것이 거의 불가능하니 얼마 동안만 언니네로 가면 안 되겠냐고 물었다. 형부는 흔쾌히 승낙하고 빨리 오라고 했다. 언니는 암에 좋다는 약초들을 구해 와 정성껏 달여 주었다. 지극 정성으로 보살펴 준 덕분에 한 달 만에 입맛을 되찾았다. 하얗게 변했던 손끝도 발그스름하게 정상으로 돌아오고 있었다.

급한 불을 끈 나는 더 이상 언니에게 폐를 끼칠 수 없어 한 달 만에 선감도 집으로 왔다. 날마다 시간을 정해 두고 일광욕을 했다. 하지만 아무래도 혼자 있다 보니 먹는 것이 가장 부실했다. 다시 시골에 사는 둘째언니네 집으로 갔다. 언니와 함께 사는 조카 동호가 잘 보살펴 주었다. 거기서도 한 달을 보내고, 2008년 1월에 다시 선감도 집으로 돌아왔다. 환자가 보헤미안처럼 이집 저집으로 돌아다닌 셈이다.

'영원한 도움의 성모 수녀회' 수녀님들이 내가 아프다는 소식을 듣고 매주 한 번씩 우리집으로 찾아왔다. 선배 수녀, 동창 수녀, 후배 수녀 할 것 없이 찾아와 성가를 부르고, 기도해 주었다. 잘 먹지 못하는 나를 위해 자신들이 가진 것 중 가장 맛 있고 귀한 것들을 알뜰살뜰 챙겨다 주었다. 그중에는 내가 전혀 알지 못하는 까마득한 후배 수녀도 있었다.

두 달을 혼자 있는데, 너무 무서웠다. 그래서 교문리에 사는 큰언니 딸 승림이네에 가서 보살핌을 받기도 했다. 그런데 승림이 남편이 술을 마시고 들어오더니 노골적으로 "이모가 와 있으니 내가 어렵네요"라고 불평을 했다. 그래도 거기에서 조금 더 머물러야 했기에 불편한 심기를 참으며 약 20일 동안 있다가 선감도로 돌아왔다. 돌아오는 차 안에서 이제 다시는 형제집에는 가지 않고 내 집에서 견뎌내자고 다짐했다.

시한부 인생이라고 해서 가만히 있을 수는 없었다. 이 세상을 떠나는 그날까지 나는 밥도 먹고, 걷기도 하고, 사람도 만나야 했다. 나는 내 인생의 주인공이고, 감독이다. 꼼짝하지 않고 있으면 경쟁에서 밀릴 뿐이다. 나는 내 인생의 조연배우가 아니라, 주연배우다. 내 인생은 내가 운전해 가야 한다.

나는 깊은 숨을 토해내며 아버지, "어머니 이 일을 완수할 수 있게 길을 열어 주소서!" 라고 기도했다.

졸지에 사라진 내 몸속 병마들

남양성모성지 대성당에 모신 성모님

집에 돌아온 후 매주 주일과 목요일마다 남양성모성지를 방문했다.
초췌한 몰골을 보이고 싶지 않아 여름이나 겨울이나 모자를 푹 눌러
쓰고 혼자 남양성모성지로 갔다. 미사를 보고, 성사를 받고, 성체조배
촛불 봉헌을 했다. 기운이 너무 없어 운전대를 잡을 힘도 없었다. 하지
만 나는 정신력으로 버텨내야 했다. 직접 운전해 남양성모성지에 갔다.
주차장에 차를 세우면 문을 열고 밖으로 나가기까지 멀쩡한 사람들보
다 시간이 걸렸다.

남양성모성지에 도착해서도 바로 성전으로 들어가지 못했다. 성체 조배실에 가서 누워 기도하다가, 신부님의 강론이 끝날 때쯤 성당으로 올라가 맨 뒤 구석자리로 갔다. 큰 기둥에 기대어 서거나 앉아서 미사를 보았다.

성체를 모시면 입안에 침이 말라 성체를 넘길 수가 없어서 한참 동안 애를 써야 했다. 기운이 없는 탓에 제대로 목소리가 나오지 않았다. 그래서 기도를 하거나 성가를 불렀는데, 그것마저 목소리를 제대로 못 내니 모기소리가 될 뿐이었다. 내 모습을 누가 볼까 싶어 강복만 받으면 서둘러 나와서 집으로 왔다. 하지만 단 한순간도 나를 위해 기도한 적은 없었다. 늘 선감 공소 신자들을 위해, 가난하고 어렵게 사는 이들을 위해 기도했다. 그런데 나의 시한부 인생은 6개월을 지나 더 연장되었다.

그날은 내가 남양성모성지에서 미사를 드린 지 꼭 1년이 되는 주일이었다. 그날 미사를 드리는데, 갑자기 내 입에서 큰소리로 "아멘" 하는 소리가 터져 나왔다. 지난 1년간 미사를 드리면서 한번도 "아멘"이란 말을 할 수가 없었다. 그때부터 시작해 다시 크게 성가를 부르고, 미사에도 적극 참여할 수 있었다.

그날 11시 미사를 보고, 집에 돌아오니 오후 2시가 거의 되었다. 다시 생각해도 어떻게 내가 목소리를 다시 낼 수 있었는지, 참으로 이상한 일이었다. 조그만 상 위에 반찬 몇 가지를 올려놓고 앉아서 밥을 먹으려는데, 어디서 이상한 소리가 들렸다. 전기 압력밥솥에서 증기 빠지는 소리가 들렸다.

"쉬쉬쉬쉬……치치치치……"

전기 압력밥솥에 쌀을 앉힌 후 시간이 흐르면 수증기가 빠진다. 그럴 때 나오는 소리와 흡사했다. 어깨 너머에서 들리는 소리 같아 오른쪽 고개를 돌려 보았으나 아무것도 없었다. 그래서 다시 왼쪽으로 고개를 돌리는데, 소리는 갑자기 사라졌다. 그런데 '이게 뭐지? 이상하네'라는 생각을 하는 바로 그 순간에 놀라운 일이 일어났다.

그토록 괴롭고 아픈 병마들이 일시에 사라졌다. 지난 2년 동안 한시도 나를 떠난 적이 없던 그 통증들이 일시에 사라졌다. 한순간도 깊게 잠들 수 없었고, 통증이 심할 때는 온몸이 땀으로 젖기도 했다. 그런데 그 통증이 느껴지지 않았다. 여전히 기운은 없었지만 어깨가 한결 가벼워졌다. 정말 그 악성 통증이 사라진 것인가.

하지만 병원에 가서 다시 검진을 받아 볼 생각을 하진 않았다. 그저 하느님이 내게 주신 선물이라고 생각했다. 보이지 않아도 믿는 것이 진짜 신앙이라고 하지 않던가. 지독히도 나를 괴롭혔던 통증은 이제 나의 몸을 떠난 것이다. 인사도 없이 사그러진 것이다. 의사는 분명 6개월을 넘기지 못할 거라고 했었다. 나는 그로부터 14년이 지난 오늘까지 이렇게 살아 있다.

사람들에게 들려 준 나의 치유 체험담

그 일이 있은 후, 계속 남양성모성지에 가서 미사를 드렸다. 기운도 떨어지고 여전히 몸은 힘들었다. 하지만 성가를 부르고, 소리 내어 미사에 참여할 수 있었다. 이제는 조금씩 몸을 움직일 수 있게 되어 공소 일도 하고, 바쁜 하루하루를 보냈다. 그렇게 또 2년이 흘렀다.

문득 남양성모성지를 다니며 내가 겪은 체험을 누구에게든 얘기해야 할 것 같았다. 하지만 그런 일이 어떻게 있을 수 있느냐며 거짓말이라고 하면 어쩌나 하는 염려도 들었다. 나를 그렇게도 괴롭히던 고통이 사라졌다는 사실은 변함 없는데 말이다. 벨라뎃다 성녀가 성모님을 보았다고 말했다가 잡혀갔던 것도 떠올랐다.

고민 끝에 남양성모성지 신부님에게 긴 쪽지를 썼다. 먼저 내가 누구인지를 밝히고, 내가 겪었던 치유 체험에 대해 소상히 적었다. 신부님이 집전하는 미사 때 "아멘" 하는 소리가 터져 나왔다. 힘을 얻었으며, 그 지긋지긋한 통증이 사라졌다. 감사 미사를 올리고 싶다고 큰 봉투에다 감사 예물과 함께 그 쪽지를 넣었다. 그리고 미사 끝나고 나올 때 "신부님, 들어가서 펴 보세요" 하며 건넸다.

그러고 나서 한동안 아무 연락이 없었다. 감사 미사를 잘 올렸다는 얘기 정도는 해줄 줄 알았는데, 무소식이었다. 무소식은 과연 희소식이 될 수 있을까? 그 편지를 전하고 나서 2년이 흘러, 남양 성모성지 이상각 신부님에게서 전화가 왔다. 신부님은 문서를 정리하다 그 쪽지를 뒤늦게 발견했다고 하였다. 그간 얼마나 힘들었냐며, 미사 때 한 번 나와서 그 이야기를 남양성모성지 신자들에게 들려 주면 좋겠다고 하였다.

그 다음 주 미사에 참석했다. 신부님은 내 얼굴을 알지 못한다. "선감에서 온 아무개입니다" 하고 미리 알려 달라고 하였다. 그런데 신부님이 미사 도중 "오늘 선감에서 안나 자매님 오셨나요?" 하고 묻더니, 다짜고짜 앞으로 나오라고 하였다. 그래서 앞으로 나가 체험했던 일을 이야기했다.

"그때 나는 더 살고 싶지 않았습니다. 어쩌면 잘 죽기 위해 남양성모성지를 다닌 것인지도 모르겠습니다. 사람도 많고, 신부님도 늘 상주하고 계신 곳이니 미사 보러 왔다가 여기서 쓰러지더라도 나 하나 잘 거두어 주지 않을까? 이렇게 생각했습니다. 혼자 밤에 잠을 자다 아무도 모르게 죽는 것보다는 그게 낫겠다 싶었습니다. 그래서 더 열심히 미사를 보러 다녔는지도 모릅니다. 그런데 죽겠다고 한 나를 하느님이 기적으로써 살려 주신 겁니다."

사람들 앞에서 한 15분 정도 이야기를 했던 것 같다. 미사가 끝나자 사람들이 우르르 내게로 몰려와 이런저런 질문들을 해댔다. 어떻게 암을 치료했느냐부터 다시 검사를 해 봤느냐까지 별별 질문을 쉼없이 해댔다. 전화번호를 알려 달라는 사람들도 있었다. 몇 달 후, 다시 신부님은 한 번 더 와서 더 많은 사람이 모인 자리에서 치유 체험을 들려 줄 수 있겠느냐고 했다.

오라고 하신 날에 갔더니 그날은 나 말고도 간증할 사람이 두 분 더 있었다. 내가 마지막 차례였는데, 지난 번 이야기에서 더 빼거나 더 하지 않고, 덤덤하게 나의 치유 체험에 대해 말했다. 이번에도 미사 끝나고 몇 사람이 와서 전화번호를 달라고 했다. 전화번호를 주기는 했지만, 사실 나는 그 외에 더 해 줄 이야기는 없었다.

민들레국수집과의 인연

민들레국수집 서영남 대표와 그의 아내 베로니카 자매가 방을 마련해 주어 2014년에는 인천 화수동으로 거처를 옮겼다. 그들 부부는 "건강도 좋지 않은데, 혼자 있다가 어떤 돌발 사고라도 생기면 어쩌나 해서 1년만이라도 함께 살아 보자"고 제안했다. 그곳에서 두 내외의 살뜰한 보살핌을 받으며, 또 민들레 식구들과 함께 아무 탈 없이 지냈다. 시간이 날 때면 민들레국수집에 가서 일을 돕기도 했다.

서영남 대표와의 인연은 그로부터 몇 년 전으로 거슬러올라간다. 공소 아래쪽에 채소를 심어 가꾸어 먹는 텃밭이 있었는데, 마침 그해 무 농사가 너무 잘 되어 저걸 다 어떻게 처리하나 걱정하던 참이었다. 그러다 〈인간극장〉에 민들레국수집이 나오는 걸 TV에서 보았다. 2003

년 방영했을 때부터 알고 있긴 했다. 아, 마침 잘됐다 싶어 그 무를 몽땅 뽑아서 민들레국수집으로 보내면 되겠구나 하고 마음을 굳혔다. 그때부터 민들레국수집 전화번호를 수소문해 전화를 걸었다. 주소하고 약도를 알려 주면 무를 배달해 주겠다고 했다. 그랬더니 서영남 대표가 "오실 거 없습니다. 제가 가지요"라고 말했다. 왜 번거롭게 오느냐고 했다.

그로부터 2주일이 지나도록 아무 소식이 없었다. 찬바람이 불고, 무 뽑을 시기가 되었는데, 낯선 차가 우리집 마당으로 들어왔다. 낯선 남자 한 사람이 차에서 내리더니 "제가 서영남입니다" 하고 말했다. 놀랍기도 하고, 당혹스럽기도 했다. 이왕 왔으니 차 한 잔이라도 마시고 가라고 했다.

둘이 앉아 한 시간은 이야기를 나누었던 것 같다. 내가 어떤 사람인지 소개는 해야 할 것 같아 살아온 이야기를 간략히 했다. 서영남 대표가 "말씀을 듣고 보니 수도생활 대선배님이시네요"라고 했다. 그러더니 자신도 숨기는 것 없이 그간 어떻게 살아 왔는지를 얘기했다. 그러고나서 우리 둘은 무를 뽑았다. 서영남 대표는 무 두 접 넘게 가득히 싣고는, "이제 안나 씨의 사연을 다 알았으니, 다음에는 안사람과 함께 오겠습니다" 하고 떠나갔다.

그러더니 두어 달 후 2013년 봄에 베로니카 자매와 함께 뭘 잔뜩 싸들고 찾아왔다. 곱게 화장한 얼굴로 활달하게 웃는 베로니카 자매의 모습을 보니 '저러니 그 좋은 사람과 결혼했구나' 싶은 생각이 들었

하루하루가 기적입니다. 민들레국수집 서영남 대표와 사랑스런 부인 베로니카 자매(사진 가운데가 서 안나)

다. 이번에도 텃밭에서 야채를 뽑아 실어 보냈다. 민들레국수집 부부
는 "필리핀에다 민들레국수집 분점을 열어 한동안 못 볼 것 같습니다.
돌아오면 찾아 뵙겠습니다" 하고 떠났다.

그렇게 시작된 인연이 계속 이어졌고, 2014년 5월에 민들레국수집
에서 마련해 준 방으로 거처를 옮겼다. 어찌나 방을 정성껏 꾸며 놓았
는지 벽걸이 TV부터 식탁, 냉장고까지 없는 게 없었다. 이사하고 얼마
되지 않아 어버이날이 되었는데, 두 사람의 딸 모니카가 내 가슴에 카
네이션을 달아 주었다.

밥을 하고 설거지를 하지 않아도 된다는 것만으로도 감사한 생활이었다. 민들레국수집에 가 보니 그동안 내가 노숙자들보다 더 못 먹고 살았다는 걸 알았다. 그렇게 나의 '고급 노숙자' 생활은 시작되었다. 집에서 5분 거리에 성당이 있어 자주 미사도 드리러 갈 수 있었다. 민들레 진료소 의사들이 무료로 진료도 해 주고, 약도 무료로 주었다.

그곳에서 마음속에 품고만 있었던 이 책의 초고 작업을 차분히 할 수 있었다. 낮이면 민들레국수집에 나가 파를 다듬는 등 힘들지 않는 일을 도왔다. 저녁이면 식탁에 앉아서 지나간 일들을 하나하나 톺아보고 글로 써내려갔다. 하지만 약해진 상태에서 지나간 기억들을 짜내느라 무척 신경이 곤두섰다. 글을 쓴다는 것은 쉬운 일이 아니었다. 그래서 지치면 바로 쉬었다. 그리고 다시 쓰다가 또 쉬었다를 반복했다. 민들레국수집에서 꿈 같은 생활이 이어졌다. 그렇게 1년을 보내고 다시 선감으로 돌아왔다.

하루하루가 기적입니다

《하루하루가 기적입니다》는 민들레국수집 서영남 대표가 수년 전에 펴낸 책의 제목이다. 내게는 그 제목이 의미하는 메시지가 너무나도 절실하게 와 닿았다. 이렇듯 내가 살아가고 있는 하루하루가 바로 기적이었다.

어떤 사람들은 내가 돈도 많고, 여유가 있어서 이렇게 사는 줄 안다. 상계동에서 활동할 때 가난한 사람들에게 전교를 하고, 함께 울고 웃으며 뛰어다녔지만, 나는 오히려 그들보다 더 가난하게 살았다는 것을 이제야 깨달았다. 선감에 와서도 마찬가지였다. 보따리 하나 들고 들어와 토방에서 살았을망정 무엇이든 내 수중에 들어오면 그중 대부분은 이웃과 나누며 살았다.

1992년에 선감 공소 성전을 짓겠다고 했을 때 사람들은 내가 어딘가에 숨겨 둔 재산이 있는 줄 알았다. 지금도 힘든 일이 생기면 해결해 달라고 찾아오는 이가 적지 않다. 하지만 나는 정말로 가진 것이 없다. 그저 나의 배경에는 기적을 일으키는 하느님이 계실 뿐이다.

어렵고 힘든 사람을 보면 어떻게든 도와 주고 싶은 마음이 생기고, 그것을 해결하기 위해 나는 간절하게 기도한다. 그때마다 전혀 생각지 못한 귀인이 나타나 필요한 만큼 도움을 주었다. 하지만 그 어떤 기도도 쉽게 들어 주신 적은 없다. 애를 태울 만큼 태우고 애간장이 녹아내릴 지경이 되어야 들어 주셨다.

어쩌면 내가 지금껏 이렇게 살아 있는 것 자체가 기적인지도 모른다. 나는 다섯 살이 되기 전에 세 번이나 죽을 고비를 넘겼다고 한다. 내 인생을 뒤돌아 보니 평생 아팠던 기억밖에 없다. 위장병은 평생을 함께 동행해 온 나의 절친이었다. 어려서부터 잘 먹지를 못했다. 먹어도 소화를 잘 시키지 못해 기운이 안 생길 수밖에 없었다. 수녀원에 있을 때도 기도 시간이 되면 나는 늘 마지막으로 들어갔다. 장궤 자세로 오래 버티지 못해서다. 폐활량이 부족해 성가도 목청껏 불러 본 적이 없다. 그렇게 뭐든 다 모자랐는데, 신기하게도 사람들은 그걸 잘 모른다.

2018년 여름, 위장병이 심해져 아무것도 먹지 못해 심각한 영양실조로 병원에 입원한 적이 있다. 그때 도움을 준 사람이 루피나 자매였다. 우리 공소 신자였다가 남편이 뇌졸중으로 쓰러져 시화로 이사 간 사람이다.

"시화에 새로 생긴 재활병원에 회장님의 형편을 미리 말해 놓았으니, 빨리 입원하세요."

혼자서는 도저히 걸을 수가 없었다. 그만큼 아픈 정도가 심했다. 병원 원무부장이 집앞까지 앰뷸런스를 보내 주었다.

음식을 넘기지 못하니 보름간 입원하여 영양주사로 연명했다. 몸에 좋다는 주사는 다 맞은 듯하다. 간병인을 둘 형편이 못 되는 나를 위해, 루피나 자매는 아픈 남편은 집으로 방문하는 요양보호사에게 맡기고, 잽싸게 달려와 나를 보살펴 주었다. 10년 넘게 투병하는 남편을 돌보느라 지치고 힘들었을 텐데, 식구도 아닌 나를 위해 그렇게 애썼다. 보름 동안 입원하고 퇴원하는 날이 되었는데, 루피나 자매가 자신이 병원비를 다 계산했다고 말했다. 아무리 내 사정을 참작해 병원에서 저렴하게 해 주었다 해도, 보름치 입원료가 적지 않았을 것이다. 깜짝 놀라 "그게 무슨 소리냐"고 했더니, "엄마가 꼭 그렇게 해 드리고 싶으면 그렇게 하세요" 하며 루피나 자매의 딸이 도움을 주었다고 한다.

퇴원하기 전전 날에는 선감 공소를 지을 때 많은 도움을 주었던 신자 부부가 병 문안을 왔다. 인천의 한 성당에서 관리인으로 일하고 있는데, 금일봉을 건네고 갔다. 봉투를 열어보고는 깜짝 놀랐다. 그들의 형편을 빤히 아는데, 당시 그 돈은 내게 있어 5천만 원보다 더 귀하고 크게 다가왔다.

나는 그런 작은 기적들을 매일 체험하며 살아 왔다. 내가 살면서 내디뎠던 걸음들은 그 어느 하나 쉬운 것이 없었다. 하지만 하느님은 나를 더 낮은 곳으로 이끄셨고, 그 속에서 나는 하루하루 기적을 체험하며 살아 왔다. 이젠 더 이상 앞으로 나갈 수 없다고 느끼면 반드시 누군가를 통해 그 해결의 길을 열어 주셨다. 내 힘으로는 도저히 어찌할 수 없어 간절한 기도로 매달리면 뜻밖의 순간에 전혀 예상치 못했던 누군가를 통해 도움의 손길이 내게로 왔다.

그리고 내가 살아 온 이야기를 이렇게 책을 통해 누군가에게 전달될 수 있다는 사실 자체가 나에게는 하나의 큰 기적으로 느껴진다. 이처럼 나의 하루하루는 기적의 연속이다. 그렇게 기적은 인연을 내게 주었고, 또 인연은 내게 기적을 주었다.